Michael Siefener

Das Schattenbuch

Originalausgabe
© 2005 KBV Verlags- und Mediengesellschaft mbH, Hillesheim
www.kbv-verlag.de
E-Mail: info@kbv-verlag.de
Telefon: 0 65 93 - 99 86 68
Fax: 0 65 93 - 99 87 01
Umschlagfoto: Theo Broere
Redaktion, Satz: Volker Maria Neumann, Köln
Druck: Grenz-Echo AG, Eupen
www.grenzecho.be
Printed in Belgium
ISBN 3-937001-69-7

Meinen beiden Schutzengeln

1. Kapitel

Zunächst schien nichts an diesem warmen Sommertag ungewöhnlich. Arved Winter war am Vormittag von Manderscheid losgefahren, nachdem er Salomé und Lilith gefüttert und den beiden Katzen ihre Streicheleinheiten gegeben hatte, und hatte sich in seinem alten geerbten Bentley auf den Weg nach Trier gemacht. Immer wenn er sich an das Steuer setzte, musste er an Lydia Vonnegut denken, die Arved den großen Wagen vermacht hatte – ihn, die beiden Katzen und ihr Vermögen. Bei Lydia Vonnegut hatte es sich um eine verbitterte alte Frau gehandelt, die Arved damals, als er noch Priester gewesen war, auf ihrem langen und qualvollen Weg in den Tod begleitet hatte.

Er seufzte, als er den Wagen aus der Garage setzte und langsam durch die schmale Straße fuhr. Lydia Vonnegut hatte seine Zweifel am Priesterberuf und an Gott genährt und sich teuflisch gefreut, als er von der Kanzel herunter erklärt hatte, er habe den Glauben verloren. Seitdem war Arved Winter suspendiert. Noch immer war er mit sich nicht im Reinen.

Er lenkte den Wagen behutsam durch den kleinen Ort, fuhr am Maarmuseum vorbei, an der ehemaligen Tankstelle, den beiden Supermärkten auf der grünen Wiese und befand sich bald zwischen Feldern und Weiden. Rechts von ihm erhob sich der bewaldete Mosenberg, ein erloschener Vulkan, der ihm immer wie eine unbestimmte Drohung vorkam.

Lydia Vonnegut hatte er seine finanzielle Unabhängigkeit und gleichzeitig sein berufliches Scheitern zu verdanken. Es hatte ihn in die Hölle gestoßen, doch das war eine andere Geschichte – eine Geschichte, die er immer wieder zu verdrängen versuchte. Besonders heute wollte er nicht daran denken. Der Mittwoch war stets einer Fahrt nach Trier gewidmet. Jedes Mal überlegte er vorher, ob er über die Autobahn fahren sollte, doch jedes Mal entschied er sich dagegen und nahm die Landstraße. Dieser Weg war eindeutig der schönere, und außerdem hielt die Vorfreude länger an.

Die Vorfreude auf die Stadt, in der er lange gelebt und gearbeitet hatte. Und die Vorfreude auf Lioba Heiligmann.

Er hatte Lioba kennen gelernt, als er auf der verrückten Suche nach Informationen über die Hölle und den Weg dorthin gewesen war. Unwillig schüttelte er den Kopf und versuchte sich auf das Fahren zu konzentrieren. Die Straße wand sich hinunter in das Tal der kleinen Kyll und wartete mit Serpentinen auf, die mancher Alpenpass nicht zu bieten hatte. Diese Kurven trieben Arved immer wieder den Schweiß auf die Stirn – und den Gedanken in den Kopf, vielleicht doch bald einen nicht so schwerfälligen Wagen zu kaufen, auch wenn er sich an den Geruch von altem Leder und Holz gern und rasch gewöhnt hatte.

Lioba ...

Als er auf der anderen Seite des Tals angekommen war und die Straße endlich geradeaus führte, wanderten seine Gedanken wieder umher. Sie flogen ihm voran nach Trier.

Jeden Mittwoch besuchte er Lioba in ihrem kleinen, baufälligen Haus. Jeden Mittwoch atmete er den Duft ihrer Bücher und den Geruch ihrer Zigarillos ein. Jeden Mittwoch kam und ging er mit Herzklopfen. Sie war mit ihm durch die Hölle geschritten, sie hatte ihm beim Umzug nach Manderscheid geholfen, sie hatte ihm ein Stück Leben geschenkt.

Arved fuhr durch Großlittgen, durch Minderlittgen und Wittlich und nahm dann die Bundesstraße nach Trier, vorbei an Salmtal und Hetzerath. In Schweich verdüsterte sich der

Himmel, und als er über die Mosel fuhr, fielen die ersten Regentropfen. Sie waren nur die Vorboten eines Wolkenbruchs, der die Welt hinter den Scheiben des Wagens zu einer verschwommenen Unwirklichkeit machte. Arved erinnerte sich an einen anderen Wolkenbruch, oben im Kunowald hinter Manderscheid, als er auf jene Frau getroffen war, mit der sein schreckliches Abenteuer begonnen hatte … Wann würden ihn diese Gedanken endlich verlassen?

Er fuhr langsam in Trier ein und stellte den Bentley am Hauptfriedhof ab. Arved wollte nicht warten, bis es zu regnen aufhörte. Er stieg aus, nahm den alten Stockschirm aus dem Kofferraum, doch bis er ihn aufgespannt hatte, war er bereits durchnässt. Er stieß einen kleinen Fluch durch die zusammengebissenen Zähne, schloss den Wagen ab und ging in Richtung Innenstadt.

Dabei kam er an Sankt Paulin vorbei, wo er früher, in einem anderen Leben – und als anderer Mensch – Pfarrer gewesen war. Als er den gelb gestrichenen, hohen Turm sah, drangen wie jeden Mittwoch widerstreitende Gefühle auf ihn ein. Wehmütig erinnerte er sich an den Duft des Weihrauchs, an die Kühle der großen, barocken Kirche, an die alten Schränke in der Sakristei und den anheimelnden Geruch, den sie verströmten. Es waren Erinnerungen an Äußerlichkeiten aus einer Zeit, in der sein Inneres bereits hohl geworden war. Er richtete den Blick wieder geradeaus und erkannte in der Ferne bald die schwarze, sich zwischen die Häuser zwängende Masse der Porta Nigra, jenes Symbols alter Größe und Macht aus einer Zeit, in der das Christentum gerade erst seinen Siegeszug antrat – Zeichen einer anderen Zeit, einer Zeit des Umbruchs, der Ungewissheit, des Niedergangs und Neubeginns. Er mochte dieses römische Stadttor mehr als Sankt Paulin.

Der Regen hatte viele Passanten von der Straße vertrieben, doch Arved wollte sich vom Ritual dieses Tages nicht abbringen lassen. Jeden Mittwoch besuchte er den Dom, aß im Restaurant *Zum Domstein* zu Mittag – immer Wildragout mit Kroketten und Preiselbeeren, danach ein Mokka – und dann stattete er Lioba Heiligmann einen kurzen Besuch ab. So machte er es auch an diesem Tag, der sich scheinbar durch nichts von vielen vorangegangenen Mittwochen unterschied.

Als er endlich vor dem schmalen Haus in der Krahnenstraße stand, an dessen Fassade der Efeu immer größere Flächen beanspruchte und das Gebäude allmählich in einen lebenden Organismus zu verwandeln schien, hatte es zu regnen aufgehört. Die beiden beinahe blinden Fenster im ersten Stock starrten wie ins Nichts oder in die Vergangenheit, das kleine Bodenfenster blickte nachdenklich in den Himmel, und die Farbe an der Tür blätterte immer stärker ab. Man ahnte nicht, dass sich hinter dieser Fassade einer der weltweit größten Bücherbestände auf dem Gebiet des Okkulten, Magischen und Unerklärlichen befand. Lioba Heiligmann war Antiquarin, die ihr Geschäft von zu Hause aus betrieb; der Gedanke an ein Ladenlokal war ihr zuwider; zu viele Kunden, die mit fettigen Fingern und Eistüten in der Hand ihre Schätze durchstöbern würden, sagte sie immer.

Arved stieg die vier Stufen zur Haustür hoch – und stutzte.

Vor der Tür stand ein Karton mit Büchern. Obwohl es vorhin heftig geregnet hatte, waren die Bücher trocken und unbeschädigt; erst kurz zuvor musste sie jemand hier abgestellt haben. Arved runzelte die Stirn und klingelte.

Lioba Heiligmann öffnete so rasch, dass Arved annahm, sie habe auf ihn gewartet.

Sie lächelte ihn an. »Arved Winter! Welch eine Freude. Sind Sie wieder mal in Trier? Schön, dass Sie mich besuchen.«

Es sollte überrascht klingen, aber eine schwache Spur Ironie schwang in ihren Worten mit – wie jedes Mal. Dann bemerkte auch sie den Bücherkarton und zog die Augenbrauen hoch. »Haben Sie mir etwas mitgebracht? Wie war das noch mit Athen und den Eulen?« Ihre dunkle Stimme verursachte bei Arved ein angenehmes Gefühl von Wärme.

»Ich habe keine Ahnung, wer die Bücher hier abgestellt hat. Als ich ankam, waren sie schon da.«

Lioba Heiligmann bückte sich und hob die obersten Bände kurz an. Sie machte »hm« und »aha« und wuchtete dann den ganzen Karton mit verblüffender Leichtigkeit hoch. »Langjährige Übung«, sagte sie zu Arved, dessen bewundernder Blick ihr nicht entgangen war. »Kommen Sie mit nach drinnen, der Kaffee wartet schon.«

Arved folgte ihr in das dunkle, kühle Innere des Hauses, das sich erfolgreich gegen jeden Sommer wehrte. Amüsiert betrachtete er Lioba, die vor ihm her in ihr Wohnzimmer ging, das gleichzeitig ein Teil ihrer ungeheuren Bibliothek war. Wie immer trug Lioba Heiligmann klobige Wanderschuhe und eines ihrer berüchtigten geblümten Kleider, über dessen Schulter das mit silbernen Streifen durchzogene braune Haar wie ein Wasserfall wallte. Sie stellte den Karton auf dem Perserteppich ab und rieb sich die Hände.

»Ein wenig staubig, dieses unverhoffte Geschenk«, sagte sie, drehte sich um und schaute Arved fragend an.

Er faltete die Hände vor dem nicht allzu unscheinbaren Bauch und zuckte gleichzeitig hilflos die Schultern. Ihr Blick machte ihn immer ein wenig nervös. Sie war achtundvierzig Jahre alt, zehn Jahre älter als er, und auf eine nachlässige Art schön. Manchmal träumte er von ihr.

»Was stehen Sie so herum wie ein verlegener Schuljunge? Setzen Sie sich. Sie sind hier doch schon beinahe zu Hause –

wenn auch nur mittwochs.« In ihrer Stimme lag wieder dieser milde Spott.

Auf dem kleinen Mahagonitisch zwischen den beiden Ledersesseln standen bereits zwei dampfende Tassen Kaffee. Arved nahm in dem linken Sessel Platz, in dem er immer saß. Der Kaffee vor ihm war von milchigem Hellbraun – »Sie verdünnen wohl alles in Ihrem Leben«, hatte Lioba dazu einmal gesagt – und der andere schwarz. Lioba riss sich von den Büchern los, ließ sich schwer in den zweiten Ledersessel fallen und schlug undamenhaft die Beine übereinander. Sie nahm aus der Packung auf dem Tisch einen Zigarillo, steckte ihn sich an und sog heftig daran. Mit sichtlichem Wohlbehagen stieß sie Rauchkringel in die Luft. Dabei betrachtete sie nachdenklich den Bücherkarton. »Schon seltsam«, meinte sie. »Ich habe vor ein paar Tagen mit meinem Kollegen Zaunmüller aus der Johannisstraße geplaudert, und er meinte, es komme öfter vor, dass ihm außerhalb der Öffnungszeiten Bücher an die Ladentür gestellt werden.« Sie streifte die Asche an dem kleinen Aschenbecher aus Onyx ab. »Mit solchen Geschichten konnte ich nicht dienen – bisher.«

Arved sah den Karton an, als handle es sich um ein riesiges Insekt, von dem er nicht ganz sicher war, ob es noch lebte. »Vielleicht ist es ein Geschenk von Herrn Antiquar Zaunmüller«, mutmaßte er.

Lioba schüttelte den Kopf. »Ganz sicher nicht. So viel ich beim ersten Durchstöbern gesehen habe, handelt es sich fast ausschließlich um Titel aus meinem eigenen Bereich. Einiges ist wertloser Mist, aber ein paar Sachen sind durchaus wertvoll. Zaunmüller könnte sie sehr gut verkaufen. Das sind keine Bücher, die man einfach nur entsorgen will – und wenn doch, dann war der Täter ein Dummkopf. Auch das schließt Zaunmüller von vornherein aus.« Sie legte den halb aufgerauchten Zigarillo in den Ascher, stand auf und bückte sich zu dem Karton herunter.

Arved nahm einen Schluck Kaffee und schloss die Augen. Niemand kochte so guten Kaffee wie Lioba Heiligmann. Vielleicht war das eines der Geheimrezepte ihres erfolgreichen Bücherhandels. Arved schlug die Augen wieder auf und sah Lioba über den Karton gebeugt, als würde sie inbrünstig beten. Neben sich hatte sie bereits einen kleinen Bücherstapel angehäuft.

»Die Amonesta-Ausgabe vom Soldan-Heppe-Bauer, na ja«, murmelte sie und begründete mit dem rot eingebundenen Buch einen zweiten Stapel. »Hm, die *Magie der Renaissance*.« Das Buch mit dem schwarzen Schutzumschlag wanderte auf den größeren Stapel. »Schobers *Blutbann* und Braems *Magische Riten*, brr.« Schon war der zweite Stapel um zwei Bücher höher. »Hallo! Das ist ja Ennemosers *Geschichte der Magie* in der Erstausgabe!« Sie legte das Buch vorsichtig auf den größeren Haufen und sah hoch zu Arved. »So etwas gibt man doch nicht so einfach weg. Und Sie haben wirklich nicht gesehen, wer mir den Karton vor die Tür gestellt hat?«

Arved schüttelte den Kopf. Er hielt noch die inzwischen leere Tasse in der Hand; er brauchte etwas, woran er sich festhalten konnte. »Vielleicht ein unbekannter Verehrer von Ihnen?«, wagte er zu fragen und spürte, wie er dabei rot wurde.

»Klar. Jemand, der mich um meiner Caritas-Kleider und meiner unnachahmlichen Art wegen liebt.« Dabei bückte sie sich wieder über den Karton. »Gut, dass mein unbekannter Gönner den Regen abgewartet hat; sonst wären all diese schönen Bücher nur noch Brei.« Sie schien wieder eines entdeckt zu haben, das nicht ganz so schön wie die anderen war, und warf es mit einem verächtlichen Schnauben auf den kleineren Haufen.

Arved erkannte nur einen Teil des Titels: *Die Vernichtung der weisen ...* Offenbar war die *Vernichtung* zur Vernichtung freigegeben. Inzwischen war sein Kopf wieder kühler geworden.

»Was ist denn das?« Lioba richtete sich auf, hielt ein schmales, in hübsches Leder gebundenes Buch hoch und schlug es mit dem zugleich zärtlichen und bestimmten Griff einer geborenen Antiquarin auf. »*Das Schattenbuch.* Hm.« Sie blätterte es vorsichtig durch. »Scheint kein okkulter Text zu sein, eher etwas Literarisches. Mit Bildern.« Sie klappte das Buch zu und schien sich nicht entscheiden zu können, zu welchem Haufen sie es legen sollte. Als sie Arveds fragenden Blick bemerkte, reichte sie es ihm.

Das weiche, braune Leder schmiegte sich ihm in die Hände, als wolle es von ihm gestreichelt werden. Es erinnerte ihn an seine beiden Katzen, die er von Lydia Vonnegut geerbt hatte. Beinahe hatte er den Eindruck, als ob das Buch warm und lebendig wäre. Er betrachtete es von allen Seiten. Es war wie neu. Auf dem Rücken, über den fünf Bünde liefen, waren zwischen dem obersten und dem zweiten Bund die durch einen Bindestreich getrennten goldenen Wörter *Schatten-buch* eingeprägt. Nur am oberen Rand waren die Blätter beschnitten. Arved öffnete das Buch.

Auf dem dicken, weißen Bütten des Titelblatts stand: *Schattenbuch. Von Thomas Carnacki. Mit drei Holzschnitten. Privatdruck.* Arved blätterte um und kam zum ersten der angekündigten Holzschnitte. Er zeigte eine Bibliothek in einem hohen Raum mit einem Rundbogenfenster. Auf einem Beistelltisch zwischen zwei ausladenden Sesseln lag ein aufgeschlagenes Buch, aus dem etwas hervorzuwachsen schien, das groteskerweise wie ein Bergfried aussah. Die Szene erinnerte Arved stark an das Zimmer, in dem er augenblicklich saß. Unwillkürlich hob er den Blick und schaute sich um. Die

Regale, der Tisch, die Sessel ... Nur gab es hier kein Rundbogenfenster, und der Raum war bei weitem nicht so hoch wie der auf dem Holzschnitt. Auf dem Blatt nach der Illustration begann eine Geschichte mit dem Titel: *Die Sammlerin*. Beim raschen Durchblättern fand Arved auch die beiden anderen Holzschnitte, die er sich nicht eingehend anschaute, und stellte fest, dass noch zwei Geschichten folgten. Das ganze Buch hatte nur 128 Seiten. Er gab es Lioba zurück.

Inzwischen hatte sie alle Bücher ausgepackt. Die beiden Stapel waren nun annähernd gleich hoch. Sie deutete auf jenen mit den für wertlos befundenen Büchern. »Wenn Sie mir einen großen Gefallen tun wollen, können Sie die hier in die Mülltonne hinter dem Haus werfen. Wenn Sie sich einen oder mehrere Bände nehmen wollen: nur zu.«

Arved stand auf, packte das unterste Buch des Turms und hob diesen vorsichtig an. Lioba hielt derweil den Erzählband in der Hand, ließ die Blicke vom einen Bücherstapel zum anderen gleiten und legte das schön eingebundene Werk zu Arveds großem Erstaunen auf die zu entsorgenden Bücher.

»Man kann nicht alles behalten«, meinte Lioba entschuldigend. »Ich habe noch nie etwas von einem Carnacki gehört, und die Holzschnitte sind zwar Originale, aber sie gefallen mir nicht. Ich fresse einen Besen, wenn sie etwas wert sind. Das ist eines der Bücher, die nur darauf aus sind, Staub zu sammeln. Ich zeige Ihnen den Weg in den Hof.«

Sie ging vor Arved her und stapfte mit ihren Wanderschuhen laut über den Steinboden im Flur. Als sie den Hintereingang öffnete, drang verstohlene Helligkeit herein. »Vielen Dank«, sagte sie und war schon wieder im Innern des Hauses verschwunden.

Arved balancierte mit den Büchern über die Treppe, die in den Hinterhof führte. Er stellte die in Ungnade gefallenen

Werke neben der blauen Tonne ab und öffnete diese. Es befanden sich schon einige Bücher darin. Nacheinander legte er die Neuankömmlinge dazu. Als er die Tonne schließen wollte, fiel ein Schatten hinein. Arved ließ den Deckel los, der nach hinten klapperte. Der Schatten war verschwunden; vielleicht war es eine Wolke gewesen, die unter der Sonne hindurch geglitten war.

Aber es schien keine Sonne.

Der Himmel war hellgrau, und ein gleichmäßiges Licht lag über dem stillen Hinterhof, in dem sich eine Linde verbissen gegen Stein und Asphalt behauptete. Die übrigen Häuser des Blocks drängten sich aneinander, als suchten sie Schutz beim anderen. Mauern und Zäune liefen von allen Seiten zu der in der Mitte stehenden Linde; es war Arved, als streckten sie zaghafte Arme und Fühler aus, um sich des einzigen lebenden Dings in ihrer Gegenwart zu versichern.

Die blaue Tonne hatte ihren Schlund noch immer weit geöffnet. Arved schaute hinein, als er nach dem Deckel tastete. Der Schatten hatte sich nicht verzogen, er lauerte zwischen den Büchern, von denen einige aufgeklappt waren. Zuoberst lag der Erzählband, dabei war sich Arved sicher, dass er ihn als Erstes in die Tonne gelegt hatte. Er streckte die Hand danach aus.

In der Linde schrie ein Vogel. Arved zuckte zusammen. Der Vogel kreischte noch einmal und flog als verwischter Schatten unter dem grauen Himmel fort. Vielleicht war es eine Elster gewesen. Arved griff nach dem Buch. Es schien sich gleichsam gegen seine Finger zu schmiegen. Er zog es aus der Tonne und ließ den Deckel laut zufallen. Wie eine Beute trug er das Buch zurück ins Haus.

Er fand Lioba damit beschäftigt, die Bücher, die ihr soeben aus heiterem Himmel zugefallen waren, ihren Beständen einzuverleiben. »Ich werde bald wieder einen schönen Internet-Katalog machen können«, sagte sie fröhlich. »Solche Geschenke könnte ich jeden Tag gebrauchen.« Da sah sie, dass Arved den Erzählband in den Armen hielt. »Drücken Sie ihm nicht die Luft ab. Sie halten es ja wie ein kleines Kind – allerdings wie ein Kind, auf dessen Weiterleben man keinen allzu großen Wert legt.«

Arved schaute auf das Buch in seinen Armen. »Ich finde, es ist zu schade, um weggeworfen zu werden. Wenn Sie erlauben, nehme ich es mit.«

Lioba kniff die Augen zusammen. »Natürlich. Ich stehe zu meinem Wort. Legen Sie es draußen auf die Garderobe. Und dann kommen Sie her, wir haben noch gar nicht palavert.«

Eine Stunde blieb Arved bei Lioba, wie immer. Sie unterhielten sich über das Wetter, über Liobas letzte Einkäufe und Geschäfte, über Arveds Katzen und sein Leben in der Eifel, und als Arved sich endlich erhob, hatte er das Buch vergessen. Er ging zusammen mit Lioba zur Haustür, verabschiedete sich mit einem festen Händedruck von ihr und trat die wenigen Stufen hinunter zur Krahnenstraße, als Lioba ihm plötzlich zurief: »Nehmen Sie Ihr Buch mit! Ich will es nicht haben!« Sie warf es ihm entgegen.

Arved fing es auf wie ein rohes Ei. Er winkte Lioba noch einmal zu, sie winkte zurück und schloss die Tür. »Bis zum nächsten Mittwoch«, murmelte er und ging langsam durch die stille Krahnenstraße in Richtung Innenstadt.

Das Schattenbuch ging mit ihm.

2. Kapitel

Arved war froh, als er sein Haus in Manderscheid erreicht hatte. Er war in Trier in einen fürchterlichen Stau geraten, und heftiger Regen hatte die Fahrt über die Autobahn zu einer Tortur gemacht. Erst kurz vor der Abfahrt hatte sich das Wetter gebessert.

Die beiden Katzen begrüßten ihn in der Diele. Er bückte sich, um sie zu streicheln, wie er es immer tat, wenn er nach Hause kam. Lilith und Salomé sprangen auf ihn zu, doch dann blieben sie stehen, tänzelten ein paar Schritte zurück und verschwanden im Wohnzimmer. Arved richtete sich wieder auf und sah erstaunt zu, wie die beiden schwarzen Schwanzspitzen im Gleichschritt durch die Tür huschten. Dann fiel sein Blick auf das Buch, das er noch unter den Arm geklemmt trug. Ob es vielleicht einen Geruch ausströmte, der den Katzen unangenehm war? Er zuckte die Achseln und folgte den beiden Tieren ins Wohnzimmer. Dort legte er das Buch auf den niedrigen Couchtisch, auf dem außer einer kleinen Vase mit einer künstlichen Blume nichts stand. Die Marmorplatte war wie ein unberührtes Schneetuch.

Arved ließ sich schwer in das Polster des englischen Ledersofas fallen und seufzte auf. Von den Katzen war nichts zu sehen; es war, als gäbe es sie gar nicht mehr. Noch vor einigen Monaten hätte Arved dies keineswegs schlimm gefunden, denn sie waren ein Teil des Erbes, das Lydia Vonnegut ihm hinterlassen hatte, und es war schwer für ihn gewesen, sich an diese beiden dunklen, rätselhaften Geschöpfe zu gewöhnen. Doch inzwischen gefiel ihm ihre Gegenwart.

Er schaute durch das breite Fenster auf die Wiese mit den knorrigen Obstbäumen. Kühe stapften träge durch das hohe

Gras und kauten mit wohlabgemessenen Bewegungen und ohne jegliche Hast. Arved liebte dieses Bild, das ihn vom Frühjahr bis zum Herbst begleitete. Dieser Ausblick war so viel angenehmer als der in der engen Palmatiusstraße in Trier, in der Lydia Vonneguts Haus stand. Er beglückwünschte sich noch einmal zu der Entscheidung, es zu verkaufen und hierher zu ziehen. Er hätte nicht dort bleiben können – nicht nach seinen Erlebnissen, die in jener Hexennacht des vergangenen Jahres ihren Ausgang genommen hatten und ihm manchmal wie aus einem anderen Leben erschienen. Immerhin hatte er durch die Ereignisse Lioba Heiligmann kennen gelernt; sie war ihm während der zurückliegenden Monate sehr ans Herz gewachsen. Doch obwohl er sich jede Woche mit ihr traf, wusste er nur sehr wenig über sie.

Arved rutschte auf dem Sofa ein wenig nach vorn, griff nach dem Erzählband und blätterte darin herum. Er hatte noch nie etwas von einem Autor namens Thomas Carnacki gehört, aber das war nicht verwunderlich, denn er kannte sich in der Literatur nicht gut aus. Eigentlich hatte er das Buch nur mitgenommen, weil es ihm Leid getan hatte. Es war so schön und so liebevoll gemacht, viel zu schade für die Mülltonne. Er vertiefte sich in die Holzschnitte.

Den ersten, der zu der Geschichte mit dem Titel *Die Sammlerin* gehörte, hatte er ja schon bei Lioba betrachtet. Auch jetzt noch erinnerte ihn der grob und doch eindrucksvoll hingeworfene Bibliotheksraum an das Zimmer, in dem Lioba ihn zu empfangen pflegte. Der seltsame Fortsatz, der aus dem geöffneten Buch hervorwuchs, war ihm hingegen unheimlich.

Der zweite Holzschnitt stellte eine Waldlichtung mit einem einzelnen Stumpf in der Mitte dar, neben dem etwas auf dem abschüssigen Boden stand, das wie ein Bierfass wirkte. Der Stumpf schien eine Krone zu tragen, aus der etwas hervorragte, das wie ein riesiger Nagel wirkte. Entweder waren die Fähigkeiten des Künstlers begrenzt gewesen, oder er hatte mit diesem Ensemble etwas ausdrücken wollen, das sich nur durch die Geschichte erschloss. Der dritte Holzschnitt hingegen schien einen seltsamen, mit phantastischen Verzierungen geschmückten Spiegel in einem kahlen, unmöblierten Zimmer darzustellen. Weder auf dem Titelblatt noch sonst wo in dem Buch gab es einen Hinweis auf den Künstler – das Buch hatte keinen Druckvermerk, aus dem sich die Auflagenhöhe, der Drucker oder der Buchbinder ergaben. Nicht einmal Druckort und Druckjahr waren zu ermitteln. Bei dem wunderbaren braunen Ledereinband mit den fünf Bünden handelte es sich jedoch um eine meisterliche Arbeit, das war selbst Arved klar.

Er holte aus der Küche ein Himmeroder Klosterbier und machte es sich wieder auf dem Sofa bequem. Zwei Schluck des würzigen Starkbiers tauchten sein Gemüt in mönchischen Frieden und stimmten ihn auf das Leseerlebnis ein. Er verschlang die erste Geschichte und vergaß darüber Zeit und Welt. Als er fertig war, rieb er sich die Augen, trank das Glas leer und goss sich ein zweites ein.

Es war eine Geschichte über eine Sammlerin, eine Büchersammlerin, genauer noch eine Sammlerin von Occulta, die völlig in ihrer Sammelleidenschaft aufging und gar nicht bemerkte, wie einsam sie eigentlich war. Obwohl sie viel jünger als Lioba war, erinnerte sie Arved doch an die Antiquarin. Durch einen Zufall lernte die Frau einen älteren Sammler kennen, der ihr gegenüber bald tiefe Gefühle empfand, die sie jedoch nicht wahrnahm. Der Sammler, ein reicher Mann jenseits aller weltlichen Sorgen, einsam wie die junge Frau, sich seiner Einsamkeit aber schmerzlich bewusst, beging Selbstmord, als er begriff, dass er das Herz seiner großen

Liebe nie würde für sich einnehmen können. Von nun an suchte er sie als Geist heim. Zuerst bemerkte sie auch dies nicht, doch bald konnte sie nicht mehr verleugnen, dass sie von einem Phantom verfolgt wurde. Seine Liebe, die er im Leben empfunden hatte, war nun in Hass gewandelt, und er stürzte die junge Frau schließlich von einem hohen Turm in den Tod.

All dies war in einer lyrischen und zugleich harten Sprache geschildert, die Arved sehr anrührte. Wie er selbst die Einsamkeit kannte! Wie er die Gefühle der beiden Hauptpersonen nachvollziehen konnte – auch jene der jungen Frau, denn in Arveds Leben hatte es ebenfalls eine Zeit gegeben, in der er mit großer Leidenschaft gesammelt hatte, um sich von dem Leben, das ihn als Pfarrer täglich umtoste, abzulenken. Er hatte Reliquien und Reliquiare in großer Zahl angehäuft. Ein paar Monate nach seinem Fortgang aus Trier hatte er die ganze Sammlung verkauft und eine hübsche Summe dafür erhalten. Er war froh, diesen Ballast nicht mehr durch sein Leben schleppen zu müssen, doch was Sammelleidenschaft war und wie sehr sie einen von sich selbst und von seiner Umwelt ablenken konnte, das wusste er nur allzu gut.

Er klappte das Buch zu und legte es behutsam auf den Tisch mit der hartweißen Platte. Seine Gedanken schweiften wieder zu Lioba.

Sie lebte allein, schien keinen Freund, keinen Liebhaber zu haben, was angesichts ihrer forschen Art und ihrer unbestreitbaren, reifen Schönheit, die ihre unmögliche Kleidung nicht vollständig verbergen konnte, erstaunlich war. Hatte sie immer schon allein gelebt, oder war sie einmal – oder mehrmals – verheiratet gewesen? Arved mochte ihre offene Art, ihre Unkompliziertheit, und er hatte oft den Eindruck, dass er selbst das genaue Gegenteil von ihr war. Er wunderte sich über sich selbst, dass er es wagte, sie beinahe jede Woche zu besuchen. Es schien ihr nicht unangenehm zu sein, aber er war sich keinesfalls sicher, was sie über ihn dachte. Er war das, was man beschönigend »vollschlank« nannte, seine welligen, blonden Haare hatten sich gelichtet, und er entsprach beileibe keinem Schönheitsideal, war kein brillanter Plauderer, kein Draufgänger, kein selbstbewusster Mensch. Er traute sich nicht einmal, ihr das Du anzubieten, was er vor sich selbst damit rechtfertigte, dass sie die Ältere war und daher dieses Angebot von ihr kommen müsse. Er hätte gern mehr aus ihrem früheren Leben erfahren, doch darauf kam sie nie zu sprechen.

Es wurde dunkel. Arved machte sich nicht die Mühe, das Licht einzuschalten. Er beobachtete das Erstarken der Schatten, und erst als er nur noch Schemen erkennen konnte, fiel ihm auf, dass die beiden Katzen noch immer nicht um ihr abendliches Futter bettelten. Normalerweise strichen sie ihm ab neun oder zehn Uhr um die Beine, maunzten, rannten immer wieder in die Küche, wie um Arved anzulocken, doch heute Abend blieben sie unsichtbar und unhörbar. Verdutzt stand Arved auf und schaltete das Licht an. Grün und gelb fiel es aus der Jugendstil-Deckenlampe und verband sich mit den Schatten, ohne diese wirklich zu vertreiben.

»Lilith! Salomé!«, rief er. Keine Reaktion. Da musste er wohl schwerere Geschütze auffahren. Er ging in die Küche und raschelte mit der Dose, in der sich das Trockenfutter befand – die Bobbels, wie er sie immer nannte. Als auch daraufhin die Katzen nicht angestürmt kamen, machte er sich ernstlich Sorgen. Er schaute auf seine Armbanduhr. Schon kurz vor elf. »Lilith? Salomé?«

Er ging zurück ins Wohnzimmer und überprüfte die Balkontür. Sie war verschlossen, draußen konnten die beiden schwarzen Teufelchen nicht sein. Dann suchte er das ganze Haus nach ihnen ab, wobei er die Futterdose mitnahm und sie immer wieder aufreizend schüttelte.

Er fand die Katzen im Keller, dicht aneinander geschmiegt. Sie schauten ihn mit großen Augen an, schienen aber gesund und munter zu sein.

»Was ist denn mit euch los?«, fragte Arved, der schon lange die Gewohnheit angenommen hatte, mit seinen Tieren zu reden. Er schüttelte die Dose noch einmal, und die Katzen spitzten die Ohren. Sehr zögerlich standen sie auf, reckten sich, und noch zögerlicher folgten sie ihm nach oben in die Küche. Dort schüttete er die Bobbels in die Näpfe, und die Tiere vergaßen ihre seltsame Angst und fielen über das Futter her. Bald knirschte und knurpste es nur noch. Arved schüttelte den Kopf, stellte ihnen noch ein Schälchen mit frischem Wasser hin und ging wieder ins Wohnzimmer zu seinem neuen Buch.

Die nächste Novelle, die den Titel *Vor des Messers Schneide* trug, erzählte von einem Mann, der mit zwei Frauen ein doppeltes Spiel gespielt hatte. Die beiden taten sich zusammen, überwältigten den Mann, einen angesehenen Arzt, und entführten ihn. Nun begann erst die eigentliche Geschichte. Der Mann wurde gefesselt und auf einen Stuhl geschnallt, vor dem in einer Entfernung von etwa zwei Metern eine mannshohe Bretterwand mit eingelassenen Messern stand, deren Klingen auf ihn deuteten. Diese Wand war beweglich und wurde durch starken Federdruck in ihrer Position gehalten. Die beiden Frauen, die über den Arzt zu Gericht saßen, erklärten ihm, die Messerwand werde in genau zwei Stunden nach vorn schnellen und ihn durchbohren, denn sie sei mit einer Zeitschaltung versehen. Er könne seinem Schicksal nur entgehen, indem er ihnen eine annehmbare Entschuldigung für sein abscheuliches Verhalten biete. Zwei geschlagene Stunden versuchte der Gefesselte sich zu retten, doch in den Augen der Frauen fand er keine Gnade. Der Autor beschrieb das Ende des Unglücklichen mit großer Detailverliebtheit, die Arved den Magen umdrehte. Die beiden Frauen entwickelten sich in ihrer Unbarmherzigkeit und Rachsucht zu gleichsam dämonischen Wesen, die zum Schluss keiner menschlichen Regung mehr fähig waren. Diese Novelle war so gruselig intensiv, dass Arved nicht mehr weiterlesen konnte. Die Illustration hingegen hatte offenkundig nichts mit der Geschichte zu tun. Seltsam ...

Er schob das Buch fort, wusste nicht, ob er fasziniert oder angewidert sein sollte, und bekam geradezu Angst vor der letzten Geschichte. Er wollte sie auf keinen Fall vor dem Schlafengehen lesen. Für heute reichte es. Er zog sich um und begab sich ins Schlafzimmer im oberen Stock. Es wurde eine unruhige Nacht.

Arved träumte zwar nicht von den beiden Geschichten, die er gelesen hatte, aber sein Traum hing mit dem Schattenbuch zusammen. Er sah seine beiden Katzen, wie sie das Buch belauerten, dann kroch etwas zwischen den Seiten hervor, das die Tiere umschlang und zerquetschte. Von ihren kläglichen Schreien wachte er auf.

Die Katzen schrien tatsächlich.

Arved sprang aus dem Bett und lief die knarrende Treppe hinunter. Lilith und Salomé hockten im Wohnzimmer und jaulten beinahe wie Hunde. Arved schaltete das Licht ein. Er bemerkte nichts Außergewöhnliches, alles war wie am vergangenen Tag. Das Buch lag auf dem weißen Couchtisch, die Blume stand daneben, die Möbel ... Arved stutzte.

Die Blume.

Es war eine künstliche Lilie, die Lioba ihm einmal geschenkt hatte. Sie war verwelkt.

Arved trat unsicher vor sie und hob sie aus der Vase mit der kleinen Öffnung. Das ehemals frische Weiß der Blüte und das starke Grün des Stängels und der Blätter waren braun geworden. Angewidert warf er die schlaffe Blume auf den Tisch. Die beiden Katzen hatten zu jaulen aufgehört. Sie machten einen Buckel, und ihr Fell war gesträubt. Er versuchte sie zu beruhigen und zu streicheln, doch sofort schossen sie wie zwei schwarze Blitze aus dem Zimmer. Arved ging zurück nach oben ins Bett. Er lag noch eine Weile wach, aber die Stille des Hauses und des Dorfes wiegte ihn endlich wieder in den Schlaf.

Am anderen Morgen war er sich ziemlich sicher, dass die verwelkte künstliche Blume nur ein Traum gewesen war. Nachdem er sich gewaschen und angezogen hatte, stieg er vorsichtig nach unten. Was wäre, wenn die Lilie wirklich in Verwesung übergegangen war? Arved näherte sich der weit offen stehenden Wohnzimmertür. Und erstarrte im Rahmen.

Die Lilie lag neben der Vase, beinahe über dem Buch. Sie war braun. Mit zwei Schritten war Arved bei ihr. Hob sie auf. Das Braun glitt ab von ihr. Es waren nur Schatten gewesen. Die Blüte war jetzt strahlend weiß, Stängel und Blätter grün, so wie es sich gehörte. Arved atmete auf und stellte die Blume zurück in die Vase. Warum hatte sie daneben gelegen? War er wirklich in der Nacht hier gewesen? Oder hatten die Katzen vielleicht die Blume aus der Vase gezerrt? Das sah ihnen gar nicht ähnlich. Wo waren sie überhaupt?

Arved hatte sich bereits darauf eingerichtet, wieder auf die Suche nach ihnen gehen zu müssen, doch er fand sie in der Küche, wo sie vor ihren leeren Näpfen saßen und ihn vorwurfsvoll anstarrten. Er gab ihnen eine Sonderportion Bobbels und legte sich auf die Couch. Aus den Augenwinkeln sah er, dass die Kaminuhr, die in Ermangelung eines Kamins ein wenig unpassend auf der Mahagonianrichte stand, bereits halb zwölf anzeigte. Arved zog verwundert die Brauen hoch und gähnte. Er fühlte sich nicht einmal ausgeschlafen. Das Buch hatte ihn stärker beschäftigt, als er vermutet hätte. Er las die dritte Geschichte.

Sie trug den Titel *Täter und Opfer* und handelte von einem Kommissar, der eine Mordserie aufzuklären hatte, in der die Opfer zumeist mit gewaltigen Messern abgeschlachtet wurden. Immer legte der Täter Spuren, die der Kommissar zu spät entdeckte. Eine Leiche jedoch fand er nie; es blieben jeweils nur Blut oder Speichel des Opfers oder die Tatwaffe zurück, wodurch eine Identifizierung eindeutig möglich war. Manchmal erhielt er die Waffe auch mit der Post zugeschickt. Doch in einem außergewöhnlichen Fall kam der Kommissar rechtzeitig. Es gelang ihm, das Opfer zu befreien, dem eine Maske über das Gesicht gestülpt worden war, die sich allmählich zusammenzog. Der Kommissar nahm die Stelle des Opfers ein, legte sich die Maske an, die sich sogleich an ihm festsaugte, und wartete auf den Mörder, während seine Kollegen schussbereit vor dem leeren Fabrikgebäude lauerten. Doch der Mörder erschien nicht. Immer enger zog sich die Maske zusammen. Als der Kommissar schon nicht mehr um Hilfe rufen konnte, begriff er endlich, dass er selbst es gewesen war, der die übrigen Opfer getötet hatte. Und nun war er sein eigenes, letztes Opfer. Über dieser Erkenntnis erstickte er.

Puh! Arved verzog den Mund. Was für ein Buch! Er konnte nicht behaupten, die Geschichten schön zu finden, wenn er von gewissen lyrischen Passagen in der ersten Novelle absah, aber er musste zugeben, dass sie ungeheuer intensiv waren. Der Autor schien irgendeinen Trick anzuwenden, mit dem er den Leser unbarmherzig in die Handlung hineinzog. Arved hatte keine Ahnung, wie dieser Thomas Carnacki das geschafft hatte, denn schließlich war er kein Literaturexperte. Arved verspürte eine starke innere Unruhe und verließ das Haus.

Lange streifte er durch die Wälder um Manderscheid, kletterte hinab in den Achtergraben, wieder hinauf zum Lieserpfad. Er genoss die reinigenden Anstrengungen des Weges. Zwei Stunden später war er sowohl sehr müde als auch sehr hungrig. Inzwischen hatten alle Restaurants für den Nachmittag geschlossen, und Arved wollte sich nicht selbst etwas kochen, also kehrte er im *Eifel-Döner* ein. Während er auf sein Döner-Lahmacun wartete, dachte er wieder über das Schattenbuch nach. Ein seltsamer Titel, der in keiner der drei Geschichten aufgenommen wurde. Wahrscheinlich nannte man das dichterische Freiheit. Während des ganzen Weges hatte er über das eine oder andere Motiv aus den Novellen nachgedacht. Er hatte Mitleid mit den Opfern empfunden, auch wenn sie in gewisser Weise an ihrem Untergang Schuld oder zumindest Mitschuld trugen. Daher waren die Geschichten zwar irgendwie moralisch, aber auch sehr unbefriedigend und ließen den Leser in einer starken Spannung zurück. Das Gute hatte gewonnen und gleichzeitig verloren.

Arved erhielt sein Lahmacun und setzte sich an einen der blank gescheuerten Tische. Während er aß, dachte er weiter über das Schattenbuch nach. Man konnte beinahe den Eindruck bekommen, dass diese Geschichten nicht alles waren, dass es noch Geschichten hinter den Geschichten gab, die diese erklärten und vielleicht auch relativierten. Wie konnte sich jemand solche abgründigen Dinge ausdenken und sie niederschreiben? Was mochte der Autor sonst noch geschrieben haben?

Als Arved aufgegessen und sich die fettigen Finger gleich an mehreren Servietten halbwegs gereinigt hatte, verließ er tief in Gedanken den Imbiss. Er hatte eine Idee.

Arved holte das Buch, fuhr damit nach Wittlich und versuchte es dort zunächst in allen drei Buchhandlungen: bei *Stephanus*, in der Buchhandlung *Rieping* und in der *Bücherstube* neben der Post, aber überall hörte er nur, dass von einem Autor namens Thomas Carnacki nichts lieferbar sei. Keiner der Buchhändler kannte diesen Namen. Der Inhaber der Buchhandlung *Rieping* war sogar so freundlich, Arved in seine Datenbanken schauen zu lassen, aber ein Autor namens Carnacki tauchte nirgendwo auf. Und selbstverständlich hatte noch keiner der drei Buchhändler das Schattenbuch je in Händen gehabt.

Während des Rückwegs zum Parkplatz an der Lieser, wo Arved seinen Bentley abgestellt hatte, fasste er einen raschen Entschluss. Warum sollte er nicht mit dem Schattenbuch dorthin zurückgehen, wo er es erhalten hatte? War Lioba Heiligmann nicht Buchhändlerin, wenn auch spezialisiert auf alte Bücher über Hexen, Geister und Magie? Außerdem besaß sie einen Internetanschluss – Arved hatte sich zu dieser zweifelhaften technischen Innovation noch nicht hinreißen lassen – und beherrschte das Einmaleins der Büchersuche sicherlich im Schlaf. Ohne sich vorher bei ihr anzumelden, machte er sich auf den Weg nach Trier.

3. Kapitel

Seit so vielen Jahren beschäftigte sich Lioba Heiligmann als Antiquarin nun schon mit der Welt des Unbekannten, Unheimlichen und Düsteren, doch sie hatte noch nie ein Gespenst gesehen.

Bis heute.

Als sie die Tür ihres Hauses öffnete, weil es soeben geklingelt hatte, wich sie zurück. Da draußen stand eine Gestalt, die so bleich wie der Tod war und schwarze Ringe unter den Augen hatte. Und in diesen Augen lag für den Bruchteil einer Sekunde etwas, das sie nur als unheiliges Feuer bezeichnen konnte. Das Feuer erlosch, als die Gestalt sie ansah, und der Schatten über ihr schien sich zu heben. Doch die Blässe blieb.

»Was machen Sie denn hier?«, fragte Lioba, nachdem sie einmal tief durchgeatmet hatte. »Ist denn schon wieder Mittwoch?« Allmählich kehrte der leise Spott in ihre Stimme zurück.

Arved Winter hielt das Buch, das sie ihm gestern geschenkt hatte, wie einen Panzer vor seine Brust gedrückt. Blonde, wellige Haarsträhnen fielen ihm ins Gesicht und verstärkten nur die Blässe seiner Haut. Er sah aus, als habe er die letzte Nacht gar nicht geschlafen.

Er zuckte unter ihren Worten zusammen, als hätte sie ihn gepeitscht. Da tat er ihr wieder Leid. »Kommen Sie doch herein«, sagte sie und machte eine einladende Handbewegung. Er drückte sich wortlos an ihr vorbei und begab sich sofort in seinen angestammten Sessel im Wohnzimmer. Das Buch legte er auf den kleinen Tisch. Dann sah er sie wieder mit diesem dunklen Blick an.

Sie blieb in einiger Entfernung von ihm stehen. Er sollte das Hemd über der Hose tragen, entschied sie still, dann würde es nicht so um seinen Bauch spannen. Überhaupt – nur ein paar kleine Änderungen wie mal ein buntes Hemd statt der ewigen weißen und eine helle Hose statt der unabänderlichen dunkelblauen würden bestimmt Wunder wirken. Aber wahrscheinlich hatte Arved in seinem Kleiderschrank nur weiße Hemden und blaue Hosen, damit er sich morgens nicht überlegen musste, was er anziehen sollte. Ihr gemeinsames Erlebnis in jener anderen Welt hatte ihn erwachsener und reifer gemacht, doch es blieb noch viel zu tun ...

»Was verschafft mir die Ehre Ihres unverhofften Besuchs?«, fragte sie und zog die Mundwinkel belustigt hoch, als sie bemerkte, wie die Blässe auf seinem Gesicht langsam schwand und sich rote Flecken auf den Wangen bildeten.

Arved räusperte sich und deutete auf das Buch. »Das hier.«

»Wollen Sie es mir zurückbringen? Sie hätten es einfach in die Mülltonne stopfen können – das hätten Sie schon gestern tun sollen.«

»Im Gegenteil. Ich habe es gelesen.«

»Schön.« Sie wartete auf ein vernünftiges Wort von ihm.

»Es ist ... ich habe fast die ganze Nacht gelesen, und heute Morgen auch – mit Unterbrechungen.«

Sie sparte sich einen Kommentar dazu und sah ihn nur auffordernd an, während sie die Hände in die Hüften stemmte und ungeduldig vor und zurück wippte.

»Ich wüsste gern, wer der Autor ist und ob er noch etwas geschrieben hat.«

»So gut war es?«, fragte Lioba ungläubig.

»Nicht eigentlich gut ... ich weiß nicht ... aber intensiv. Unheimlich intensiv.«

»Offenbar. Es hat ein Gespenst aus Ihnen gemacht. Einen Schatten. Aber so heißt das Buch ja auch, oder? Wie wäre es mit einem Kaffee?«

Arved nahm dankbar an, und sie zog sich in die Küche zurück. Während sie den gemahlenen Kaffee in die Glaskanne schaufelte und gleichzeitig den Wasserkocher in Gang setzte, musste sie unwillkürlich lächeln. Arved brauchte mal wieder etwas, woran er sich festhalten konnte, bevor er in der Lage war, freier zu reden. Wie mochte er damals seine Predigten gehalten haben? Mit der Kaffeetasse in der Hand?

Als sie wieder ins Wohnzimmer kam, saß er noch immer reglos da. Sie stellte ihm die volle Tasse hin; er packte sie und hielt sie sich vor den Mund, ohne jedoch einen Schluck zu nehmen. Nachdenklich schaute er in die braune Flüssigkeit, aus der leichter, gekräuselter Dampf aufstieg. Lioba setzte sich in den anderen Sessel und schlug die Beine übereinander. Sie machte es eigentlich nur, weil sie seine verklemmten Blicke sehen wollte. Sie wusste, dass sie schöne Beine hatte – das einzig Schöne an ihr, wie sie fand, denn für ihren Geschmack war ihr Körper zu groß und knochig, ihre Augen standen zu eng beieinander, die Nase war etwas zu breit, die Brust etwas zu groß und diese weißen Strähnen in den Haaren ... Aber was sollte es, die Männerwelt war für sie wie eine Wüste, die sie schon vor längerer Zeit erfolgreich durchquert hatte. Sie zwang sich, nicht lauthals loszulachen, als Arved wieder einmal auf ihre Beine stierte. Sie musste sich eingestehen, dass ihr diese Blicke doch noch gefielen. »Sie wollen also etwas über den Autor erfahren?«, fragte sie schließlich und zündete sich einen Zigarillo an.

»Ich habe schon versucht, etwas über ihn herauszufinden – vorhin in den Wittlicher Buchhandlungen. Ich hatte aber kein Glück. Und da ist mir der Gedanke gekommen, dass ... dass ...«

»... dass Sie Ihre alte Freundin Lioba belästigen, ihr die Zeit stehlen und sie auf diesen Autor ansetzen könnten«, beendete die Antiquarin den Satz für ihn.

»Nein, nein, so war das selbstverständlich nicht gemeint«, verteidigte sich Arved sofort.

Warum sagst du nicht die Wahrheit, dachte Lioba. Nach deinem Abstieg in die Hölle hatte ich geglaubt, du seiest zum Mann gereift, aber du scheinst allmählich wieder in deine alten Gewohnheiten zurückzusinken. Schade. Dir fehlt jemand, der dich ins Leben stößt. Nicht dass ich das sein wollte. Keineswegs. Ich wäre viel zu mütterlich für dich. Außerdem bin ich zu alt, oder? »Natürlich war es so gemeint. Aber was ist daran so schlimm, dass man es nicht zugeben könnte?«

»Ich wollte Sie nicht belästigen.«

Du willst nie jemanden belästigen, dachte Lioba. Hast du je einem Menschen weh getan? Wenn ja, dann nur unabsichtlich. Wenn man ein allegorisches Bild der Unschuld zeichnen soll, wärest du die beste Vorlage. »Sie belästigen mich nicht.«

»Ich dachte, ich lasse Ihnen das Buch hier. Wenn Sie irgendwann etwas Zeit finden sollten ... wenn nicht, ist es auch gut. Ich ... ich mache mich dann mal wieder auf den Weg.« Er stellte den Kaffee ab, ohne davon getrunken zu haben.

»Nichts da! Ich habe jetzt Zeit, und wir werden zusammen schauen, ob wir etwas herausfinden.«

Arved sah sie dankbar an. Die Blässe verschwand allmählich aus seinem Gesicht.

Sie nahm das Buch und schlug es auf. »Wie ich gestern schon gesagt habe, weiß ich auch nicht, wer dieser Thomas Carnacki sein soll«, sagte sie. »Erzählen Sie mir von den Geschichten.«

Arved gab eine kurze Zusammenfassung. Als er einmal in Fahrt gekommen war, redete er wie ein Wasserfall. Am Ende sah Lioba ihn erstaunt an.

»Das ist alles?«, fragte sie.

»Ja. Warum?«

»Für mich klingt das ziemlich abstrus und unangenehm. Wollen Sie etwa noch mehr solches Zeug lesen? In diesem Fall sollten Sie sich vielleicht bei Clive Barker, Stephen King oder John Saul bedienen.«

»Ich kann selbst nicht genau erklären, was mich an diesen Geschichten so fasziniert, wenn man von den wunderbaren Bibliotheksschilderungen der ersten Novelle absieht, die ich Ihnen auch ans Herz legen möchte, denn schließlich geht es darin ja um jemanden wie Sie.«

»Wie unangenehm«, meinte Lioba.

»Möchten Sie das Buch lesen?«, fragte Arved hoffnungsfroh.

Lioba schüttelte den Kopf. »Ich glaube nicht, dass ich es so spannend finde wie Sie. Aber wir werden uns jetzt um den Autor kümmern, damit Sie wieder in Ruhe schlafen können.«

Arved lächelte sie wie ein dankbarer Junge an. In diesem Augenblick hätte sie ihm am liebsten den Kopf gestreichelt. Doch stattdessen ging sie in ihr Arbeitszimmer. »Kommen Sie mit«, rief sie ihm über die Schulter zu.

Arved war noch nie in diesem Raum gewesen. Was er sah, schien tiefen Eindruck auf ihn zu machen. Auch hier stapelten sich die Bücher, allerdings nicht so säuberlich aufgereiht wie im Wohnzimmer, das Lioba auch als Empfangsraum für Kunden diente. Im Arbeitszimmer war jeder freie Platz mit Büchern zugepflastert. Auch am Boden lagen sie und ließen nur einen schmalen Gang zum Schreibtisch unter dem kleinen Sprossenfenster, das in den Hof hinausschaute. Die Bücher in diesem Zimmer waren beinahe ausschließlich neueren Datums. Sie waren die Quellen, aus denen Lioba ihre Informationen über die alten Drucke schöpfte: Bibliographien, Gesamtdarstellungen der okkulten Wissenschaften, des Hexenwesens, des Vampirismus, des Gespensterglaubens und aller anderen möglichen und unmöglichen Verirrungen, zu denen sich der menschliche Geist durch die Jahrhunderte verstiegen hatte. Dazu kamen Allgemeinbibliographien zu alten Büchern sowie zur Literatur und Kunst.

Lioba wühlte sich ein und hatte Arved bald vergessen. »Carnacki«, murmelte sie bei ihrer Suche. »Wie mag man das aussprechen? Karnacki? Zarnacki? Zarnatzki? Wahrscheinlich das Letztere, bestimmt ist der Name polnischen Ursprungs. Na egal, Hauptsache, ich weiß, wie's geschrieben wird.«

Arved wartete knapp hinter der offen stehenden Tür. Eine Möglichkeit, Platz zu nehmen, gab es hier nicht – selbst auf dem unbequem wirkenden Holzstuhl vor dem Schreibtisch lag ein Bücherstapel.

Lioba durchblätterte eine Bibliographie nach der nächsten, ein Lexikon nach dem anderen, und etwa eine Stunde später bemerkte sie, dass Arved noch immer beim Eingang stand. »Kein Glück«, gab sie bekannt. »Wie ich befürchtet hatte. Nirgendwo ist ein Thomas Carnacki als Autor verzeichnet. Jetzt bleibt uns nur das Internet.«

Sie nahm den Bücherstapel von ihrem Stuhl, setzte sich, schob auf dem Schreibtisch einen weiteren Stapel beiseite, und ein Bildschirm sowie eine Tastatur kamen zum Vorschein. »Gehe ich recht in der Annahme, dass Sie so etwas noch immer nicht besitzen?«, fragte sie über die Schulter. Das Schweigen vom anderen Ende des Raumes gab ihr Recht. Sie konnte sich Arved auch besser an einem Schreibpult und mit einem Gänsekiel in der Hand als hinter einem Computer vorstellen.

Sie schaltete den Rechner ein, startete den Browser, und fiepend und blökend wählte sich die Maschine in die Wunderwelt des World Wide Web, ohne das man auch als Antiquarin nicht mehr auskam. Bei Google gab sie *Carnacki* ein, ohne große Hoffnung.

Die Überraschung war daher umso größer. Die Suchmaschine spuckte über 27.000 Nennungen aus.

»Hallo!«, entfuhr es Lioba.

»Was ist?«, fragte Arved aus dem Hintergrund.

»Kommen Sie her und stellen Sie sich neben mich. Sehen Sie selbst.«

Er bahnte sich vorsichtig einen Weg an den Bücherstapeln vorbei und starrte auf den Bildschirm. »Da steht es ja!«, wunderte er sich.

Lioba zeigte ihm die Zahl der Nennungen. »Die können wir unmöglich alle durchsehen«, sagte sie. »Wir müssen die Suche einschränken.« Also gab sie als weiteren Suchbegriff *Schattenbuch* ein.

Nichts. Nirgendwo im ganzen weiten Internet gab es die Kombination dieser beiden Wörter.

»So hatte ich mir das schon eher vorgestellt«, murmelte sie. Sie strich den Begriff *Schattenbuch* und klickte wahllos eine der angebotenen Seiten für *Carnacki* an.

»Sieht nach einem Geisterjäger aus«, meinte Arved erstaunt, der sich dicht neben Lioba gestellt hatte und angestrengt auf den Bildschirm starrte. Sie konnte sein Deodorant riechen, mit einer ganz geringen Spur Schweiß vermischt. Es war ihr nicht zuwider.

In der Tat gab es einen Thomas Carnacki. Er war ein Okkult-Detektiv, den ein englischer Autor namens William Hope Hodgson um die Wende zum zwanzigsten Jahrhundert erfunden hatte. Carnacki war der titelgebende Held der Erzählungssammlung *Carnacki the Ghost Finder*, die 1913 in London erschienen war. Fast alle Internetseiten, die Lioba danach anklickte, hatten direkt oder indirekt mit dieser literarischen Gestalt zu tun.

»Carnacki, der Geistersucher«, sinnierte Arved. »Eine der Novellen ist ja tatsächlich eine Geistergeschichte, und die zweite Erzählung ist zumindest dämonisch, wenn man die beiden Frauen betrachtet. Die dritte hat kein richtiges phantastisches Element. Vielleicht ist es doch der echte Name des Autors, und er ist bloß nirgendwo verzeichnet, weil das Buch nur eine winzige Auflage hatte und wohl kein weiteres von ihm existiert.«

Lioba drehte sich halb zu ihm und sah ihn von unten an. »Denkbar. Oder es ist wirklich ein Pseudonym. Einen Augenblick.« Sie sprang auf, wühlte sich wieder wie ein Maulwurf in ihre Bücherberge und kam schließlich mit drei dickleibigen Werken hervor. »Pseudonymenlexika«, erklärte sie und blätterte sie rasch durch. Sie hatte es erwartet. Nichts. Mit einem resignierenden Schulterzucken warf sie die Bände achtlos auf einen der Stapel.

»Sollte es denn wirklich keine Möglichkeit geben, die Identität des Autors herauszufinden?«, fragte Arved mit einer deutlichen Spur Verzweiflung in der Stimme.

»Warum liegt Ihnen so viel daran?«, fragte Lioba zurück.

»Weil mich die Geschichten so fasziniert haben wie noch nie ein Buch. Ich weiß auch nicht warum«, versuchte Arved zu erklären.

»Und weil Sie sonst nichts zu tun haben«, versetzte Lioba. Sobald sie diese Worte gesagt hatte, taten sie ihr Leid. Sie hatte Arved nicht verletzen wollen. Jetzt sah er aus wie ein geprügelter Hund. Vielleicht brauchte er ja irgendeine Aufgabe, irgendein Ziel, an dem er sich wie an den Kaffeetassen festhalten konnte. Er hatte seinen Beruf verloren, seine Berufung verloren, seinen Gott und damit seinen Lebensmittelpunkt. Er war buchstäblich durch die Hölle gegangen, aber innerlich leer aus ihr herausgekommen. Sein ganzes Leben lag in Scherben. Vielleicht wäre es für ihn besser gewesen, wenn er finanzielle Sorgen gehabt und sich daher um einen Broterwerb hätte kümmern müssen. So erwies sich das Erbe von Lydia Vonnegut als eine letzte Teufelei, als etwas Gutes, das Böses hervorgebracht hatte. »Na, dann holen Sie doch mal das Buch aus dem Wohnzimmer. Mal sehen, ob es noch andere Hinweise auf den Autor gibt.«

Freudig drehte sich Arved um und huschte aus dem Raum. Wenige Sekunden später kam er mit dem Buch unter dem Arm zurück. Er reichte es Lioba und trat einen Schritt nach hinten, als erwarte er, sie würde nach ihm schnappen.

Lioba suchte nach einem Druckvermerk, nach einem Kolophon oder anderen Hinweisen darauf, wo, von wem und wann das Buch gedruckt worden war. Sie fand nichts. »Dem Einband und Papier nach zu urteilen, könnte das Buch in den späten Siebzigern oder frühen Achtzigern entstanden sein. Die Illustrationen deuten ebenfalls darauf hin. Aber das bringt uns nicht viel. Nirgendwo steht, wie der Illustrator heißt. Aber vielleicht wäre auch das nur ein Pseudonym gewesen. Ehrlich gesagt, finde ich die Bilder etwas grob und unbeholfen.«

»Also, mir gefallen sie«, erwiderte Arved mit einem gewissen Trotz in der Stimme. »Sie fangen die Atmosphäre gut ein, auch wenn sie eigentlich keine Ereignisse aus den Geschichten illustrieren.«

Lioba hielt sich den ersten Holzschnitt dicht vor die Augen. Sie sollte sich vielleicht doch bald mit dem Gedanken anfreunden, eine Brille zu tragen. Die Linien verschwammen, bogen sich, ordneten sich neu. Unter dem eigentlichen Bild waren einige weitere schwarze Linien, die Lioba zuerst als künstlerischen Unglücksfall angesehen hatte. Sie kniff die Augen zusammen und hielt das Blatt noch dichter vor ihre Nase. Nein, das war eine Signatur, nicht wie üblich mit Bleistift ausgeführt, sondern mit einem feinen schwarzen Filzschreiber. Deshalb hatte es zuerst wie eine Unsauberkeit des Drucks gewirkt. So ein Banause! Warum hatte der Illustrator – Lioba weigerte sich, ihn einen Künstler zu nennen – nicht gleich einen Leuchtstift benutzt! Sie verglich die seltsame Signatur mit denen der beiden anderen Holzschnitte. Alle waren gleich. Sie wies Arved darauf hin, der zugab, dass er diese Zeichen noch gar nicht bemerkt hatte.

»Was lesen Sie daraus?«, fragte Lioba ihn.

Arved betrachtete sie eingehend, zog manchmal die rechte Braue hoch, hielt das Buch zuerst weit von sich weg, dann wieder ganz nah an seine Augen und sagte schließlich: »Für mich sieht das aus wie Vampir.« Er hielt Lioba das aufgeschlagene Buch hin wie ein Messdiener das Evangeliar am Ambo.

»Sie könnten Recht haben«, meinte die Antiquarin. »Das erinnert mich an irgendetwas.« Sie massierte sich die Stirn. Plötzlich wusste sie, dass sie schon einmal ähnlich unbeholfene Illustrationen in einem Buch ganz anderer Art gesehen hatte. Es war in einem großen Konvolut Vampir-Literatur gewesen, das sie vor nicht langer Zeit angekauft hatte. Sie stöberte in ihrem Arbeitszimmer herum, schichtete die Stapel um, denn in den Regalen konnte es sich nicht befinden. Oder etwa doch? Sie erhob sich, seufzte und versuchte die Regale abzusuchen, was nicht leicht war, da alle unteren Borde von Bücherhaufen verdeckt waren. Erinnere dich, reiß dich zusammen, denk nach, ermahnte sie sich. Es war etwas über moderne Vampire gewesen, mit unsäglichen Illustrationen versehen, nicht mit Originalen, sondern nur mit billigen Reproduktionen.

Da war es! Es stand zwischen Hambergers zweibändigem Werk über Vampirismus und Vincent Hillyers *Vampires*: *Der Highgate-Vampir*, ein geheftetes anonymes Pamphlet mit vier Illustrationen, die Friedhöfe, Fledermäuse und halb entblößte, recht merkwürdig proportionierte Frauen zeigten – allesamt Schöpfungen von »Vampyr«, wie sich der Künstler wenig phantasievoll nannte. Aber immerhin war eine Kontaktadresse angegeben!

Mit einem spitzen, kleinen Triumphruf lief Lioba auf Arved zu, stolperte dabei über ein paar heimtückisch am Boden lauernde Bücher, geriet ins Straucheln und wurde von ihrem Gast ritterlich aufgefangen. Für einen Herzschlag spürte sie seinen überraschend festen Griff an ihrem Oberarm. Sie richtete sich wieder auf, mit dem Heft in der Hand. Er war so nah. Sie spürte seinen Atem. Dieser Herzschlag schien eine ganze Ewigkeit zu dauern. Etwas riss an ihrem Innersten. Seine blassblauen Augen mit den langen Wimpern darüber waren so schön wie eine Seele. Wie zwei Seelen. Rechts. Links. Getrennt. Ihr wurde schwindlig. Er spürte es und nahm auch die andere Hand zur Hilfe. Packte sie bei den Schultern. Sein Blick war plötzlich fester als sein Griff. Nichts Zögerliches lag mehr darin.

»Alles in Ordnung?«, fragte er sie. Dann schien er zu erschlaffen und trat einen Schritt zurück.

Lioba schluckte und strich sich mit einer mechanischen Bewegung das Kleid glatt. Dann zeigte sie ihm wortlos das Impressum des obskuren Heftchens. Dort stand: *Gedruckt 2003 in einer Auflage von fünfzig Exemplaren. Illustrationen von Vampyr. Kontaktadresse: c/o Valentin Maria Pyrmont, Korneliusmarkt 42a, Kornelimünster.*

»Morgen?«, fragte er nur.

Sie lächelte. »Morgen.«

4. Kapitel

Um neun Uhr fuhr Lioba mit ihrem kleinen Renault Twingo bei Arved vor. Arved saß schon beinahe eine ganze Stunde reisefertig und in Vorfreude in seinem aufgeräumten Wohnzimmer und sprang nach draußen, als Lioba hupte. Er schlug vor, den Bentley zu nehmen, doch die Antiquarin schüttelte den Kopf.

»Zu auffällig, zu protzig. Außerdem fahre ich lieber selbst.«

Arved zuckte die Schultern und setzte sich neben sie. Kaum hatte er die Tür geschlossen, schoss der kleine Wagen davon.

Während der Fahrt schaute er Lioba immer wieder verstohlen von der Seite an. Wenigstens rauchte sie am Steuer nicht. Dafür fuhr sie wie der Teufel persönlich. Verkehrsschilder schienen für sie nicht zu existieren und Geschwindigkeitsbeschränkungen erst recht nicht. Manchmal spielte ein leichtes Lächeln um ihre schmalen Lippen. Sie saß völlig entspannt hinter dem Lenkrad.

Sie fuhren über die Landstraße. Die Reise ging vorbei an Hillesheim, Kronenburg, durch Jünkerath und Stadtkyll, dann ein Stück durch Belgien, wieder hinein nach Deutschland, und hinter Monschau kamen die ersten Hinweisschilder nach Kornelimünster.

Arved beachtete die wundervolle Landschaft mit den vielen Wiesen, Weiden und ausgedehnten Waldgebieten kaum. Er dachte immer wieder an den vergangenen Tag und an Liobas Arbeitszimmer. Welch ein Unterschied zu ihrem Wohnzimmer! Hier beherrschte Ordnung, dort vollkommenes Chaos. Zwei Seiten, deren Symbiose die Frau neben ihm war. Er erinnerte sich daran, wie sie gestrauchelt war und er sie aufgefangen hatte. Die Berührung hatte ihm gut getan. Er begehrte sie nicht – schließlich war er immer noch geweihter Priester, und sein Zölibatsversprechen stand deutlicher vor ihm, als es ihm lieb sein konnte –, aber das bloße Gefühl eines anderen Menschen hatte ihm geholfen, für kurze Zeit das Gefühl für sich selbst wiederzugewinnen. Nun war es allerdings bereits zur Erinnerung verblasst.

An einem kleinen Flüsschen vorbei führte die Straße in den Ort hinein. Bald tauchte zur Rechten der gedrungene Körper einer gewaltigen Kirche auf, und eine Brücke führte hinein in den historischen Ortskern. Vor der Kirche, an deren Chor ein barockes weißes Oktogon angebaut war, befand sich ein großer Parkplatz. Lioba lenkte den Renault in eine freie Bucht.

»Es ist sehr freundlich von Ihnen, dass Sie mich auf dieser Suche begleiten«, sagte Arved, weil er endlich das Schweigen durchbrechen wollte, das sich während der letzten Kilometer eingeschlichen hatte.

Lioba stellte den Motor ab und sah ihn kurz an. In ihren dunkelbraunen, beinahe schwarzen Augen funkelte es. »Sie haben mich angesteckt«, meinte sie. »Das ist das erste Mal für mich.«

»Das erste Mal?«

»Dass ich dem viertklassigen Illustrator eines drittklassigen Autors nachjage.«

Arved musste lachen.

Sie stiegen aus und stellten fest, dass sie sich bereits auf dem Korneliusplatz befanden. Die alten Häuser drängten sich aneinander, als wollten sie sich gegenseitig stützen. Manche standen mit dem Giebel zum Platz, manche mit der Traufe, was dem Platz das Aussehen von beinahe organischem Wachstum verlieh. Einige Gebäude waren aus Bruchstein, andere aus Fachwerk, wieder andere waren grün, rot oder weiß verputzt. Kletterrosen, wilder Wein und Efeugerank schmückten viele Fassaden.

Die massige gotische Kirche der ehemaligen Reichsabtei schob sich wie ein Keil in den Ort, wie ein Finger, der auf etwas zeigte. Sie suchten den Platz nach der Nummer 42a ab, fanden sie aber nicht.

»Eine Adresse, die es nicht gibt«, sinnierte Arved, »in einem Ort, der wie aus der Zeit gefallen zu sein scheint.«

Lioba gab keine Antwort darauf, sondern ließ Arved einfach auf dem Platz stehen und ging in ein Restaurant mit dem schönen Namen *Napoleon*. Kurz darauf kam sie wieder heraus und winkte Arved heran, der sich vor der Sonne unter eine ausladenden Linde geflüchtet hatte.

Das gesuchte Haus befand sich in einer Seitenstraße und hing beinahe über dem kleinen Fluss, der an dem historischen Ortskern vorbeifloss. Es war die Inde, wie ihnen eine kleine Hinweistafel verriet.

Von dem kleinen Haus mit der Nummer 42a blätterte die Farbe ab. Es sah aus, als habe das ehemals weiße, niedrige Gebäude Ausschlag. In der kleinen, pittoresken Seitenstraße wirkte es wie ein Fremdkörper, wie ein Geschwür, von dem zu hoffen war, dass es bald in den Fluss stürzte und dann die Straße nicht weiter störte. Die Fenster waren blind, hinter ihnen hingen Gardinenfetzen. Das Dach war eingesackt und zog sich weit in die Fassade hinein, sodass man den Eindruck bekam, als runzelte es die Stirn. Die Straße wurde von der frühmittäglichen Sonne beschienen, doch das ein wenig zurückgesetzte Haus lag in unerklärlichem Schatten – in einem Schatten, der sich auszudehnen und wieder zusammenzuziehen schien, als ob er lebte.

Dieser Ort brachte Arved Erinnerungen zurück, die er lieber vergessen wollte – Erinnerungen an ein schreckliches

Abenteuer in Sphären jenseits von Raum und Zeit, in denen das Grauen Alltag und der Irrsinn Normalität waren. Noch immer konnte er nicht mit Sicherheit sagen, ob er jenen Abstieg in die Hölle wirklich erlebt hatte, doch plötzlich war er nicht mehr sicher, dass die Suche nach Thomas Carnacki wirklich eine gute Idee war.

Er stand vor der Tür und zögerte. Es gab kein Namensschild. Er spürte von hinten einen kleinen Stoß in die Rippen. »Na los«, zischte Lioba. Also riss Arved sich zusammen und drückte auf die Klingel.

Die Tür wurde so schnell geöffnet, als habe man das Herannahen des unangemeldeten Besuches bereits hinter den zerschlissenen Gardinen verfolgt. Im Rahmen stand ein mittelgroßer, unglaublich dürrer Mann, dem das graue, fleckige Hemd um den Körper schlotterte. Er hatte einen grauen Vollbart mit dunkelbraunen Strähnen und einen langen Pferdeschwanz, der hin und her nickte, als er von Lioba zu Arved und wieder zu Lioba schaute. Seine Augen waren hinter einer schwarzen Brille verborgen, deren breiter, ebenfalls schwarzer Bügel sie auch zur Seite hin verdeckte.

Ist er etwa blind?, schoss es Arved durch den Kopf. Ein blinder Illustrator, das wäre doch etwas zu bizarr. Nein, er schien seine Besucher genau zu erkennen.

»Haben wir einen Termin?«, fragte er mit einer hohen, brüchigen Stimme, die irgendwie verstellt klang.

Lioba drängte sich neben Arved. »Nein, das nicht, aber wir sind Bewunderer Ihrer Arbeit«, sagte sie rasch. Arved atmete auf. Er hätte nichts zu sagen gewusst, hatte sich nur auf die Suche nach diesem Haus konzentriert und sich keinen Plan für den Fall zurechtgelegt, dass sie es fanden. Das sah ihm ähnlich.

Der Mann lächelte. Runzeln und Falten spielten auf seinem Gesicht. Er war mindestens sechzig. »Womit kann ich Ihnen dienen?«, fragte er mit seiner hohen, unecht klingenden Stimme.

»Wir sind auf der Suche nach einem Buch mit drei Illustrationen von Ihnen«, erklärte Lioba und lächelte so verführerisch, wie Arved sie noch nie lächeln gesehen hatte. Doch der alte Mann wich keinen Schritt zur Seite. Arved hörte hinter sich erneut etwas rascheln und drehte sich um. Etwas Kleines, Schwarzes war unter einen Dornbusch gehüpft. Als er sich wieder dem Künstler zuwandte, glaubte er einen hämischen Zug um dessen Mundwinkel zu bemerken.

»Können Sie das etwas präzisieren?«, fragte der Illustrator.

»Das Werk trägt den Titel *Das Schattenbuch*«, sagte Lioba geduldig, ohne ihr wunderbares Lächeln zu verlieren.

»Das ist lange her«, meinte der Künstler.

Immerhin, dachte Arved, wir haben den Richtigen vor uns! Er preschte vor: »Ihre Holzschnitte sind einfach grandios. So ausdrucksstark. Wir haben das Buch durch einen großen Zufall bekommen und suchen nun überall nach einem weiteren Exemplar, das wir an einen Kenner verschenken möchten, aber weder Buchhändler noch Antiquare können uns eins beschaffen. Da dachten wir, dass Sie uns vielleicht weiterhelfen können.«

Der alte Künstler lächelte und bat die beiden endlich herein.

Es war unbeschreiblich. Das Innere des Hauses teilte sich Arved als ein einziges Chaos mit. Liobas unaufgeräumtes Arbeitszimmer war dagegen ein steriler Ausstellungsraum in einem Museum. Der Künstler führte ihn und Lioba durch eine mit Unrat vollgestopfte Diele in einen Raum, von dem nicht klar war, zu welchen Zwecken er dienen mochte. An den Wänden standen Kellerregale aus ungebeizter Kiefer, und auf ihnen lagen Dinge, die sich jeder sofortigen Erkenntnis entzogen. Arved bemerkte längliche, runde, ovale, kantige, quaderförmige Umrisse; manche davon lösten sich beim näheren Hinsehen zu Luftpumpen, Hobeln, Kerzen, zerknüllten Taschentüchern, Radios, kleinen Reifen, Verlängerungsschnüren, Flaschen und Dosen auf, andere weigerten sich hartnäckig, erkannt und begriffen zu werden. Es gab keine Sitzmöbel und keinen Schrank. Überall auf dem Boden lagen Graphiken umher, dazwischen standen Teller mit Essensresten, leere und volle Getränkedosen, in der Mitte des Zimmers befand sich ein Tisch, von dessen Platte kaum etwas zu sehen war, Puppen lagen umher, Messer, einige Bücher. Ein blinder Spiegel stand gegen eine Wand gelehnt, ein Bierfass mit einem Kissen darauf diente als Hocker. »Vampyr« setzte sich darauf, ohne seinen Gästen einen Platz anzubieten. Also mussten sie vor dem Meister stehen bleiben.

»Ja, das Schattenbuch«, sagte er mit bedeutungsschwerer Stimme, »eine ganz seltsame Sache.«

»Haben Sie noch ein Exemplar?«, fragte Arved in der Hoffnung, dass der Künstler verneinte, denn sonst hätten sie nicht nach dem Autor fragen können.

Zum Glück schüttelte Vampyr den Kopf. »Nicht mal mehr mein eigenes, oder vielleicht doch, ich weiß nicht, aber hergeben würd ich es sowieso nicht. Zu wertvoll.« Er legte den Kopf in den Nacken. Arved fragte sich, welche Farbe seine Augen haben mochten. Grau? Gelb? Schwarz?

»Kennen Sie den Autor?«, fragte Lioba, die sich mit ihren Wanderschuhen genügend Platz zum Stehen freigescharrt hatte.

»Carnacki, glaube ich. Irgend so ein Polackenname.«

»Sind Sie ihm einmal begegnet?«, fragte Lioba weiter und sah sich um. Sie zog die Mundwinkel herunter. Dann plötzlich glitt wieder ein Lächeln über ihre rot geschminkten

Lippen. Sie bückte sich und zog aus einem Papierhaufen eine Graphik hervor.

»Seien Sie vorsichtig«, rief Vampyr, flog auf und nahm ihr das Blatt aus der Hand. »Das ist ein Bresdin.«

»Das habe ich bemerkt«, meinte Lioba. »Deswegen wollte ich es mir ja ansehen.«

Der Künstler zog die Brauen so hoch, dass sie über den Rand seiner schwarzen Brille lugten. »Sie kennen sich aus?«

»Ein wenig.«

Arved hatte keine Ahnung, wer oder was Bresdin war, deshalb schwieg er lieber.

Lioba schien sein Unverständnis bemerkt zu haben und erklärte knapp: »Bresdin war ein Radierer und Lithograph aus dem neunzehnten Jahrhundert, der mit seinen phantastischen Kompositionen auch noch den letzten Quadratmillimeter des Blattes bedeckte, als empfinde er Grauen vor der leeren Fläche. Er zählt zu den Wegbereitern der Moderne in der Graphik, und seine Bilder sind extrem wertvoll.«

Vampyr setzte sich wieder auf den Bierhocker und stützte sich mit seinen langen, dürren Händen auf den Knien ab. Er hatte gelangweilt zugehört und fragte nun: »Was wollten Sie noch gleich wissen?«

»Ob Sie Thomas Carnacki persönlich kennen?«, sagte Lioba, deren Blicke nun wie Fühler durch den Raum schlichen. Die Antiquarin hatte die Witterung aufgenommen; bestimmt war der Bresdin nicht wertlos.

»Nein.«

»Wie sind Sie dann zu dem Illustrationsauftrag gekommen?«, wollte Arved wissen, der vorsichtig von einem Bein auf das andere trat, weil er keine Ahnung hatte, ob die teils bedruckten, teils beschmierten Bilder auf dem Boden um ihn herum wertvoll waren oder nicht.

Vampyr kratzte sich am Kinn. »Weiß ich auch nicht mehr. Muss so Anfang der achtziger Jahre gewesen sein. Ja, richtig, 1981. Damals hatte ich gerade meinen Zyklus *Werden und Vergehen* fertiggestellt. Den kennen Sie ja, wenn Sie meine Bewunderer sind.«

Arved spürte, wie er rot wurde. Was sollte er bloß darauf sagen? Als er noch krampfhaft nach einer passenden Antwort suchte, kam ihm Lioba zuvor:

»Eines Ihrer größten Werke«, flötete sie. »Die sozialethischen Implikationen seiner metaphysisch-existentialistischen Projektionen sind einfach umwerfend. Aber ich würde es mir nie erlauben, über dieses Meisterwerk mit Ihnen zu diskutieren, da ich niemals die subtextuellen Bedeutungsschemata restlos ausloten könnte. Doch wir sollten zum Schattenbuch zurückkommen. 1981 haben Sie Ihre begeisternden Bilder zu diesen Geschichten geschaffen. Wie kam es dazu?«

Es dauerte eine Weile, bis Vampyr sich von diesen großen und in Arveds Ohren hohl klingenden Worten erholt hatte. Dann aber grinste er über das ganze schmale Gesicht. »Ein Brief«, sagte er, nachdem er das Grinsen wieder ausgeknipst hatte und ganz ernsthafter Künstler war. »Ein handschriftlicher Brief ohne Absender. Irgendwas an dem Brief war völlig absonderlich, aber ich weiß nicht mehr, was es war. Das Papier oder so. In dem Brief wurde der Wunsch nach drei Holzschnitten ausgedrückt, Auflage je einhundert. So hoch war wohl auch die Auflage des Buches, nehme ich an. Das Manuskript lag bei. Dazu zweitausend Mark in großen Scheinen.«

Lioba stieß einen undamenhaften Pfiff aus. »Das war eine Menge Geld«, meinte sie und verschränkte die Arme über der Brust.

»Nicht für mich«, entgegnete Vampyr. »Ich habe ganz andere Summen bekommen damals.« Offenbar hatte er Arveds verwunderte, im Chaos herumirrende Blicke bemerkt, denn er fügte rasch hinzu: »Hab alles immer mit vollen Händen ausgegeben. Ein Künstler hat kein Sparbuch und auch keine Pfandbriefe. Und dass diese Bruchbude so verwahrlost aussieht, liegt am Vermieter. Er lässt rein gar nichts machen, alles verkommt.« Er kicherte. »Dafür zahl ich ihm aber auch keine Miete mehr.«

»Und Sie haben den Auftrag angenommen«, lenkte Lioba ihn wieder auf das ursprüngliche Thema.

»Ich gebe zu, dass die Versuchung groß war, einfach das Geld einzustecken und nichts dafür zu tun, zumal die Geschichten, die ich illustrieren sollte, grottenschlecht waren«, meinte der Künstler.

Arved spürte, wie er auf diesen selbstgefälligen, aufgeblasenen Nichtskönner immer wütender wurde. Die Geschichten waren außergewöhnlich, überragend, grandios – das einzig Schlechte an dem Buch waren die Illustrationen. Beim ersten Ansehen hatte er sie zwar gar nicht so übel gefunden, aber jetzt, da er den arroganten Urheber kannte, waren sie für ihn – verglichen mit den Geschichten – nur noch Dreck.

Lioba schien bemerkt zu haben, dass es in ihm kochte, denn sie rückte über einen Stapel Blätter und Dosen hinweg näher zu ihm und gab ihm einen kleinen Rippenstoß. Hoffentlich hatte dieser Vampyr es nicht bemerkt. Arved kam sich ertappt vor.

»Aber Sie haben die Illustrationen gemacht, wie wir uns überzeugen konnten«, sagte Lioba und strich sich über ihr wie immer leicht verknittertes Kleid. Es raschelte, als habe sich in den Papierhaufen des Zimmers etwas bewegt.

Der Künstler drehte rasch den Kopf zur Seite, als befürchte er, etwas könne ihn anspringen. Dann seufzte er laut und sagte: »Ich habe nur in die Geschichten hineingelesen, so miserabel waren sie. Dann habe ich einfach drei Holzschnitte gemacht. Das Beste an dem Buch.«

»Wohin haben Sie die Bilder geschickt?«, fragte Lioba. »Oder sind sie etwa abgeholt worden?«

»Da war eine Adresse in dem Brief, aber der Name lautete nicht Carnacki, das weiß ich noch.« Vampyr strich sich über den Bart; auch das verursachte ein raschelndes Geräusch.

»Haben Sie den Brief noch?«, fragte Arved, der allmählich nervös wurde. Ihm ging dieses schreckliche Zimmer aufs Gemüt. Er wollte so schnell wie möglich wieder nach draußen, aber nur mit Carnackis Adresse. Vampyrs Gegenwart war ihm widerlich, und seine Höhle aus Unrat und verwirrenden Gegenständen machte ihm Angst.

»Nein.«

Lioba ließ nicht locker; sie schien Gefallen an diesem seltsamen Spiel gefunden zu haben. »Wirklich nicht?«, fragte sie nach und lächelte den Künstler strahlend an, der offenbar nicht ganz immun dagegen war.

»Na ja, vielleicht ist er im Archiv.« Er blieb jedoch stur sitzen.

»Würden Sie mal nachschauen?«

Vampyr stieß unwillig die Luft aus, stand endlich auf und tänzelte aus dem Raum. Man hörte ihn irgendwo nebenan stöbern und fluchen.

»Es tut mir Leid, dass ich Sie in diese Sache hineingezogen habe«, sagte Arved leise.

»Sie brauchen sich nicht zu entschuldigen«, entgegnete Lioba schmunzelnd. »Ich bin freiwillig mitgekommen. Wenn ich bedenke, dass ich sonst das hier nie zu Gesicht bekommen hätte ...« Sie machte eine weite Geste durch das Zimmer. Mitten in der Bewegung brach sie ab. Sie stieß mit ihren klobigen Schuhen einen Teller, eine Küchenrolle und ein paar

Bücher zur Seite und bückte sich so schnell, wie ein Bussard auf seine Beute niederstößt. Mit einem großen, leicht stockfleckigen Blatt kam sie wieder hoch. »Unglaublich«, murmelte sie. »Ein Blatt aus den *Carceri* von Piranesi. Was für Schätze mögen hier sonst noch vor sich hingammeln?«

»Hübsch, nicht wahr?«, sagte die hohe Stimme. »Ich wäre Ihnen aber sehr verbunden, wenn Sie es wieder dorthin legen würden, wo Sie es gefunden haben.«

Weder Arved noch Lioba hatten den Künstler zurückkommen gehört. Lioba legte das Blatt wortlos zurück. Arved versuchte das peinliche Schweigen zu durchbrechen:

»Haben Sie den Brief gefunden?«

»Nein.«

Lioba setzte nach: »Und Sie können sich weder an den Namen noch an die Adresse erinnern?«

»Stimmt.« Herr Vampyr verschränkte die Arme vor der Brust. »Ich habe noch zu arbeiten. Kann ich außerdem den Herrschaften mit irgendetwas dienen?«

Arved geriet in Panik. Dieser aufgeblasene Hanswurst war die einzige Spur zu Thomas Carnacki. Er war der Einzige, der Kontakt mit dem Autor hatte. Sollte hier alles schon zu Ende sein? »Wissen Sie denn sonst noch etwas über den Verfasser?«, fragte er verzweifelt.

»Ich habe den Eindruck, es geht Ihnen gar nicht um meine Arbeit, sondern nur um diesen unfähigen Schreiberling, diesen viertklassigen Schmierer, der mein Werk schon allein dadurch beschmutzt hat, dass es mit dem seinen zwischen denselben Buchdeckeln erschienen ist. Entweder Sie gehen jetzt freiwillig, oder ich muss andere Saiten aufziehen.«

Arved überlegte kurz, ob er kämpfen sollte, doch in der Haltung Vampyrs lag etwas Bedrohliches, das ihm den Mut nahm. Er zupfte Lioba am Ärmel. »Künstler sind manchmal etwas eigen«, meinte er. »Kommen Sie.« Zu Vampyr gewandt sagte er: »Es tut mir Leid, dass wir Ihre Zeit gestohlen haben. Wir entschuldigen uns dafür.« Er spürte, wie Lioba sich versteifte, aber er zerrte sie mit sich. Das Unbehagen vor dem Künstler und seiner Behausung hatte bei ihm die Oberhand gewonnen.

Vampyr machte sich nicht einmal die Mühe, sie zur Tür zu begleiten. Als sie auf der Schwelle standen, über die der Schatten des Nachbarhauses fiel, war es Arved, als husche etwas zusammen mit ihnen aus dem Haus.

Im Auto machte Lioba ihm Vorwürfe. »Wir hätten unsere Informationen bekommen, wenn Sie nicht so ungeduldig gewesen wären«, sagte sie, als sie Kornelimünster hinter sich gelassen hatten.

»Das glaube ich nicht«, entgegnete Arved. »Dieser seltsame Kerl wollte uns nichts sagen. Wir haben ihn in seiner Ehre als Künstler gekränkt. Er hätte uns niemals geholfen. Ich bin froh, dass wir heil aus dem Haus gekommen sind.«

»Und was wollen Sie jetzt unternehmen?«, fragte Lioba und schaute starr auf die Straße.

»Nichts mehr. Ich bin einer Chimäre hinterhergelaufen. Damit muss ich mich abfinden.« Beim Gedanken an Vampyr bekam er eine Gänsehaut. So hatte er sich diese Jagd nicht vorgestellt.

»Geben Sie immer so schnell auf?«, fragte Lioba mit einem Unterton der Enttäuschung in der Stimme.

Er sagte nichts darauf, sondern warf einen raschen Blick über die Schulter. Er hatte den Eindruck gehabt, als befände sich noch etwas mit ihnen im Wagen. Etwas, das ihnen aus dem unangenehmen Haus gefolgt war. Doch da war nichts.

Als Arved den Blick wieder nach vorn richtete, glaubte er es auf dem Rücksitz rascheln und wispern zu hören. Er zwang sich, nicht noch einmal nach hinten zu sehen.

5. Kapitel

»Ich weiß nicht«, sagte der Mann mit dem großen Goldring am Mittelfinger und ließ die Seiten der *Daemonolatreia* nachlässig durch die Finger gleiten. »Das ist sehr viel Geld für ein so kleines Buch.« Unter seinen buschigen Brauen, die über der Nasenwurzel zusammengewachsen waren, blitzte es. Er klappte das Buch zu, legte es auf den Beistelltisch und sah Lioba Heiligmann erwartend an.

»Sie wissen genau, Herr Doktor Klöten, dass Sie in den nächsten Jahren kein Exemplar dieses Buches mehr zu Gesicht bekommen werden. Der Remy ist derart selten geworden, dass man fast jeden Preis dafür nehmen kann. Gemessen daran sind meine geforderten viertausend Euro nicht zu viel verlangt. Aber wenn Sie es nicht wollen, werde ich es Herrn Sauer anbieten.« Lioba streckte die Hand aus, um die *Daemonolatreia* an sich zu nehmen, doch Herr Doktor Klöten hatte das Buch schnell wie der Blitz an sich gerissen.

»Nicht so hastig, Frau Antiquarin«, sagte er und streichelte den Pergamenteinband wie ein Schoßhündchen. »Sie kennen doch das Spiel. Sie nennen einen Preis, und ich nenne einen Preis. Und in der Mitte treffen wir uns.«

Lioba schüttelte den Kopf und blies dem Doktor den Rauch ihres Zigarillos geradewegs in die Augen. Es fiel ihr zunehmend schwer, sich zu beherrschen.

Herr Doktor Klöten ließ nicht locker. »1996 ist genau diese Ausgabe der *Daemonolatreia*, nämlich die Kölner Edition von 1596, auf der Auktion von Reiss und Sohn für 1300 Mark zugeschlagen worden.«

Lioba nahm einen weiteren tiefen Zug und lächelte ihren Kunden an. »Das ist beinahe zehn Jahre her, und damals hatten wir noch die gute alte Mark. Ihnen wird nicht verborgen geblieben sein, dass durch die Einführung des Internet und die Globalisierung auch des Handels mit alten Büchern vor allem Okkulta einen gewaltigen Preissprung gemacht haben. Sehen Sie sich nur an, was amerikanische Antiquariate im Bookfinder für einen Delrio oder einen Bodin verlangen! Und den Remy finden Sie dort nicht einmal. Aber wie ich schon sagte, habe ich noch einen Interessenten.«

»Abraham Sauer, pah! Der ist doch nicht einmal promoviert! Bestimmt kann er kein Latein. Zumindest nicht so gut wie ich. Er hat kein Recht, dieses Buch zu bekommen. Man weiß ja so gar nichts über ihn. Er ist einfach nicht vertrauenswürdig.«

Abraham Sauer besaß bereits zwei Ausgaben der *Daemonolatreia*, aber das musste Lioba Herrn Doktor Klöten ja nicht auf die Nase binden. Sauer war ein bemerkenswerter älterer Mann – die wahre Verkörperung eines Grandseigneurs –, der Lioba alle fünf oder sechs Monate einen Besuch abstattete, charmant mit ihr plauderte und nie aus dem Haus ging, ohne gleich mehrere Bücher gekauft zu haben. Er feilschte nie um den Preis – allerdings setzte Lioba die Preise für ihn von vornherein etwas niedriger an, obwohl er unermesslich reich war. Sie mochte ihn – im Gegensatz zu Doktor Klöten. Doch gleichzeitig war er ihr ein wenig unheimlich, denn hinter seiner Freundlichkeit glaubte Lioba bisweilen einen Abgrund der Verzweiflung zu erahnen.

Der Doktor wurde nervös. Lioba stellte befriedigt fest, wie sich Schweißperlen auf seiner Stirn bildeten – untrügliches Anzeichen für einen Anfall von Bibliomanie. Er war verloren. Sie würde noch etwas mit dem wirklich überzogenen Preis nach unten gehen, und er würde das Buch kaufen. »Nein, tut mir Leid, im Preis kann ich Ihnen nicht entgegenkommen.«

»Aber Sie müssen! Ich habe nicht so viel Geld!« Verzweiflung trat in den Blick des erbarmungswürdigen Mannes.

»Vielleicht nehmen Sie eine Hypothek auf Ihre Jacht auf, oder Sie setzen einen Monat mit dem Golfspielen aus. Dann haben Sie den Preis wieder eingespielt.«

»Sie sind unbarmherzig, liebe Lioba.« Er klimperte mit den Wimpern. Lioba musste sich beherrschen, um nicht laut loszuprusten. »Ich bin mit meinen Alimentenzahlungen im Rückstand. Ich kann nicht ... Sagen wir zweitausendfünfhundert.«

»Keine Chance.« Lioba drückte den Zigarillo wie eine Wanze im Aschenbecher aus. »Allerwenigstens dreitausendachthundert.«

Kurz darauf hatten sie sich auf dreitausendfünfhundert geeinigt, fünfhundert Euro mehr, als Lioba erwartet hatte. Normalerweise hatte sie feste Preise, aber sie kannte schließlich ihre Stammkunden. Doktor Klöten war einer der reichsten, und es war jedes Mal dasselbe Spiel. Sie würde die zusätzlich verdienten fünfhundert Euro wie immer den Borromäerinnen spenden, die das Krankenhaus gegenüber ihrem Haus führten. Vielleicht bekamen sie sogar den ganzen Betrag, falls es diesen Monat ansonsten für Lioba zum Leben reichte.

Eine Minute, nachdem Herr Doktor Klöten ihr einen Scheck ausgestellt hatte, war er schon mit dem Buch in der Rocktasche aus dem Haus geflohen. Er glaubte, einen großen Sieg errungen zu haben. Also hatte Lioba mal wieder allen geholfen. Sie grinste und machte eine Flasche Trittenheimer Altärchen, Spätlese, auf. Dann ging sie nach oben ins Schlafzimmer, stellte sich vor ihre heilige Elisabeth und prostete der spätmittelalterlichen, wunderbar filigranen Holzfigur zu. Sie nahm einen kräftigen Schluck aus der Flasche und verkorkte diese wieder.

Unten im Wohnzimmer, unter ihren käuflichen Schätzen, glitten Liobas Gedanken ganz still und leise zu den Ereignissen des vergangenen Tages. Es ärgerte sie, dass Arved bei diesem abgedrehten Künstler so rasch aufgegeben hatte. Sie hätte versucht, ihn weich zu klopfen. Und, bei Gott, es wäre ihr gelungen! Jetzt war Arveds Suche an ihr Ende gekommen. Was mochte er heute tun? Zu Hause sitzen und Trübsal blasen? Sich ein neues Lebensziel suchen? Warum beschäftige ich mich überhaupt mit ihm?, fragte sie sich und nahm einen weiteren Schluck aus der Flasche. Warm durchrieselte es sie. Soll er sich doch eine sinnvolle Betätigung suchen. Wie ich. Ich hatte es auch nicht leicht, ein neues Leben zu finden. Bloß nicht an damals denken. Bloß nicht. Noch einen Schluck. Die Sonne in ihrem Bauch löste die Schatten der Vergangenheit auf.

Sie wollte Arved anrufen und hören, wie es ihm ging. Ihre Hand schwebte über dem Telefon. Doch sie ging zurück ins Wohnzimmer. Da kam ihr eine Idee. Warum machte sie nicht selbst einen weiteren Versuch? Nach diesem gelungenen Geschäft und dem Wein fühlte sie sich unverwundbar und zu allem fähig. Sie würde diesem blutleeren Vampyr die Adresse aus den Adern saugen, wenn es nötig war. Er würde den Brief schon noch finden. Und dann konnte die Suche weitergehen. Und Arved wäre glücklich. Bevor sie wusste, was sie tat, saß sie in ihrem Wagen und war auf der Fahrt nach Kornelimünster.

Noch in Trier bemerkte sie, dass sie besser nicht gefahren wäre. Der Wein hatte sie unternehmungslustig, aber auch unaufmerksam gemacht. Wenn sie jetzt in eine Fahrzeugkontrolle geriet, wäre sie ihren Führerschein los. Sie stellte den Wagen auf den Parkplatz eines Baumarktes, kurbelte das Fenster herunter und holte tief Luft.

Weiter!

Diesmal nahm sie ab Bitburg die Autobahn, verließ sie bei Malmedy, raste auf der Nationalstraße 68 durch Belgien in Richtung Eupen, dann wieder über die Autobahn bis Aachen-Brand und fuhr die wenigen Kilometer zurück nach Süden, bis sie wieder auf dem Korneliusplatz in Kornelimünster stand. Manchmal hatte man sie angehupt, weil sie zu dicht auffuhr oder an unmöglichen Stellen überholte. Sie atmete auf, als sie den Wagen in der kleinen Gasse unmittelbar vor Vampyrs Haus parkte.

Inzwischen war der Weinrausch völlig verflogen, nur ein kleiner Kopfschmerz von der anstrengenden Fahrt war übrig geblieben. Sie stieg aus und stand vor dem heruntergekommenen Gebäude.

Als sie klingeln wollte, öffnete sich die Tür. Ein Mann starrte sie an. Es war nicht Valentin Maria Pyrmont, genannt Vampyr. Sie hatte ihn noch nie gesehen. Er runzelte die Stirn. »Was wollen Sie?«, fragte er barsch.

Lioba betrachtete ihn. Er war ziemlich groß, ziemlich schwer, glatt rasiert, hatte Schweinsaugen und aufgeblasene Wangen. Er trug einen Nadelstreifenanzug, der zu ihm passte wie ein Buch zu einem Schimpansen.

»Ich möchte mit Valentin Maria Pyrmont sprechen«, sagte Lioba fest und hielt dem Blick des Mannes mühelos stand.

»Ich auch.«

»Ist er denn nicht zu Hause? Sind Sie sein Vermieter?«, riet Lioba aufs Geratewohl.

Der Mann stutzte. »Woher ... Ja. Und wer sind Sie?« Er blieb auf der Schwelle stehen wie der Wächter eines Schatzes.

Lioba stellte sich vor und erklärte, sie wolle Pyrmont in einer künstlerischen Angelegenheit sprechen. »Wo ist er?«, fragte sie.

»Wenn ich das wüsste. Der Hund schuldet mir drei Monatsmieten. Meine Geduld ist am Ende. Ich bin bald jeden Tag hergekommen in der letzten Zeit, aber er ist nie da.«

Lioba hob eine Braue. »Gestern haben wir mit ihm gesprochen.«

Der Mann sah sie an, als habe sie gerade behauptet, zur Hochzeit des Papstes eingeladen worden zu sein. »Ich war doch gestern auch hier. Alles verlassen! Der Kerl ist wer weiß wo.«

Es wurde immer sonderbarer. »Aber seine Sachen sind doch noch da, oder etwa nicht?«

Der Vermieter zeigte missmutig nach drinnen. »Wenn Sie den Dreck meinen, haben Sie Recht. Sehen Sie sich doch um!«

Lioba folgte seiner Einladung. Das Zimmer, in dem sie mit Vampyr gesprochen hatten, sah noch genauso aus wie gestern. Auch der Unrat in der Diele war noch da. Aber als der Vermieter Lioba in die anderen Zimmer des Erdgeschosses und des ersten Stocks führte, musste sie erstaunt feststellen, dass sie vollkommen leer waren. Wieso war Vampyr gestern im Nebenzimmer verschwunden, angeblich um den Brief zu suchen, und wieso hatte es geraschelt, als ob er Massen von Papier bewege? Lioba kehrte in den Raum zurück, in dem sie mit Valentin Maria Pyrmont gesprochen hatten. Sie bemerkte, dass der Bresdin noch da war, genau wie der Piranesi; sie waren zum Teil unter Abfall begraben.

»Können Sie mir den Mann beschreiben, den Sie hier gesehen haben?«, fragte der Vermieter, der hinter Lioba stand.

Sie entsprach seiner Bitte, so gut sie es konnte, und drehte sich dabei zu ihm um.

»Das scheint er zu sein, aber in meiner Gegenwart hat er nie so eine Blindenbrille getragen«, sagte er schließlich und massierte sich die aufgeworfene Unterlippe. »Was soll ich denn jetzt machen? Ich werd das Haus anderweitig vermieten, das darf ich nach drei Monaten Rückstand. Und ich hab ein Pfandrecht an seinen Sachen. Aber sehen Sie sich bloß den Müll an.«

Lioba brauchte keine zwei Sekunden für ihre Entscheidung. »Ich entsorge Ihnen den Müll und zahle Ihnen sogar noch etwas dafür. Vielleicht kann ich einige seiner Kunstwerke ja verkaufen.«

Er sah sie zweifelnd an. »Er hat mir seinen Quatsch damals gezeigt. Da liegt ja eins davon.« Er ging zu einem Stapel, der bedrohlich nah an dem Piranesi lag, und hob einen schrecklichen Holzschnitt auf. Das Blatt zeigte eine nackte Frauengestalt, die wohl an Modigliani erinnern sollte, tatsächlich aber war es nur unbeholfen und grob.

Lioba zuckte die Achseln. »Warum nicht? Zweihundert Euro, und die Sachen gehören mir. Einverstanden? Ich nehme sie sofort mit.«

Der Vermieter zog die buschigen Brauen zusammen. »Na gut. Packen Sie den ganzen Krempel ein. Aber ich will, dass Sie mir das quittieren.« Umständlich zog er aus dem Jackett ein Blatt Büttenpapier und einen Füller hervor, der genauso wenig zu diesem Mann passte wie der Nadelstreifenanzug. Er malte einige Zeilen und hielt sie Lioba hin. »Hier unten bitte unterschreiben.« Sie musste grinsen, während sie ihren Namen unter das Schreiben setzte, in dem sie sich verpflichtete, unverzüglich das Geld zu zahlen und noch am selben Abend den Müll aus dem Haus transportiert zu haben. Es war lange her, dass sie einen ähnlich guten Vertrag unterzeichnet hatte.

Der Mann nahm ihr das Blatt aus der Hand, faltete es sorgfältig und steckte es behutsam weg, als wäre es ein kostbarer Schatz. »Ziehen Sie nur die Tür hinter sich zu, wenn Sie fertig sind. Ich muss noch nach Aachen. Da habe ich wenigstens ein paar anständig vermietete Häuser.« Er hielt erwartend die Hand auf.

Lioba zahlte sofort und war froh, als der grobschlächtige Mann in dem unpassenden Nadelstreifenanzug das Haus verließ. Sie rieb sich die Hände und machte sich fröhlich pfeifend an die Arbeit.

Sie untersuchte jedes Fetzchen Papier, und dabei fielen ihr erstaunliche Dinge in die Hand. Neben dem bereits bemerkten Piranesi fand sie noch etliche andere aus der *Carceri*-Serie, außerdem weitere Bresdins, einige Graphiken von Felicien Rops und Max Klinger, von Kubin, Bellmer und Giger. Es war ein Sammelsurium phantastischer Radierungen des achtzehnten bis zwanzigsten Jahrhunderts von ziemlich großem Wert, zumeist in ungeschützten Blättern. Nur drei Werke waren sorgfältig gerahmt; sie hatten ganz zuunterst in dem Tohuwabohu gelegen.

Carnackis Brief jedoch fand Lioba nicht. Über ihren Kunst-Entdeckungen vergaß sie zunächst den Grund ihres Besuchs in Kornelimünster. Erst als sie alle Bilder sorgsam auf dem Rücksitz ihres Renault Twingo verstaut hatte, erinnerte sie sich daran, dass sie eigentlich aus einem ganz anderen Grund hier war.

Sie legte eine Decke, die sie im Kofferraum für Notfälle und Pannen bereit hielt, über die Kunstwerke, damit niemand auf den Gedanken kam, den Wagen aufzubrechen, und machte sich daran, alle Papierschnipsel und Schriftstücke zu durchsuchen. Vieles war von Essensresten und Getränkespritzern angeschmutzt, was die Suche nicht gerade zu einer Freude machte. Lioba legte alles, was sie durchstöbert hatte, auf einen Haufen, den sie, wenn sie fertig war, in eine der Nachbarmülltonnen stopfen wollte. Das war zwar nicht ganz korrekt, fiel für sie aber unter die Rubrik Notwehr. Schließlich hatte sie dem Vermieter versprochen, das Haus zu räumen und dafür einen wahren Schatz bergen dürfen. Auch die Werke Vampyrs fanden vor ihren Augen keine Gnade; sie wanderten ebenfalls auf den Abfallhaufen.

Es dauerte vier Stunden, bis sie endlich alles durchgeschaut hatte. Der Brief des Autors war nicht darunter gewesen und auch sonst keinerlei Hinweis aus das Schattenbuch und seinen Urheber.

Eine halbe Stunde später waren die meisten Mülltonnen in der Nachbarschaft mit einem oder mehreren echten Vampyrs geadelt worden. Dafür mussten sie auch den anderen Dreck ertragen. Einige litten nun an akuter Verstopfung.

Lioba machte sich mit gemischten Gefühlen auf die Rückfahrt nach Trier. Es war ihr nicht gelungen, mehr über Thomas Carnacki zu erfahren, dafür lag auf ihrem Rücksitz Druckgraphik von einem Wert im fünfstelligen Euro-Bereich. Verrückt, dachte sie, man möchte das eine haben und bekommt das andere. Es geschieht immer das, mit dem man am wenigsten rechnet. Denk an damals, dachte sie. Nein, denk nicht daran. Die Vergangenheit ist tot. Jede Minute gleitet ein Stück Wirklichkeit in die Vergangenheit und stirbt, erstickt an der eigenen Erstarrung. Sie gab Gas.

Nun spürte sie die Anstrengungen des Tages. Kurz hinter Kornelimünster befand sich ein kleines Waldgebiet, in dem es schon zu dämmern begann. Mitten darin stand, lässig an die Leitplanke in einer lang gezogenen Kurve gelehnt, ein dürrer Anhalter. Vielleicht ein Wanderer. Er tat Lioba Leid, aber sie wollte jetzt niemanden mitnehmen – nicht mit dieser wertvollen Fracht auf ihrem Rücksitz. Eigentlich war Ängstlichkeit kein herausragender Zug von ihr, aber sie hatte nicht vor, ihr Glück auf die Probe zu stellen. Also fuhr sie mit unverminderter Geschwindigkeit an dem Anhalter vorbei.

Sie hatte ihn erkannt, als sie ihn beinahe erreicht hatte. Es war Valentin Maria Pyrmont. Für einen winzigen Augenblick, kürzer als ein Gedanke braucht, um sich in Nichts aufzulösen, hatte sie bremsen und ihn einladen wollen, mitzufahren. Doch als sie seine Augen sah, war ihr Entschluss wie weggefegt.

Er trug keine Brille. Dennoch waren seine Augen nichts als zwei schwarze Löcher. Sie wirkten wie Höhlen, die in die Unendlichkeit führten. Fast hatte Lioba geglaubt, winzige Sterne in ihnen glimmen zu sehen. Im Rückspiegel sah sie, dass er ihr zuwinkte. Es wirkte nicht wie die verzweifelte Geste eines Gestrandeten, sondern eher wie der gelassene Gruß eines Wissenden. Lioba schlug das Herz bis zum Hals. Sie raste über die Landstraße, bis der Anhalter vom schwarzen Wald aufgesogen zu werden schien. Gebüsch und Bäume säumten den Weg, dahinter lagen Wiesen wie dunkle Tücher in den Abendschatten.

Erst als sie Aachen-Brand erreicht hatte, wurde sie allmählich ruhiger. Kurz vor der Autobahnauffahrt sah sie rechts neben der Straße einen großen Platz, auf dem mehrere Oldtimer standen. Sie brauchte unbedingt eine Pause. Lioba stellte ihren Twingo neben einen Maserati Quattroporte, schaltete den Motor ab und legte den Kopf auf das Lenkrad, das klebrig vom Schweiß ihrer Hände war.

Herr im Himmel, seufzte sie stumm. Was ist hier los? Hatte sie eine Vision gehabt, oder hatte sie Vampyr tatsächlich gesehen? Bestimmt war es nur irgendein Anhalter gewesen, den sie wegen der Dunkelheit nicht deutlich hatte sehen können. Aber wieso hatte der Vermieter in Kornelimünster Pyrmont schon seit drei Monaten nicht mehr gesehen, wo

Lioba und Arved ihm noch gestern begegnet waren? Und vorhin, flüsterte es in ihr. Wer war dieser Pyrmont wirklich?

Jemand klopfte gegen die Seitenscheibe. Ruckartig fuhr Lioba hoch. Vampyr! Die schwarzen, sternglühenden Augen! Sie zuckte von der Scheibe zurück.

»Ist Ihnen nicht gut? Brauchen Sie Hilfe?«, fragte besorgt ein junger, dünner Mann mit einem Pferdeschwanz. Lioba atmete tief durch, kurbelte die Scheibe ein wenig herunter und lächelte ihn erschöpft an.

»Alles in Ordnung. Ich bin nur ein wenig müde. Vielen Dank für Ihre Sorge.« Hoffentlich hatte er nicht gesehen, was sie auf dem Rücksitz transportierte. Ein rascher Blick nach hinten verriet ihr, dass niemand die Schätze ahnen konnte, die unter der sorgsam ausgebreiteten Decke lagen.

Der junge Mann folgte kurz ihrem Blick, sah aber offenbar nichts Bemerkenswertes. Er wünschte ihr noch einen guten Tag und ging zu einem VW Käfer, der ein wenig hinter dem Maserati stand. Bevor er die Wagentür öffnete, warf er ihr einen letzten zweifelnden Blick zu. Sie nickte aufmunternd, er stieg ein und fuhr los.

Lioba seutzte erleichtert. Sie sah sich um. Spürte, wie etwas Großes, Stummes sich auf den Asphalt senkte. Fort, nur fort von hier. Lioba drehte den Zündschlüssel und setzte ihren Weg nach Trier fort.

Zu ihrem eigenen Erstaunen fand sie einen Parkplatz knapp neben ihrem Haus und machte sich sofort daran, ihren erstaunlichen Fang aus dem Wagen zu schleppen.

Als sie die Bilder vorsichtig auf den Wohnzimmerboden gelegt und die bereits gerahmten Drucke gegen die Regale gestellt hatte, genehmigte sie sich erst einmal einen tiefen Schluck aus der Weinflasche, die noch auf dem kleinen Tisch stand. Die Spätlese war zu warm, aber sie wirkte. Dann setzte sich Lioba mit einem Seufzer in ihren Sessel und ließ die Blicke über die Bilder am Boden und vor den Regalen gleiten. Was für ein Tag! Sie nahm noch einen Schluck – den letzten –, stand auf, schwankte plötzlich ein bisschen, hielt sich am Tisch fest – und der Tisch kippte um. Der Aschenbecher ergoss seinen grauen Inhalt auf den Teppich. Die Weinflasche kullerte zu Boden. Lioba schaffte es gerade noch, die Flasche zu erwischen, bevor sie Schaden anrichten konnte, doch der Tisch stürzte auf die gerahmten Bilder. Er schlug gegen den größten Piranesi und riss die kleineren Bilder vor ihm mit sich. Die Tischkante knallte auf einen Bresdin, der kaum größer als eine Postkarte war. Als es klirrte, drehte es Lioba den Magen um.

Mit einem Fluch schob sie den Tisch beiseite und besah sich den Schaden. Der Bresdin – es handelte sich um das Blatt *Die Jäger, vom Tod überrascht* – hatte genau im Kopf des linken Jägers ein kleines Loch, eher einen Durchstich. Der rechte Jäger war heil geblieben. Und der vor ihnen kauernde Tod schien zu lachen.

Das Deckglas war völlig zersplittert. Wütend über sich selbst trug Lioba das Bild waagerecht in die Küche und leerte die Splitter in den Mülleimer. Dann setzte sie sich an den kleinen Tisch mit der geblümten Wachstuchdecke und hob den Rahmen vorsichtig von dem Bild. Der Schaden war gering, aber sichtbar. Man konnte die Radierung möglicherweise noch retten. Lioba drehte sie um. In der Tat hatte sich ein kleiner Splitter durch das alte Papier gebohrt. Doch dies interessierte sie plötzlich überhaupt nicht mehr.

Die Rückseite der kleinen Radierung war beschrieben. In einer Handschrift, die zugleich großspurig ausgreifend und zart war.

Es war Thomas Carnackis Brief an Valentin Maria Pyrmont.

6. Kapitel

Arved hatte den ganzen Tag immer wieder in dem Schattenbuch gelesen. Besonders die erste Novelle, die Gespenstergeschichte, hatte es ihm angetan. Es lag so viel Verzweiflung in der Liebe des Büchersammlers und so viel Einsamkeit im traurigen Leben der Sammlerin. Sie hatten gemeinsame Interessen, gemeinsame Probleme, eine gemeinsame Lebensanschauung, doch die Unfähigkeit der beiden, mit ihrem Leben und miteinander umzugehen, führte nur in die Katastrophe, wo doch die Erlösung so nah war.

Arved saß auf seinem leise knirschenden Ledersofa und hatte die Welt vergessen. Seine Katzen waren nach dem Frühstück verschwunden; wahrscheinlich spielten oder jagten sie im Garten. Seit das Buch im Haus war, waren sie fast den ganzen Tag draußen. Ihr Ernährer schien nicht mehr von Bedeutung zu sein.

Gegen Abend riss ihn das Telefon aus seinen Träumen.

»Ich habe den Brief«, frohlockte eine aufgekratzte Lioba Heiligmann am anderen Ende. Bevor der verblüffte Arved etwas darauf erwidern konnte, las Lioba das kurze Schriftstück vor:

»Sehr geehrter Herr Pyrmont, als großer Bewunderer Ihrer Kunst wäre es eine gewaltige Ehre für mich, wenn Sie sich entschließen könnten, mein Werk *Das Schattenbuch* mit drei Holzschnitten zu versehen. Die beiliegenden zweitausend Mark sind Ihr Honorar. Falls Sie den Auftrag annehmen, bitte ich Sie, die Illustrationen nebst dem Text an die folgende Adresse zu schicken: Jakob Blumenberg, Kurfürstenstraße 19a, 54516 Wittlich. Mit vorzüglicher Hochachtung vor Ihrem Talent, Thomas Carnacki.«

»Wie haben Sie das geschafft?«, wollte Arved wissen.

Lioba berichtete von ihrem Abenteuer und dem anschließenden Missgeschick. Dann machte sie eine erwartungsvolle Pause.

Arved wunderte sich über seine Empfindungen. Nun, da es einen Brief von Carnacki gab, einen Beweis seiner Existenz, verloren die Geschichten für ihn einen kleinen Teil ihres unwirklichen Reizes. Jetzt kannten sie seine Adresse, und es war ein Leichtes, den Autor aufzusuchen. Er war nicht mehr die mythische Gestalt, zu der Arved Carnacki während der Lektüre gemacht hatte. Er selbst hatte die Suche vorangetrieben und damit das Gegenteil von dem erreicht, was er eigentlich wollte.

Als Lioba die Pause offensichtlich zu lang wurde, fragte sie: »Wann machen wir uns auf den Weg nach Wittlich?«

»Für heute ist es schon zu spät. Morgen früh?«

»So gegen zehn Uhr? Wir treffen uns an der angegebenen Adresse, dann hat es jeder von uns etwa gleich weit.« Am anderen Ende knackte es.

Verblüfft und verwirrt ging Arved zurück ins Wohnzimmer. Er sollte sich freuen – freuen über die Adresse, über Liobas Einsatz, darüber, dass er sie schon morgen wiedersehen würde. Seufzend setzte er sich, schlug das Buch auf und trank einige Sätze wie kostbaren Wein.

So nah schon am Ziel. Und wenn er Carnacki gegenüberstand? Was dann? Was würde er ihn fragen? Um was ihn bitten? Dann wäre die Suche zu Ende, das Ziel erreicht und zerstoben. Und alles wäre wieder wie vorher.

Wirklich?

Würde je wieder etwas wie vorher sein? Hatten ihn diese Geschichten nicht bereits verändert? Er schüttelte den Kopf. Dumme Gedanken! Wie kann eine Erzählung ein Leben beeinflussen?

Oder beeinflusst das Leben die Literatur?

Benommen warf er das Buch auf den weißen Couchtisch. Etwas wisperte und flüsterte in ihm. Etwas, das nicht aus ihm selbst kam. Er stand auf, ging in die Küche, butterte eine Scheibe Brot und belegte sie dick mit rohem Schinken. Dabei hörte er, wie die Katzen in die Küche huschten. Der Hunger hatte sie hereingetrieben. Sie waren so unberechenbar. In den Monaten nach dem Umzug hatten sei sich zu anhänglichen Schmusetigern und treuen Mäusejägern entwickelt. Doch jetzt waren sie seltsam scheu geworden. Er nahm das Katzenfutter aus dem Schrank, drehte sich um – und sah, dass er allein in der Küche war.

Aber er spürte, dass er nicht allein war. Hatten Lilith und Salomé sich neben dem Herd versteckt? Er glaubte, es dort rascheln zu hören. Langsam bückte er sich. Ja, da war etwas neben dem Herd. Da wand sich etwas. Wie eine glänzende Riesenschlange. Ihm stockte der Atem und seine Bewegungen gefroren. Als er sich wieder regen konnte, war es verschwunden. Hatte sich vor seinen Augen aufgelöst. Er dachte an seine Erlebnisse im vergangenen Jahr. War das ein Rückfall? Nein, das hier war etwas völlig anderes. Er hielt sich am Einbauschrank fest.

Draußen hörte er Vögel den Abend herbeisingen und er sah die Schemen zwischen den Obstbäumen auf der anderen Seite der schmalen Straße. Die Kühe waren wie schwarze Rätselzeichen auf einem Palimpsest. Alles normal. Aber das war das eigentlich Erschreckende: die Normalität. Arved hatte so oft versucht, sie von sich fernzuhalten. Er hatte geglaubt, als Priester sich ganz in Gott versenken zu können, und immer, wenn das Leben ihm zu nahe gekommen war, hatte er sich bemüht, es auf Abstand zu halten. Es war ihm nur selten gelungen. Manchmal hatte er sich regelrecht verweigert, wenn er sich einer Situation nicht gewachsen fühlte. Vielleicht war das einer der tieferen Gründe gewesen, warum er das Priesteramt verlassen und sich damals in der Predigt um Kopf und Kragen geredet hatte. Es war wohl nichts anderes als der Versuch einer Flucht aus dem Leben gewesen. Er hatte Reliquien gesammelt, wie jene junge Frau in der ersten Geschichte des Schattenbuches Bücher sammelte, und er hatte sich an ihnen festgehalten, als gäben sie ihm die Sicherheit, die das Leben nicht bieten konnte. Er hatte die Schlünde seiner Existenz mit diesen Dingen zu stopfen versucht und geglaubt, einen Befreiungsschlag zu landen, als er die Sammlung verkaufte. Und nun hatte sich wieder ein solcher Schlund geöffnet.

Arved wischte sich den Schweiß von der Stirn. Es war kein Zufall, dass er zu diesem Zeitpunkt die Schwärze gesehen hatte, ganz nah bei ihm. Die Suche nach Carnacki kam morgen an ihr Ende, und danach folgte Leere. Mittwochs Besuche bei Lioba. Wanderungen über den Lieserpfad oder zum Kiesberg oder zur Bleckhausener Mühle. Katzenfüttern. Katzenkraulen. Einkaufen. Woran sollte er sich in seinem Leben noch festhalten? An Lioba? Sie verwirrte ihn. Er dachte lieber nicht über sie nach. Er war noch immer Priester, würde nie laiisiert werden.

Warum fühlst du dich an eine Institution gebunden, die dich vom Dienst suspendiert hat?, fragte es in ihm. Du hältst dich noch an ihre Regeln, weil du nichts anderes hast.

Als er die Küche verließ, warf er noch einen Blick neben den Herd. Natürlich war da nichts. Aber als er die Schwelle überschritten hatte, glaubte er hinter sich ein Rascheln zu hören. Er drehte sich nicht um.

Er war noch vor Lioba in der Kurfürstenstraße. Natürlich hatte er es nicht unterlassen können, schon bei der Nummer 19a vorbeizuschauen. Sein Jagdfieber war wieder angefacht worden.

Es handelte sich um ein kleines, lang gestrecktes Haus in einem Hinterhof zwischen einem griechischen Restaurant und einem Beerdigungsinstitut. Über der Durchfahrt in den Hof stand: *Vision Druck 2000*. So viel Arved von außen erkennen konnte, handelte es sich um eine Druckerei. Das hier war sicherlich nicht Carnackis Zuhause. Bestimmt hatte er hier das Schattenbuch drucken lassen. Das hieß, dass die Suche weiterging. Ungeduldig lief er vor dem Durchgang auf und ab und wartete auf Lioba.

Sie kam zehn Minuten zu spät. Er hörte den schweren Tritt ihrer mächtigen Wanderstiefel eher, als dass er sie sah. Sie lief auf ihn zu, schüttelte ihm freundschaftlich und mit beinahe schmerzhaft festem Druck die Hand und schaute in den Durchgang, hinter dem das Haus mit der Nummer 19a lag. »Es sieht so aus, als wäre unsere Suche noch nicht beendet«, sagte sie.

Sie durchquerten den Hof, der auf der linken Seite von einem niedrigen Gebäude und auf der rechten von einer Mauer begrenzt wurde. Nachdem sie die unverschlossene Haustür aufgedrückt hatten, klopften sie an einer Tür mit der verschnörkelten Aufschrift *Büro*. Sie wurden hereingerufen. Lioba fragte die Sekretärin sofort nach Thomas Carnacki und erntete nur einen verständnislosen Blick. Schließlich ließ sich die Sekretärin – ein Zerberus alten Schlages mit so glitzernd grünen Augen, dass Arved zu glauben geneigt war, sie trage farbige Kontaktlinsen – dazu herab, ihren Chef zu rufen.

Ein paar Minuten später rauschte ein dynamisch-sportlich-höhensonnengebräunter Jungindustrieller herein und musterte seinen ungebetenen Besuch erst einmal von oben bis unten. »Wie kann ich Ihnen behilflich sein?«, floskelte er schließlich.

Noch einmal brachte Lioba ihr Anliegen vor, während Arved hinter ihr stand und sich weit weg von diesem forschen Erfolgsmenschen wünschte.

»Carnacki? Nie gehört. Aber ich vermute, Sie reden mit dem Falschen.« Er zeigte eine Reihe perlweißer Zähne.

»Wieso?«, fragte Arved hinter Liobas Rücken.

»Ich habe diese Druckerei vor drei Jahren von meinem Vater übernommen. Wenn überhaupt, dann hat er mit diesem Carnacki zu tun gehabt. Ich habe das hier auf Vordermann gebracht, hab dem Ganzen einen flotten Namen gegeben. Mein Vater wollte immer nur diese kleinen Bücher drucken und binden, die kein Geld bringen. Ich hab ihm immer gesagt, er muss Werbeprospekte drucken, das bringt's. Sehen Sie sich nur um. Der Laden brummt.«

»Haben Sie die alte Geschäftskorrespondenz Ihres Vaters noch?«, fragte Lioba.

Der Jungunternehmer fuhr sich mit der perfekt manikürten Hand über die Fönfrisur. »Alles weggeworfen, nachdem mein alter Herr sein Gewerbe abgemeldet hat. Tut mir Leid.«

»Vielleicht kann er sich an Carnacki erinnern«, beharrte Lioba und verschränkte die Arme vor der Brust. Sie wirkte, als wolle sie hier stehen bleiben, bis sie entweder die gewünschten Informationen erhielt oder die Welt unterging.

»Keine Ahnung. Er lebt in seiner eigenen Welt. Wir sehen uns nicht mehr oft.« Plötzlich schimmerte durch die glatte Fassade des Erfolgsbeaus so etwas wie Trauer. »Wenn Sie wollen, können Sie ihn besuchen. Er lebt kurz hinter Wittlich auf einem Hof gegenüber des jüdischen Friedhofs.« Leise fügte er hinzu. »Sein elterlicher Hof. Er will nicht mehr weg von da. Bin schon lange nicht mehr dort gewesen. So abgelegen, wissen Sie?«

* * *

Sie fuhren mit Liobas Auto. Hinter Wittlich, an der Straße nach Minderlittgen, zweigte ein schmaler Feldweg nach links ab. Eine weiß und rot gestreifte Schranke verhinderte die Durchfahrt, und auf einem kleinen weißen Schild, das auf den Weg hinter der Schranke deutete, stand: *Jüdischer Friedhof. Schlüssel beim Kulturamt Neustraße 2, Wittlich, erhältlich.*

Lioba parkte vor der Schranke, und sie gingen links an ihr vorbei bergan. Sie kamen an einem Hochsitz vorbei, einem Todesturm für das ahnungslose Wild, und der Weg wand sich an Feldern und Wiesen entlang. In der Ferne stand ein dunkler Eichenhain wie ein erfrorener Gedanke. Still war es hier, nur manchmal hörte man aus der Ferne ein Auto auf der Straße nach Minderlittgen.

Der Hof lag gegenüber des Eichenwäldchens, in dem sich der jüdische Friedhof mit seinen alten Gräbern befand. Ein altes Haus wurde von einer verfallenen Scheune bedrängt. Auf der anderen Seite schlossen Schuppen und Verschläge den Hof ein. Arved drängte sich die Erinnerung an das Haus des Künstlers in Kornelimünster auf. Auch hier sprosste das Unkraut, auch hier blätterte die Fassade ab. Es war, als verfalle alles, was mit Carnacki in Berührung kam.

Ein Hund bellte, zerrte an seiner Kette. Es war ein Bernhardiner. Ein Mann kam aus dem Haus, die Tür hatte offen gestanden. Er stemmte die Fäuste in die Hüften und schaute Arved und Lioba herausfordernd an. Er war etwa sechzig Jahre alt, dünn, weißhaarig und weißbärtig, und obwohl er keinen Zopf hatte, erinnerte er Arved stark an Valentin Maria Pyrmont.

»Was wollen Sie?« Die Stimme des alten Mannes war voll und dunkel. Arved spürte, dass es endlich einmal an der Zeit war, dass er selbst das Gespräch begann und führte. Er erklärte den Grund ihres Besuchs und fragte nach dem Schattenbuch. Die Augen des alten Mannes leuchteten auf, und das Abweisende in seiner Haltung löste sich. »Kommen Sie doch herein«, sagte er.

Bald darauf fanden sich Arved und Lioba in einem Wohnzimmer wieder, das wie aus den fünfziger Jahren in die Gegenwart versetzt wirkte. Cocktailsessel, Nierentisch und Tütenlampen, alles in ausgezeichnetem Zustand. Arved setzte sich in einen der frischgrün bezogenen Polstersessel, Lioba nahm ihm gegenüber Platz, und der alte Mann hockte sich auf die Kante der Couch, deren Beine wie Insektenfühler aussahen. Arved berichtete von ihrer Suche nach dem Autor des Schattenbuches, und der alte Mann, der sich ihnen als Jakob Blumenberg vorgestellt hatte, lächelte versonnen.

»Ich erinnere mich gut an diesen komischen Auftrag«, sagte er. »Damals war ich noch in der Kurfürstenstraße, wo jetzt mein Sohn seine ... seine ... Arbeit macht. Ich habe meine Maschinen hier heraufgeschafft. Wollen Sie sie sehen?« Schon war er aufgesprungen und lief aus dem Zimmer, aus dem Haus. Arved und Lioba blieb nichts anderes übrig, als die Zeitmaschine zu verlassen und ihm nach draußen in die Gegenwart zu folgen.

Jakob Blumenberg eilte in einen der Schuppen rechts des Hauses. Der Bernhardiner schaute aufmerksam zu, gab aber keinen Laut von sich. Nachdem Arved sich an das Zwielicht gewöhnt hatte, das dem alten Mann nichts auszumachen schien, erkannte er eine altmodische Druckerpresse, eine Maschine zur Herstellung von Bleilettern und einige Gerätschaften zum Buchbinden. Alles war in Benutzung; Blumenberg schien an einem neuen Projekt zu arbeiten.

Er deutete stolz auf seine Maschinen und sagte: »Manchmal denke ich, ich bin der Letzte meiner Art.« Er erzählte lang und breit die Geschichte des Buchdrucks, und Arved wurde immer nervöser. Lioba trat neben ihm von einem Bein aufs andere und räusperte sich so oft, als habe sie einen ganzen Froschteich im Rachen, aber Blumenberg ließ sich nicht von seinem Vortrag abbringen.

Als er einmal Luft holen musste, nutzte Arved die Gelegenheit: »Erinnern Sie sich noch an das Schattenbuch?«

»Aber selbstverständlich, junger Mann. Mein Gedächtnis ist immer schon ausgezeichnet gewesen. Damals habe ich ganze Arbeit geleistet. Feinstes Zerkall-Bütten, Bleisatz aus der Garamond-Antiqua und ein Einband auf fünf Bünden aus Oasenziegenleder mit Rückengoldprägung. Die Illustrationen, die ich einbinden musste, fand ich allerdings nicht sehr gelungen.« Er stützte sich auf einem in eine Binderpresse eingespannten Buchblock ab.

Arved sah, wie Lioba zustimmend lächelte. »Haben Sie den Text gelesen?«, wollte Arved wissen.

»Junger Mann, ich lese nie Bücher, die ich drucke und binde.«

»Wie können Sie denn dann die Texte setzen?«, fragte Arved verblüfft.

»Buchstabe für Buchstabe. Ich setze sie, aber ich setze sie nicht zusammen, verstehen Sie?« Der alte Drucker grinste Arved an, als habe er ihm ein großes Geheimnis verraten.

Lioba wurde ungeduldig. »Haben Sie die Adresse des Autors?«, fragte sie mit einer gewissen Schärfe in der Stimme.

Blumenberg bedachte sie mit einem Blick, der ihrem Ton entsprach. »Bücher sind lebende Wesen, junge Frau. Man zieht sie auf, man hegt und pflegt sie, aber man weiß nie, was wirklich in ihnen steckt. Genau wie bei einem Kind.« Er zog die Mundwinkel nach unten. »Haben Sie Kinder?«

Lioba erwiderte nichts darauf; sie schien zum ersten Mal in Verlegenheit geraten zu sein, wie Arved verwundert feststellte.

Der Drucker fuhr fort, während er den eingepressten Buchblock streichelte: »Aber im Gegensatz zu Kindern haben Bücher viele Väter. Ich bin einer von ihnen, was das Schattenbuch angeht. Den Illustrator können wir außer Acht lassen. Wer Valentin Maria Pyrmont heißt und sich Vampyr nennt, ist entweder einfallslos oder geistig unterbelichtet. Von ihm habe ich damals das Buch bekommen. Mit derselben Post kam ein reichliches Entgelt, und eine Stunde vor dem Eintreffen des Postboten habe ich einen Anruf bekommen, bei dem es mir kalt den Rücken heruntergelaufen ist.« Er schaute von Arved zu Lioba und setzte sich dann auf den Tisch, auf dem die Bindepresse stand. Seine Beine baumelten von der Platte herab. »Es war der 16. Februar 1981, ich weiß es noch genau. Sie sehen, mein Gedächtnis ist gut. Das Telefon klingelte, und ich nahm ab. Zuerst war am anderen Ende gar nichts. Ich dachte schon, jemand habe sich einen Scherz erlaubt, aber dann kam die Stimme.« Blumenberg schüttelte sich. »Sie klang wie aus dem Grab, wenn Sie wissen, was ich meine. Sehr dumpf und von ungeheuer weit entfernt. Damals war die Telefontechnik noch nicht so weit wie heute, wo Sie von Amerika aus sprechen und es sich so anhört, als würden Sie in Rufweite stehen. Nie zuvor und nie danach habe ich eine solche Stimme gehört. Auch wenn ich der vergesslichste Mensch der Welt wäre, würde ich diese Stimme auf keinen Fall vergessen können. Ich bin froh, dass ich sie nie wieder gehört habe. Er sagte: ›Gleich kommt ein Auftrag für Sie. Er besteht aus einem Buch mit drei Novellen und drei dazugehörigen Illustrationen. Der Künstler hat je hundert Abzüge gemacht. Werfen Sie neunundneunzig davon weg, setzen Sie das Buch und drucken Sie es aus der Garamond-Antiqua auf Zerkall-Bütten in einem einzigen Exemplar. Binden Sie es in braunes Oasenziegenleder. Wenn Sie fertig sind, packen Sie das Buch gut ein und legen es in den Mülleimer der Wanderhütte Weifelsjunk auf dem Lieserpfad zwischen Wittlich und Manderscheid. Man kann mit dem Wagen ziemlich nahe heranfahren, also brauchen Sie keinen weiten Fußweg auf sich zu nehmen.‹ Dann legte er auf. Das war der seltsamste Auftrag, den ich je erhalten habe.«

»Dann hat er Ihnen seine Adresse gar nicht genannt?«, fragte Arved enttäuscht.

»Wieso interessiert Sie das – nach so langer Zeit?«, fragte der Drucker zurück.

»Wir haben unsere Gründe«, antwortete Lioba ausweichend.

»Also gut«, meinte der alte Drucker und legte die Hände unter dem Kinn zu einem Dach zusammen. »Ich habe den Anweisungen gemäß gehandelt, aber natürlich wollte ich wissen, wer mein Auftraggeber war. Ich war drei Wochen später fertig; es war ein Freitag. Gegen Mittag war ich an der verabredeten Stelle, und nachdem ich das Buch in der Mülltonne verstaut hatte, bin ich zurück in meinen Wagen gegangen und habe gewartet. Tatsächlich kam bald ein Taunus mit Trierer Kennzeichen, aber irgendwie konnte ich den Fahrer nicht erkennen. Ich glaube, die Sonne hat mich geblendet. Dann muss ich eingeschlafen sein, obwohl ich tagsüber früher nie geschlafen habe. Das Nächste, an das ich mich erinnere, war Brandgeruch. Ja, Sie haben richtig gehört. Es stank wie bei einem Waldbrand. Ich habe mir die Augen gerieben und nicht glauben wollen, was ich da gesehen habe, aber ich habe es wirklich gesehen, dessen bin ich mir sicher. Es waren kleine Flammenzungen auf dem Weg, die bald erloschen sind, und darüber schwebte etwas Schwarzes heran – wie ein Atemhauch der Hölle. Dann ist der Taunus losgefahren. Ich bin ihm gefolgt – im Sinne der Detektivkunst bestimmt nicht sehr professionell. Irgendwann hatte ich den Eindruck, dass er mich bemerkt hat. Aber er hat nicht versucht, mich abzuhängen, im Gegenteil. Es war fast, als wollte er, dass ich ihn verfolge.«

Arved versuchte die Erzählung des Druckers abzukürzen. »Wohin ist er gefahren?«

»Nach Trier-Nord, in die Riverisstraße, dort schien er zu wohnen. Er hat die Haustür aufgeschlossen, was ich vom Wagen aus beobachtet habe, aber komischerweise konnte ich den Mann selbst immer noch nicht deutlich erkennen. Es war, als wäre er von einem Schatten umgeben, als wäre um ihn herum schon Abenddämmerung, wenn Sie verstehen, was ich meine. Von Flammen war allerdings nichts mehr zu sehen – weiß der Teufel, wo die hergekommen waren, da hinten im Wald vor Manderscheid.«

Arved verstand es nicht. Lioba sah den Mann ebenfalls fragend an.

Der Drucker redete weiter: »Es war die zweite Häuserreihe, Hausnummern gibt es da ja nicht. Und dann stand er auf einmal an einem der Fenster. Es war im ersten Stock, rechts neben dem Treppenhaus, das weiß ich noch genau. Er hat die Rolllade heruntergelassen. Aber vorher hat er mir noch zugewinkt. Jetzt hatte ich den Beweis dafür, dass er mich bemerkt hatte. Es war, als habe er mich absichtlich zu seiner Wohnung gelockt. Er war genauso wenig zu erkennen wie draußen auf der Straße.«

7. Kapitel

Sie fuhren im Konvoi nach Trier. Immer wenn Lioba in den Rückspiegel schaute und den riesigen Bentley sah, musste sie lächeln. Arved war zwar kein kleiner oder schmächtiger Mann, aber hinter dem Lenkrad dieses vorzeitlichen Ungetüms schien er regelrecht zu verschwinden.

Sie hatten beschlossen, zuerst zu Mittag zu essen und dabei ihr weiteres Vorgehen zu besprechen. Als sie im Restaurant *Zum Domstein* saßen und Arved seinen Orangensaft und Lioba ihr Bier vor sich stehen hatte, meinte Arved: »Es ist doch äußerst unwahrscheinlich, dass Carnacki nach über zwanzig Jahren immer noch in dieser Wohnung lebt.«

»Unwahrscheinlich, aber nicht unmöglich«, meinte Lioba und nahm einen kräftigen Schluck. »Die Riverisstraße ist die Adresse für die, die ganz unten angekommen sind. Es ist unsere einzige Spur. Wenn wir ihr nicht folgen, ist die Suche an dieser Stelle für uns zu Ende.«

»Verzeihen Sie meine Frage, aber warum sind Sie inzwischen so sehr an Carnacki interessiert?«, wollte Arved wissen und nippte an seinem Orangensaft.

Gute Frage, dachte Lioba. Warum sucht man etwas? Weil man das Interesse auf etwas richten will, das außerhalb des eigenen Umfeldes liegt. Weil man ausbrechen will. Weil sie nicht immer nur mit diesen verqueren Sammlern von toten Büchern zu tun haben wollte.

Und weil ich dich mag, du verquerer Kerl!

Sie sagte: »Im Zusammenhang mit dieser Suche habe ich bereits zwei gute Geschäfte gemacht. Wer weiß, was da noch auf mich wartet? Außerdem habe ich im Augenblick nicht viel zu tun. Ich sitze nicht gern zu Hause herum und versauere.«

»Aber Sie haben doch bestimmt viele Freunde?«, fragte Arved leise und hielt sich an seinem Glas fest.

»Längst nicht so viele, wie Sie vielleicht glauben«, antwortete Lioba offen.

Arved schwieg darauf. Er kaute auf seiner Unterlippe, und Lioba tat es bereits Leid, ehrlich gewesen zu sein. Ihr Privatleben ging nur sie allein etwas an. Sie schaute Arved an, er sah weg. Zum Glück kam das Essen. Sie hatten beide Wildragout bestellt, mit selbst gemachtem Apfelmus, mit Preiselbeeren und Kroketten. Lioba lobte das zarte, ausgezeichnet gewürzte Fleisch.

Arved nickte nur. Schließlich sagte er: »Glauben Sie das, was der Drucker uns erzählt hat?«

Lioba wischte sich mit der Serviette über den Mund. »Sie meinen die Geschichte mit dem Schattenmann und den brennenden Fußstapfen?«

Arved nickte und kaute auf dem letzten Bissen herum.

»Ich vermute, er war wirklich eingeschlafen und konnte Traum und Wirklichkeit nicht auseinanderhalten. Es ...«

Arved zuckte zusammen, verschluckte sich, hustete, riss die Augen auf. Lioba erschrak und sah ihn verdutzt an. »Was ist mit Ihnen?« Sie folgte seinem Blick, der sich auf den Tisch neben der Tür zu richten schien. Dort saß ein älterer Mann und war in ein Buch vertieft. Lioba konnte nichts Außergewöhnliches an ihm erkennen.

Arved schloss die Augen und holte tief Luft. »Ich ... nichts. Ich hatte nur für eine Sekunde geglaubt, da drüben säße ... wäre ... Pyrmont. Ich sehe Gespenster.« Er versuchte sich an einem Lächeln; es sah aus, als würde er gewürgt. »Irgendwie greift diese Suche meine Nerven an.«

»Wir können sie abblasen«, schlug Lioba vor und stellte fest, dass ihr das gar nicht mehr so recht wäre.

»Nein.« Arved klang fest und entschlossen. »Wir haben es angefangen, und wir werden es beenden. Wenn Sie nicht mehr mitmachen wollen, kann ich das sehr gut verstehen. Ich bin Ihnen nicht böse, wenn Sie aussteigen.«

Nachdem die Kellnerin die Teller abgeräumt und den Mokka gebracht hatte, meinte Lioba: »Das kommt gar nicht in Frage. Erst machen Sie mich heiß, dann stoßen wir auf ein interessantes Rätsel, und ich konnte sogar einen wunderbaren Ankauf tätigen, auch wenn er nicht in mein Spezialgebiet fällt, und jetzt soll ich mich zurückziehen? Für wen halten Sie mich?«

Arved hatte geantwortet, bevor er überhaupt begriffen hatte, was er da sagte: »Für eine charakterstarke, faszinierende Frau.«

Die Röte auf seinen Wangen belustigte Lioba. »Na, na, Sie wissen nicht, wie ekelhaft ich sein kann.« Sie holte aus ihrer Handtasche einen Zigarillo hervor und zündete ihn rasch an. Sie saugte daran, als sei er ein Strohhalm, durch den man die Lebensessenz in sich aufnehmen kann.

»Vielleicht möchte ich es gern wissen«, sagte Arved leise und stützte den Kopf in beide Hände.

Nun war es an Lioba, unsicher zu werden. Sie hätte es diesem linkischen Ex-Priester nie zugetraut, so etwas zu sagen. Dieses Gespräch ging eindeutig in die falsche Richtung. Sie blies eine Rauchwolke zur hohen Decke, lauschte den Geräuschen des Restaurants – Gesprächsfetzen, Klirren von Besteck und Porzellan – und wünschte sich ein paar hundert Meter weit weg. Zwischen ihren Büchern war sie ein anderer Mensch. Sie kippte den Mokka in einem Zug hinunter. »Unwissenheit ist immer ein beneidenswerter Zustand.« Sie zwinkerte Arved zu und drehte sich um. »Zahlen!«, rief sie der Kellnerin zu, die gerade mit einem Tablett voller schwappender Weingläser an ihrem Tisch vorbeibalancierte. Zu Arved meinte sie: »Sind Sie Ihre Gespenster losgeworden? Können wir gehen?«

Er nickte, und nachdem sie bezahlt hatten – jeder für sich –, verließen sie das *Domstein* und schlenderten über den Hauptmarkt, auf dem Stände mit Blumen und Obst um die Aufmerksamkeit der Vorbeigehenden buhlten.

Zuerst schlug Sankt Gangolf die zweite Stunde nach Mittag, dann fiel der Dom ein. Touristengruppen folgten den bunten Fähnchen ihrer Führer, es wurden Fotos von mehr oder weniger glücklich arrangierten Reisenden gemacht, die Sonne hatte alle Schatten zersetzt, das mittelalterliche Marktkreuz ragte wie eine Bühne in die Brandung der Passanten.

»Wir nehmen meinen Wagen. Ihrer würde in der Gegend, in die wir uns nun wagen müssen, zu sehr auffallen«, meinte Lioba zu Arved, der schweigend neben ihr herlief und meilenweit weg zu sein schien. Er nickte stumm, sah sie nicht an.

Du hast dich weit vorgewagt, mein Junge, dachte sie belustigt, aber sie war froh, dass er seine linkischen Annäherungsversuche aufgegeben hatte. Sie war fertig mit der Männerwelt, das hatte sie sich schon damals geschworen. Daran konnte auch ein scheuer Ex-Priester namens Arved Winter nichts ändern.

* * *

Sie fuhren in den Trierer Norden, unterquerten die Bahnlinie und bogen links in eine Straße ein, die kaum mehr als ein asphaltierter Feldweg war. Das Schild *Durchfahrt verboten* ignorierte Lioba. Der kleine Renault holperte über die unebene Straße an Kleingärten und Fabrikhallen vorbei. Als es schon aussah, als würde der Weg im Nirgendwo enden, mündete die Straße in einen Asphaltpfad, von dem aus eine Handvoll Häuserreihen wie Krebsgeschwüre bis in den nahen Wald hineinstachen.

Die Riverisstraße.

Die zweistöckigen, ehemals ockerfarbenen Häuser boten einen schrecklichen Anblick. Lioba hatte von dieser Straße der Verlorenen und Hoffnungslosen gehört, war aber noch nie hier gewesen. Die meisten Haustüren waren eingetreten oder standen weit auf, und dahinter zeigten sich ins Zwielicht führende Flure voller Gerümpel und Graffiti. Auch die Außenwände waren beschmiert. Viele Rollläden waren heruntergelassen, eingedrückt, beschmiert. Lioba hielt mitten auf der Straße an und wusste nicht, ob sie sofort wieder wenden und fliehen oder wirklich dieses Gebiet betreten sollten. Abfallhaufen lagen am Straßenrand, aufgebrochene Autowracks rosteten in Haltebuchten vor sich hin, Wohnwagen versperrten die Durchfahrten.

Sie saßen schweigend und ungläubig da und beobachteten, wie zwei Jugendliche – eigentlich kaum mehr als Kinder – mit Jeanshosen, deren Hintern ihnen in den Kniekehlen hing, und schräg aufgesetzten Baseballkappen sich einem glatzköpfigen Jungen näherten. Der Junge erkannte die Gefahr zu spät. Die beiden packten ihn, einer rechts, der andere links, und schüttelten ihn durch. Sie brüllten ihn an, und der Junge weinte und schluchzte. Sie wollten ihm etwas abnehmen, das er in der Hand hielt.

»Wir müssen ihm helfen«, sagte Lioba und hatte schon den kleinen Wagen verlassen.

Arved folgte ihr zögerlich. Lioba lief auf die Kämpfenden zu. Der Junge lag bereits auf den geborstenen Betonplatten; die anderen beiden waren über ihn gebeugt und schlugen auf ihn ein. Liobas Wanderstiefel knallten laut über den Boden. Der angegriffene Junge gab keinen Laut mehr von sich, und auch seine Feinde kämpften nun in gespenstischer Stille. Lioba hörte neben ihren eigenen Schritten nur noch die von Arved. Die Sonne schwand, Wolken türmten sich auf, Schatten ballten sich zusammen. Sie schienen aus dem am Boden liegenden Jungen zu kommen, wurden fest, drängten sich zwischen ihn und die Angreifer, und plötzlich erstarrten alle Bewegungen. Auch Lioba blieb stehen, Arved ebenso, zumindest hörte sie ihn hinter sich nicht mehr, nur der Schatten regte sich noch. Er wuchs. Türmte sich auf wie eine Säule. Warf Schwärze auf die Fassaden aus gelblichem Putz und Glas, auf die Graffiti, den Unrat, die überquellenden Mülltonnen. Irgendwo zuckte eine Gardine zurück, wie Lioba aus den Augenwinkeln sah. Dann löste sich die Erstarrung.

Die beiden Angreifer ließen von ihrem Opfer ab, das einen schrecklichen Schrei ausstieß. Sie rannten weg, ohne den Jungen beraubt zu haben. Lioba erreichte ihn, bückte sich zu ihm hinunter – und Brandgeruch stieg ihr in die Nase. Der Schatten war verschwunden. Aber Hose und Hemd des Jungen wiesen Brandflecken auf. Er schrie immer noch, ob aus Schmerz oder vor Angst, vermochte Lioba nicht zu sagen. Nun stand Arved neben ihr. Sie krempelte die Ärmel des Baumwollhemdes hoch, das der Junge trug, und zwar dort, wo sich einer der Brandflecken befand, doch die Haut darunter war nicht verletzt. Der Junge rappelte sich auf, stieß die Erwachsenen weg und lief davon. Lioba erhob sich und sah Arved fragend an.

Er nagte an seiner Unterlippe. »Erinnert Sie das nicht an etwas?«, fragte er und sah sich um.

Lioba gab keine Antwort. War nicht alles möglich? Hatte sie das nicht durch ihr früheres Abenteuer mit Arved Winter gelernt? War sie nicht mit ihm durch die Hölle geschritten? War es möglich, dass sich die Hölle noch immer nicht ganz geschlossen hatte? Dass sie sich dort, wo Arved war, nie wieder ganz schließen würde? Lioba bekreuzigte sich. Arved bemerkte es und lächelte schwach.

»Wessen Beistand möchten Sie herbeirufen?«, fragte er matt.

»Das sollten Sie am besten wissen«, gab sie zurück. Der Brandgeruch schwebte noch immer in der Luft; er schien sich geradewegs um sie beide zu konzentrieren. »Kommen Sie. Wir sind hier, um etwas zu überprüfen.«

Als sie die Stelle des Überfalls hinter sich gelassen hatten, verschwand der Brandgestank.

Das erste Haus der zweiten Reihe, das der Drucker beschrieben hatte, sah nicht schlimmer und nicht besser aus als der Rest dieses Viertels. Lioba atmete tief durch, als sie vor der gesprungenen Glastür des Hauses standen. Der untere Teil war mit einer Spanplatte vernagelt. Die Schildchen neben den Klingelknöpfen waren ausnahmslos von Hand beschriftet; der eine hatte nach rechts geneigt geschrieben, der andere nach links geneigt, ein weiterer Name stand in unbeholfener Schreibschrift da. *Carnacki* stand nirgendwo.

Arved schaute immer wieder nervös hinter sich. »Wir sollten gehen«, meinte er.

»Gleich«, sagte Lioba. Und drückte mit der flachen Hand gegen die Klingelknöpfe.

Tatsächlich wurde ihnen geöffnet. Eine Gegensprechanlage gab es hier natürlich nicht, so gelangten sie unbehelligt ins Treppenhaus. Leere Bierdosen und Pizzaschachteln lagen in seltsamen Mustern auf dem Boden, und ein scharfer Gestank nach Urin zog durch die Luft. Lioba ging auf die Treppe zu. Die Wände waren mit kryptischen Schriftzeichen bedeckt. Von irgendwo drang harte Rockmusik. Und Lioba erkannte auch den beißenden, grasigen Geruch des Rauschgiftes, der zusammen mit der brutalen Musik herbeischwappte. Mit fahrigen Bewegungen kramte sie in ihrer Handtasche nach einem neuen Zigarillo und zündete ihn an. Der Rauch bildete Muster, die ihr gar nicht gefielen.

»Erster Stock«, sagte sie nach einem tiefen Zug. »Rechts vom Treppenhaus, hat der Drucker gesagt.«

Sie stiegen hoch. Hier lag zwar kein Unrat umher, und es stank nicht nach Urin, aber ein schwerer, dumpfer Geruch drückte auf den Flur – der Duft des Exzesses.

Die Tür rechts neben dem Treppenhaus trug keinen Namen. Lioba und Arved standen lange unschlüssig vor ihr; gemeinsames Zögern verband sie, machte sie stark und schwach zugleich. Dann schauten sie sich an. Ihr Blick war eine einzige Frage.

Beinahe fünfundzwanzig Jahre.

Unwahrscheinlich, dass Thomas Carnacki – oder wie immer sein wahrer Name lauten mochte – noch hier lebte. Fünfundzwanzig Jahre! Lioba schüttelte den Kopf und tat einen weiteren tiefen Zug. Die Asche des Zigarillos fiel auf den Boden, es kümmerte sie nicht. Hier konnte nichts mehr verkommen, hier war alles verkommen. Die Rockmusik drang leiser bis hierher, doch andere Geräusche drängten sich nun auf: Gezank, Stöhnen von Schmerz oder Lust. Lioba durchrieselte es, als sie es hörte. Bücher, staubige, tote Bücher waren ihr geblieben, Geld, doch was nützte es ihr? Sie unterstützte etliche kirchliche Gemeinschaften damit, nicht zuletzt die Borromäerinnen, wie um sich von ihrem früheren Leben freizukaufen. Sie wusste, dass Arved sich in ihr gewaltig irrte. Er würde es schon noch früh genug bemerken. Er sah in ihr jemand, der sie nie war und nie sein würde – leider. Sie hob die Hand und klingelte.

Nichts geschah; die Klingel blieb stumm.

Arved zuckte die Achseln. Er machte bereits Anstalten, sich umdrehen, doch sie zupfte ihm am Ärmel. »Hier geblieben!«, zischte sie. »Wir bringen es jetzt hinter uns.« Sie klopfte, hämmerte mit der Faust gegen die Tür und hielt gleichzeitig mit der anderen Hand den Spion zu.

Dann öffnete sich die Tür.

Lioba wollte ihren Augen nicht trauen. Nach der ersten Schrecksekunde wusste sie, dass sie einen Fehler gemacht hatte. Sie hätte Arved folgen und das Weite suchen sollen. Doch dafür war es jetzt zu spät.

Der Mann hinter der Tür sah sie an, verständnislos zuerst, dann legte sich ein breites Grinsen auf sein Gesicht.

»Lioba«, sagte er lang gezogen. »Ich habe immer gewusst, dass du zurückkommen wirst.«

8. Kapitel

»Sie kennen sich?«, fragte Arved erstaunt und blickte vom einen zum anderen. »Lioba, haben Sie die ganze Zeit gewusst, wer Thomas Carnacki ist?«

Das Grinsen auf dem Gesicht des Mannes verschwand. Er sah Lioba fragend an. »Thomas ... wer?«

Die Verwirrung war perfekt.

»Du?«, wunderte sich Lioba. »Wie kommst du hierher?«

»Hast du vergessen, was gewesen ist, mein Schatz?«, fragte der Mann zurück.

Arved betrachtete ihn genauer. Er war recht groß, sehr schlank, beinahe dürr und hatte einen ungepflegten Stoppelbart. Seine langen, strähnigen grauen Haare waren ungewaschen, und sein Hemd und seine Hose sahen so ähnlich aus wie Liobas Caritas-Kleider, nur dass sie offenbar viel zu selten gewaschen wurden. Dieser Mann passte in die Umgebung des schrecklichen Hauses wie eine Made in die Fleischabfälle.

»Darf ich vorstellen?«, sagte Lioba zu Arved gewandt. »Manfred Schult. Manfred, das ist Arved Winter.«

Manfred Schult fand sein Grinsen wieder. Die grauen Bartstoppeln tanzten auf seinem zerfurchten Gesicht. Er schien etwas älter als Lioba zu sein. »Dein Neuer, was?«, höhnte er und warf einen Blick auf die Nachbartür. Sie öffnete sich einen Spalt breit. Der Lärm dahinter war erstorben. Manfred Schult wurde nervös und bat seinen unverhofften Besuch herein.

Das Innere der Wohnung entsprach sowohl dem Äußeren als auch ihrem Bewohner. In der Diele stand ein kleiner, wackliger Tisch mit einem Telefon und einer leeren Schachtel

Zigaretten darauf. Im Wohnzimmer gab es eine Couch, deren Füllung aus hervorquellenden, ungewaschenen Kleidungsstücken zu bestehen schien. Der Geruch passte dazu. An der anderen Wand stand ein Wohnzimmerschrank, der nur vom Sperrmüll kommen konnte, und in ihm dudelte ein Fernseher. Manfred Schult stellte ihn sofort ab, räumte ein paar Hemden und Unterhosen fort und bedeutete Arved und Lioba, sich zu setzen.

Arved sah, dass die Antiquarin zögerte. Als sie sich niederließ, tat er es auch. Er sah den Mann an, der wie ein Greis wirkte. Ist das der Schriftsteller, den wir suchen?, dachte er die ganze Zeit, während sich die drei nach der anfänglichen Überraschung anschwiegen.

Endlich durchbrach der Mann die Stille. »Was wollt ihr?«

»Seit wann wohnst du hier, Manfred?«, fragte Lioba zurück.

Manfred Schult sah nicht sie, sondern Arved an, dessen verständnisloser Blick ihn zu amüsieren schien. »Willst du ihm nicht erklären, wer ich bin?«, sagte er zu Lioba, ohne den Blick von Arved abzuwenden.

Lioba räusperte sich. Arved ertrug es nicht länger, dem Grinsen ausgesetzt zu sein, und schaute zu Lioba, die neben ihm saß. Sie sagte nur: »Manfred ist mein Ex-Mann.«

Was hatte er erwartet? Dass sie nie verheiratet gewesen war? Eine Frau wie sie? Dass sie nie einen Freund, nie einen Liebhaber gehabt hatte? Dass Arved der erste Mann in ihrem Leben war? Dabei war er doch noch gar nicht in ihrem Leben. Er schlug die Beine übereinander und versuchte lässig zu wirken. »Aha. Verstehe.«

»Gar nichts verstehen Sie«, warf Lioba ein.

»Oh, ihr seid noch nicht beim Du gelandet?«, wunderte sich Manfred Schult. »Damals ging das bei dir aber schneller.

Oder seid ihr euch erst vor ein paar Minuten über den Weg gelaufen?«

»Du hast kein Recht, so zu reden!«, brauste Lioba auf und verkrampfte sich. Arved sah, wie sie die Fäuste ballte und die Knöchel weiß unter dem Fleisch hervortraten.

»Ach, nein? Hast du vergessen, was war? Was du getan hast, bevor ich dich aus dem Sumpf geholt habe? Und wie du mir das gedankt hast?«

Arved wurde die ganze Sache immer unangenehmer. Da hatten sie nach einem ominösen Schriftsteller gesucht und einen Mann aus Liobas Vergangenheit gefunden. Aus einer Vergangenheit, die offenbar alles andere als angenehm war.

»Willst du die alten Geschichten wieder aufwärmen?«, zischte Lioba ihn an.

»Bist du nicht deshalb hergekommen?«, fragte Manfred Schult zurück, der sich inzwischen gegen den Wohnzimmerschrank gelehnt hatte. Der süßlich-strenge Geruch nach Ungewaschenem und Verdorbenem stieg Arved immer aufdringlicher in die Nase. Ihm wurde übel. Und jedes Wort, das in diesem schrecklichen Raum fiel, machte die Übelkeit nur noch stärker.

»Wenn ich gewusst hätte, dass du hier lebst, wäre ich schreiend weggelaufen«, giftete Lioba. »Wie konnte es überhaupt dazu kommen? Wo ist das Haus, der Garten, das Auto? Du warst schließlich Beamter, genau wie ich.«

»Das geht dich gar nichts an. Es reicht, wenn du weißt, dass du es bist, die mich in dieses Elend gestürzt hat. Nachdem du dich an meinem Unglück geweidet hast, kannst du jetzt gehen. Und nimm deinen verhinderten Gigolo mit. Ich krieg das Kotzen, wenn ich ihn sehe.«

»Tu dir keinen Zwang an, schließlich sieht deine Wohnung so aus, als ob du regelmäßig das Kotzen bekommst.«

Manfred Schult wurde rot im Gesicht – rot vor Wut. Er machte einen Schritt in den Raum hinein, und Arved fürchtete bereits, er wolle Lioba schlagen.

»Wie lange wohnen Sie schon hier?«, schaltete sich Arved ein.

Schult blieb stehen und starrte Arved an. »Ach, der kann sogar einen zusammenhängenden Satz sprechen? So sieht er gar nicht aus«, meinte er.

»Du hast gehört, was er gefragt hat«, sagte Lioba kalt und holte sich einen Zigarillo aus ihrer Handtasche. Der Duft des Tabaks überlagerte bald den Gestank im Raum.

»Das geht euch gar nichts an!«, rief Schult.

»Bitte bleib ganz ruhig. Spiel dich nicht so auf«, versuchte Lioba ihn zu beruhigen und amtete langsam den Rauch aus, sodass ihr Kopf bald in eine dünne, schützende Wolke gehüllt war. »Es geht uns nicht um dich, sondern um denjenigen, der vorher in dieser Wohnung gewohnt hat. Hast du ihn kennen gelernt?«

Schult sah sie misstrauisch an. »Wieso sollte ich ihn kennen?«

Arved versuchte, die Lage zu erklären. »Wir suchen nach einem Künstler, einem Schriftsteller, der angeblich vor mehr als zwanzig Jahren in dieser Wohnung gelebt ...«

Manfred Schult brach in schallendes Gelächter aus. »Vor zwanzig Jahren? Was ist mit dir los, Lioba? Jagst du jetzt Geister der Vergangenheit? Vor zwanzig Jahren! Da haben wir uns ja noch gar nicht gekannt! Da hatte ich die dunkelste Zeit meines Lebens noch vor mir.« Zu Arved gewandt sagte er: »Damals war ich ein hoffnungsfroher Lehrer, dem die Arbeit viel Spaß gemacht hat. Damals wollte ich Karriere machen. Das habe ich auch getan. Ich bin irgendwann in die Schulaufsicht gewechselt. Und dann bin ich Lioba begegnet.

Wenn ich Ihnen einen guten Rat geben darf, dann halten Sie sich von ihr fern. Sie verbrennt jeden, den sie berührt.«

»Es reicht, Manfred!« Lioba war aufgesprungen und stand nun ihm gegenüber. Für einen Augenblick hatte Arved den Eindruck, als wolle sie ihn ohrfeigen. Die beiden belauerten sich – reglos, mit starren Blicken, in denen Hass und Unverständnis lagen. Alles schien stillzustehen – Zeit, Bewegung, Gedanken. Doch schließlich brach Manfred den Bann.

»Ich wohne erst seit ein paar Monaten hier. Keine Ahnung, wer vorher in dieser Wohnung gelebt hat. Es interessiert mich auch nicht.«

»Hast du jemals etwas von einem gewissen Thomas Carnacki gehört?«, fragte Lioba, während sie einen Schritt zurückging und einen weiteren gierigen Zug an ihrem Zigarillo tat.

Schult schüttelte den Kopf. »War kein Schild an der Klingel – wie jetzt. Das hier ist die Wohnung der Namenlosen in der Straße der Verdammnis.«

Plötzlich tat er Arved Leid. Was war mit diesem Mann geschehen? Er warf einen raschen Seitenblick auf Lioba. Sie sah ihren Ex-Mann an, als sei er eine widerliche, aber ungefährliche Spinne. »Waren noch Möbel hier, als du die Wohnung gemietet hast – irgendetwas, das auf den Vorbesitzer hingedeutet hat?«, fragte sie mit kalter, geschäftsmäßiger Stimme.

»Warum seid ihr hinter diesem Carnacki her?«, wollte Schult wissen. »Ist da etwa ein großes Geschäft für dich drin, Lioba? Du machst dein Geld doch jetzt mit alten Büchern, oder?«

»Woher weißt du das?«, fragte Lioba zurück. Eine Spur Unsicherheit war in ihre Stimme gekrochen.

»Ich war dir zwar gleichgültig, aber du mir nicht. Keine Angst, inzwischen hat sich das geändert. Aber man kann es halt nicht vermeiden, hier und da dies und das zu hören. Es freut mich, dass du dein Auskommen hast.«

»Was man von dir wohl nicht behaupten kann. Hast du in der Schulbehörde goldene Löffel gestohlen? Oder bist du einem allzu jungen Ding an die Wäsche gegangen?«

»Raus!!«

Alles ging so schnell. Schult holte aus, Arved fiel ihm in den Arm, drückte Lioba weg, rief ihr zu: »Laufen Sie!« Tatsächlich gehorchte Lioba; sie ergriff ihre Handtasche, wich einige Schritte zurück, Schult riss sich von Arved los, schlug auf ihn ein, über Arveds linkem Auge explodierte etwas, er sah Sterne, Blitze, Feuchtes tropfte ihm ins Auge, brannte. Er lief hinter Lioba her. Schult verfolgte sie nicht. Er blieb im Wohnzimmer stehen, als begreife er nicht, was geschehen war. Ein feiner Brandgeruch drang Arved in die Nase, während sie die Tür aufrissen und in den Gang flohen. Sie stolperten die Treppe hinunter und blieben erst draußen vor der Tür stehen. Lioba atmete durch, sagte aber nichts. Arved schaute an der vernachlässigten Fassade hoch. Im ersten Stock, rechts neben dem Treppenhaus bewegte sich die Gardine. Die Gestalt dahinter wirkte größer als Manfred Schult. Dunkler. Und noch dürrer. Arved fuhr es kalt den Rücken hinunter.

»Kommen Sie«, riss Lioba ihn aus seiner Erstarrung. Dann riss sie an ihm selbst. Bald hatten sie das Haus hinter sich gelassen.

Als sie in dem kleinen Renault saßen, sagte Lioba: »So ein unangenehmer Zufall. Na, man muss die Dinge nehmen, wie sie kommen. Warten Sie, ich kümmere mich um Ihre Wunde.« Sie holte ein Taschentuch hervor und betupfte damit seine Schläfe. »Es ist nicht schlimm. Es hört schon auf zu bluten.«

Ihre Berührung tat gut. Sehr gut.

Sie knüllte das Taschentuch zusammen und warf es aus dem Fenster. »Jetzt sollten wir versuchen, bei der Hausverwaltung etwas zu erfahren. Sicherlich hat diese Siedlung eine Verwaltung, auch wenn es dem äußeren Erscheinungsbild nach eigentlich nicht zu erwarten ist. Wer mag für die Gebäude zuständig sein? Sie wissen es bestimmt auch nicht, oder? Na, dann müssen wir uns etwas einfallen lassen. Vielleicht ...« Ihr Redeschwall verebbte. Sie startete den Motor und fuhr los.

Schweigend saßen sie nebeneinander, bis sie aus diesem schrecklichen Viertel herausgefunden hatten. Lioba parkte am Straßenrand, als sie ein Telefonhäuschen erspähte, stellte den Wagen halb auf den Gehweg, halb auf den Radfahrweg und flatterte aus dem Auto.

»Bin nur kurz weg«, flötete sie, offensichtlich froh, der Gegenwart Arveds für eine Weile entkommen zu sein. Er sah ihr nach, beobachtete, wie ein Radfahrer sie klingelnd und fluchend umrundete und böse Blicke in den Wagen warf. Als das Knallen ihrer Stiefel verhallt war und sie das kleine Telefonhäuschen betreten hatte, kehrte wieder Frieden ein.

Arved fühlte sich, als stehe er neben sich selbst und betrachte einen Film von David Lynch. Er begriff gar nichts mehr. Sie hatten Thomas Carnacki nicht gefunden, dafür aber Liobas Ex-Mann, einen offensichtlich sozial abgerutschten Ex-Lehrer, der dunkle Andeutungen von Liobas Ex-Leben gemacht hatte. Lioba erschien Arved plötzlich in einem ganz anderen Licht. Er hatte sich oft gefragt, wer sie eigentlich war. Natürlich war ihm klar gewesen, dass auch sie ein Vorleben hatte, aber er hatte es sich nicht im Entferntesten vorstellen können. Auch jetzt war er nicht schlauer, er wusste nur, dass es dunkle Flecken besaß.

Lioba quetschte sich triumphierend durch die Tür der Telefonzelle. Sie riss die Fahrertür auf und lenkte den Wagen vom Bürgersteig, fädelte sich in den Feierabendverkehr ein und gab Gas. »Vielleicht schaffen wir es noch rechtzeitig«, meinte sie. »Die Verwaltungsgesellschaft befindet sich direkt gegenüber dem City-Parkhaus.« Sie überholte links und rechts, scherte sich nicht um Geschwindigkeitsbegrenzungen, nahm einmal den Gehweg, um schneller voranzukommen, und hupte nach Herzenslust. Alles schien ihr recht, um nicht mit Arved reden zu müssen. Sie jagte den Twingo in das Parkhaus, raste die Schnecke hoch, bis sie ganz oben endlich einen Parkplatz fand. Quietschend und ruckelnd kam der Wagen zum Stehen.

Arved stieg mit zitternden Knien aus und wischte sich den Schweiß von der Stirn. Es roch verbrannt vom Reifenabrieb.

Lioba ging mit weit ausholenden Schritten auf das Treppenhaus zu. »Kommen Sie, jede Minute zählt!«

Genau gegenüber dem Parkhaus war die *Grund-, Boden- und Hausverwaltungsgesellschaft Trier mbH* in einem heruntergekommenen Gründerzeitgebäude untergebracht, dem eine dichte Efeuranke an der rechten Seite wenigstens einen Funken Leben verlieh.

Zwischen den Suchenden und ihrem nächsten Ziel befand sich eine Fußgängerampel. Und die zeigte Rot. Lioba wäre geradewegs über die Straße gelaufen, wenn der Verkehr es zugelassen hätte. Doch so mussten sie ein paar Sekunden warten, bis die Ampel endlich auf Grün sprang. Lioba lief sofort los, rempelte Passanten an, hastete auf die Haustür der Zuckerbergstraße 3 zu, drückte dagegen, verschwand im dunklen Inneren. Arved beeilte sich, ihr zu folgen.

Wieder erster Stock, wieder rechts vom Treppenhaus die erste Tür. Lioba klopfte, wartete keine Antwort ab, drückte gegen die Tür, in der wie ein Fenster ins Buchstabenland das Messingschild der Verwaltungsfirma klebte. Jetzt standen sie in dem staubigen Büro, in dem gerade eine ältere Frau in einem Kleid, das verdächtig dem von Lioba ähnelte, ihre Sachen zusammenpackte und bereits die Handtasche umgehängt hatte. Sie hob abwehrend die Hände, als sie die beiden späten Besucher sah. »Für heute ist Feierabend. Ich muss Sie bitten, morgen wiederzukommen.«

»Aber ...«, begann Lioba.

»Es tut mir Leid«, fiel ihr die Frau ins Wort. »Ich gehe jetzt nach Hause.«

Arved stellte sich vor Lioba und sagte sanft: »Wir müssten morgen eigens aus Manderscheid anreisen. Sie würden uns eine große Mühe ersparen. Wir interessieren uns nur für einen früheren Mieter eines Ihrer Objekte. Es handelt sich um die Riverisstraße. Dort wohnte ein gewisser Thomas Carnacki, der erst vor wenigen Monaten ausgezogen ist. Wenn Sie uns seine neue Adresse geben könnten, wären wir Ihnen sehr dankbar.«

»Wofür brauchen Sie die denn? Ich kann nicht einfach Adressen herausgeben. Bitte gehen Sie jetzt.« Die ältliche Sekretärin nahm ihren Schlüsselbund vom Schreibtisch, warf ihn in die Handtasche und stellte sich vor Arved und Lioba. »Oder muss ich erst die Polizei rufen?«

»Es geht ... um eine sehr traurige Angelegenheit«, beeilte sich Arved zu sagen und überlegte fieberhaft, was für eine Angelegenheit das sein könnte. »Herr Carnacki ... seine Tochter ist ... unsere Klientin.« Jetzt hatte er die Geschichte im Kopf. »Sie werden verstehen, dass wir aus Gründen des Mandantenschutzes keine Einzelheiten mitteilen dürfen, aber so viel sei gesagt: Es geht um Kindesmissbrauch. Es war sehr schwierig, die vorige Adresse von Herrn Carnacki herauszubekommen.

Ich sage »die vorige«, weil er dort nicht mehr wohnt. Wir kommen soeben aus der Riverisstraße und mussten feststellen, dass dort seit einigen Monaten ein Herr ... ein Herr ...«

»Manfred Schult«, sprang Lioba ihm bei.

»Richtig, vielen Dank, Frau Kollegin, ein Herr Manfred Schult wohnt. Ich bin sicher, Sie haben die neue Adresse von Herrn Carnacki, nicht wahr? Sie sind doch bestimmt sehr gut organisiert hier, oder? Und Sie wollen sicherlich dabei helfen, dass ein Kinderschänder seiner gerechten Strafe zugeführt wird. Es wäre Ihnen doch sehr peinlich, wenn sich die Polizei die Informationen bei Ihnen unter Zwang holen und dann auch noch die Presse davon Wind bekommen würde, oder?« Er wunderte sich selbst über seine plötzlich aufgeblühte Phantasie. Eine Welle des Glücks und der Zufriedenheit erfasste ihn.

Die Sekretärin sah zuerst Arved, dann Lioba von oben bis unten an. Es war deutlich zu erkennen, dass sie diese beiden Gestalten einfach nicht unter einen Hut bekam. Dann schluckte sie, schaute kurz auf ihre Armbanduhr und ging zu einem Registraturschrank, der im hinteren Teil des sehr einfach gehaltenen Büros zwischen zwei hohen Sprossenfenstern stand.

»Wie schreibt man das?«, fragte sie über die Schulter. Lioba blinzelte Arved anerkennend zu.

»Mit einem C vorn und einem C-K hinten«, erklärte er.

»Tut mir Leid, einen solchen Mieter haben wir nicht und hatten wir nie.« Die graue Frau ließ die Finger zögerlich durch die Hängeregistratur gleiten.

»Das muss aber sein«, brummte Arved und stellte sich neben die Sekretärin.

»Ja, doch, hier ist die Akte, sie war falsch eingeordnet, noch bei B.« Sie warf einen scheelen Seitenblick auf Arved und gab sie ihm. Es handelte sich um einen grauen Aktendeckel mit der Aufschrift *Carnacki, Thomas*. Arved schlug ihn auf.

Er war leer.

»Da hat jemand ganze Arbeit geleistet«, murmelte er und bedachte die Sekretärin mit einem dunklen Blick. »Das wirft kein gutes Licht auf Ihre Verwaltung.«

Die Frau senkte den Kopf und stammelte: »Ich ... wir ... ich weiß auch nicht ...«

»Wir gehen jetzt, aber es kann sein, dass wir uns noch einmal mit Ihnen in Verbindung setzen müssen«, sagte Arved und drehte sich um. Er zuckte zusammen.

Knapp hinter Lioba, die ihn aufmerksam anschaute, stand jemand. Sie schien ihn noch nicht bemerkt zu haben. Als sie Arveds Blick sah, stutzte sie. »Was ...?« Er deutete stumm mit dem Kopf in ihre Richtung. Sie drehte sich rasch um.

»Wie sind Sie hereingekommen?«, fragte die Sekretärin, die den Eindringling nun ebenfalls bemerkt hatte.

Der Mann zuckte die Achseln. »Entschuldigung«, murmelte er. »Dachte, es wär noch auf.«

Arved und Lioba gingen an ihm vorbei. Er roch nach Bier. Die Sekretärin drückte ihn angewidert aus dem Büro und schloss ab.

Als Arved und Lioba wieder im Sonnenschein auf der Straße standen, kam der Mann auf sie zu. »Hab gehört, dass Sie den Thomas suchen.«

»Kannten Sie Carnacki?«, fragte Arved rasch und musterte den Mann von oben bis unten, wie er und Lioba vorhin gemustert worden waren. Er erinnerte Arved an Vampyr, den Künstler: zum Pferdeschwanz zurückgebundene Haare, grauer Bart, aber keine Brille. Auch die Augen des Mannes waren grau, milchig, beinahe als sei er blind, doch das war er eindeutig nicht.

»Thomas war ein verrückter Kerl. Völlig unberechenbar. Hab mit ihm im selben Haus gelebt, 'ne ganze Weile lang. Und dann seh ich ihn eines Tages in so 'nem piekfeinen Auto sitzen. Er winkt mir zu, und das ist das Letzte, was ich von ihm seh.«

»Wann war das?«, fragte Lioba.

»Vor 'n paar Monaten. Hab ihn nicht wiedergesehn. Aber das Kennzeichen geht mir nicht aus dem Sinn. Könnt doch sein, dass der Kerl dem Thomas was getan hat. War schon bei der Polizei, aber die haben mich wieder fortgeschickt. Keine Anhaltspunkte und so. Aber wenn Sie Richter oder so was sind, könnten Sie doch mal nachforschen. Das Kennzeichen war TR-AU 13. Komisch, was?«

»Wieso komisch?«, fragte Arved. Etwas hatte die Sonne verdunkelt. Es war kalt geworden, von einer Sekunde auf die andere. Ein Vogel flog aus einer der Platanen am Nikolaus-Koch-Platz. Er sah aus wie eine Fledermaus.

»Na, Zahlenmagie. Ich rechne jede Zahl aus, könnte sich ja 'ne Botschaft dahinter verstecken.«

»Bitte erklären Sie das näher«, bat Arved den seltsamen, ungepflegten Mann. Der Verkehr um sie herum wurde plötzlich leiser.

»Der Zahlenwert von M ist 13. Zählen Sie mal nach. Und wenn man das M statt der Zahl einsetzt, ergibt sich: Traum.«

Arved sah Lioba an. Hinter ihr entstand ein Tumult. Ein kleines Kind ließ sich auf den Boden fallen. Die Mutter zerrte es hoch und ohrfeigte es, stopfte das kleine Mädchen dann in den Kinderwagen und schob ihn rasch davon.

Als Arved und Lioba sich wieder zu dem Mann umdrehten, war er verschwunden.

9. Kapitel

Lioba Heiligmann saß inmitten ihrer Bücher und ihrer neu erworbenen Radierungen und Kupferstiche und wusste weder ein noch aus. Ihre Freude über die wertvollen Bilder war verflogen. Sie hatte sich noch nicht einmal die Mühe gemacht, sie dem einen oder anderen ihrer Kollegen anzubieten. Ihr Anblick ekelte sie; sie waren mit dunklen Enthüllungen und seltsamen Ereignissen verbunden, die ihr mühsam in den Griff bekommenes Leben zu sprengen drohten.

Auch ein Glas Trittenheimer Altärchen machte die Sache nicht besser, nicht einmal im Zusammenspiel mit einer Havanna, von denen sie sich nur bei ganz besonderen Anlässen eine gönnte. Lioba schaute auf die alten Bücher in den Vitrinen ihres Wohnzimmers. Ware, die gierige Menschen glücklich machte. Ware, die manchmal gefährlich war. Als sie begonnen hatte, alte Okkulta zu verkaufen, war es ihr darauf angekommen, die Bücher in die richtigen Hände zu geben, doch inzwischen war ihr egal, was die Käufer damit machten. Sollten sie doch ihre schwarzen Messen feiern und Dämonen beschwören! Solange das Geld floss – zu Liobas und der Borromäerinnen Wohl –, war es ihr gleichgültig. Alles war gleichgültig. Sie leerte das Glas mit einem tiefen Schluck. Verflucht sei das Schattenbuch!

Verflucht seien Manfred Schult und seine bösen Andeutungen zu Liobas früherem Leben!

Was Arved nun bloß von ihr denken mochte ...

TRAUM. TR-AU 13. Ein weiterer Hinweis, ein weiteres Schnipselchen auf der Jagd nach ... wonach eigentlich? War die Jagd nicht schon zum Selbstzweck geworden? Ging es tatsächlich noch darum, den Autor des Schattenbuches zu suchen und herauszufinden, was er überdies geschrieben hatte? Wahrscheinlich war es sein einziges Buch, den Auskünften des Druckers und Buchbinders nach nur in einem einzigen Exemplar hergestellt. Warum? Und wie hatte dieses Buch den Weg in die Kiste gefunden, die vor Liobas Tür gestanden und mit der alles angefangen hatte? Fragen über Fragen, und schon wieder war sie mittendrin im Geheimnis und seiner Ausforschung. Wenn sie etwas über den rätselhaften Wagen herausfand, in den Carnacki vor einigen Monaten eingestiegen und danach nie wieder gesehen worden war, konnte sie Arved wenigstens etwas Positives melden, worüber er vielleicht Manfreds gehässige Worte vergaß. Aber wie sollte sie das anstellen?

Lioba stand auf und wischte Staub. Das tat sie immer, wenn sie nicht weiter wusste. Sie arbeitete sich durch das ganze Haus, durch ihr Arbeitszimmer, das aufzuräumen sie sich vornahm – es würde wie immer bei der Absicht bleiben –, durch das Schlafzimmer mit der fast mannshohen Figur der heiligen Elisabeth und dem Betschemel mit dem verschlissenen Brokatbezug, durch die Küche und das Wohnzimmer. Sie wischte die Vitrinen trocken ab, schob in den Regalen die Bücher ein wenig nach hinten, entfernte den Staub vor ihnen und holte sie wieder nach vorn. Dabei stieß sie auf ein kleines, in gelben Karton gebundenes Bändchen mit dem Titel *Magie und Satanismus in Eifel und Trierer Land*. Sie erinnerte sich daran, welche Rolle dieses Buch bei ihrem ersten Abenteuer mit Arved gespielt hatte. Ein Schaudern lief ihr über den Rücken. Dann kam ihr die rettende Idee.

Der Autor war Achim Lang-Wege alias Jochen W. Martin, ein mit ihr befreundeter Kölner Journalist. Er hatte ihnen im letzten Jahr weitergeholfen, und vielleicht würde er es wieder tun. Sie hatte sich lange nicht mehr bei ihm gemeldet, wie sie mit einem kleinen Schuldgefühl feststellte. Ob er den Halter eines Fahrzeugs ermitteln konnte? Sie holte ihr Telefonverzeichnis und rief in der Redaktion des *Kölner Rundblicks* an. Es dauerte eine Weile, bis sie Martin an der Leitung hatte.

Er freute sich, als er hörte, wer ihn sprechen wollte. »Lioba, Mensch, das ist ja eine Überraschung. Wie geht es dir?«

Seine Stimme, voll, schmetternd, klar und fest, vertrieb augenblicklich ihre dunkle Stimmung; Bilder aus fernen Tagen kamen herbei, Bilder von durchzechten Nächten, tiefen Gesprächen über Gott und die Welt, Kneipenlärm, Musik, Unbeschwertheit. Lioba atmete auf. Sie erzählte von ihren kleinen Erlebnissen, ohne das Schattenbuch zu erwähnen. Martin plauderte von großen Stories, von schriftstellerischen Erfolgen und Hoffnungen – er war überdies Dichter, und zwar einer der besten zeitgenössischen, wie die sehr kritische Lioba fand – von seiner Familie und der dringenden Notwendigkeit, sich noch einmal wiederzusehen. Schließlich erklärte ihm Lioba ihr Anliegen.

»So einfach ist das nicht«, meinte Jochen.

»Für dich ist doch alles möglich«, beharrte Lioba.

»Für dich tu ich alles, das weißt du.«

»Darum habe ich dich ja angerufen.«

»Wir sollten mal wieder zweckfrei miteinander plaudern.«

»Sobald ich den Halter dieses Autos habe.«

»Geht es wieder um etwas Höllisches? Hast du dich wieder in etwas verstrickt, so wie im letzten Jahr? Oder willst du nur ein großes Geschäft machen? Oder ...« Pause. Dann: »Oder hast du dich verliebt?«

Lioba wusste nicht, was sie darauf antworten sollte.

»Ich deute dein Schweigen als Aufforderung, in dieser Richtung nicht weiterzubohren«, sagte Jochen galant. »Mal sehen, was ich tun kann. Es scheint ja sehr wichtig zu sein. Ich melde mich, wenn ich etwas für dich habe. Versprechen kann ich es aber nicht.« Im Hintergrund hastete, lachte, redete, klapperte, rasselte, klingelte es – eine wahre Kakophonie. Wie hielt Jochen das bloß aus?

Auf einen Schlag brach es ab. Es war wie der Hall des Nichts. Jochen hatte aufgelegt, doch es war nicht das Nichts. Die Leitung war tot. Dennoch war etwas in ihr. Etwas hauchte darin. Lioba wollte schon auflegen, doch dann hörte sie wie aus weiter Ferne ihren eigenen Namen.

»Jochen? Bist du das noch? Lass den Blödsinn.«

Hatte sie wirklich ihren Namen gehört? Nun klang es wie ein Atmen, das im Wind verwehte. Lioba legte auf. Und ging mit zitternden Beinen zurück ins Wohnzimmer.

Jochen W. Martins Anruf kam bereits zwanzig Minuten später.

»Es handelt sich um einen schwarzen Mercedes älteren Baujahrs, Halter ist ein gewisser Abraham Sauer. Wo er wohnt, habe ich nicht herausbekommen können. Aber jetzt schuldest du mir ein Essen.«

»Und eine Trockenbeerenauslese dazu«, freute sich Lioba. »Ich danke dir von ganzem Herzen.«

»Viel Glück mit demselben und so weiter«, meinte Jochen in seiner gewohnten Art und legte auf.

Und dann war da wieder diese andere Stimme.

Jetzt sagte sie nicht Liobas Namen. Jetzt waren es zusammenhanglose Worte. »Schatten ... Vergangenheit ... Schuld ... Erkenntnis ...« Dann folgte so etwas wie ein leises, böses Lachen, und das Besetztzeichen schallte plötzlich mit solcher Heftigkeit aus der Muschel, dass Lioba, die angestrengt gelauscht hatte, zusammenzuckte und den Hörer fallen ließ. Sie starrte auf das baumelnde Teil, das wie ein Knochen an einer Sehne wirkte, und legte es schließlich wieder auf die Gabel, nicht aber, ohne vorher noch einmal hineinzuhorchen. Nichts, kein Flüstern, kein Lachen, aber auch kein Besetztzeichen mehr. Die Leitung war wieder tot. Lioba verließ das Haus. Sie musste nachdenken.

Sie ging durch die Krahnenstraße stadteinwärts. Als sie am Antiquariat *Zaunmüller* vorbeikam, warf sie einen raschen Blick durch die großen Fensterscheiben. Sie sah, wie der Antiquar Bücher aus einem Bananenkarton in die Regale räumte. Ein Bild der Normalität, des Friedens, des geregelten Verlaufs. Sie erinnerte sich daran, wie sie den Karton mit geschenkten Büchern ausgepackt hatte, über den Arved gestolpert war. Auch die verwirrenden Ereignisse, die ihre Schatten über Liobas Leben legten, hatten in einer solchen scheinbar alltäglichen, friedlichen, geregelten Handlung ihren Ursprung genommen. Kurz überlegte sie, ob sie ihrem stets freundlichen Kollegen einen Besuch abstatten und sich so auf andere Gedanken bringen sollte. Sie wollte nicht über Abraham Sauer nachdenken.

Über einen ihrer besten Kunden.

Nichts würde sie von den Gedanken an ihn ablenken.

Sie ging weiter, bis sie in die Fußgängerzone kam. Es war ihr, als habe sich um sie herum eine Blase gebildet, durch die der Lärm der Stadt gefiltert wurde. Lioba wünschte sich, sie könnte mit jemandem reden. Ganz kurz kam ihr in den Sinn, in die Riverisstraße zu fahren und Manfred zu besuchen. Doch was sollte das bringen – nach der verheerenden Begegnung vorhin?

Allmählich schlossen die Geschäfte; der Verkehr dünnte aus, es waren immer weniger Leute auf der Straße – als würden sie einer nach dem anderen einfach aus dem Spiel genommen.

Lioba blieb vor der Buchhandlung *Interbook* am Kornmarkt stehen. Die Tische mit den Ramsch-Angeboten waren hereingerollt, die Türen verschlossen. In einer der Auslagen entdeckte sie esoterische Bücher: Yoga, Kraft des positiven Denkens, Mondmagie, Liebes- und Heilzauber. All das, was vor vierhundert Jahren auf den Scheiterhaufen geführt hätte. Die Menschen suchten, aber sie suchten an der falschen Stelle.

Lioba sah ihr Spiegelbild in der Scheibe der Buchhandlung, genauso sah sie den frisch restaurierten, leuchtend weißen und goldenen Brunnen auf dem Kornmarkt. Und sie sah die Silhouette eines dürren Mannes rechts neben ihr. Es war Vampyr, der Künstler.

Vampire haben kein Spiegelbild, war ihr erster, verrückter Gedanke. Sie drehte sich nach rechts. Dort stand niemand. Sie sah zurück in das Schaufenster. Das Spiegelbild war wieder da, sie erkannte deutlich die dunkle Brille. Da erst begriff sie, dass er in einiger Entfernung von der Scheibe in der dunklen Tiefe des bereits geschlossenen Ladens stand. Er winkte ihr zu, dann ging er zur Treppe, die sich an der hinteren Wand um den Aufzug schlang, und stieg quälend langsam hoch. Sie sah ihn nur noch als Schatten, der immer kleiner wurde, zwergenhaft klein, bis er auf halbem Weg in den ersten Stock verschwunden war.

Lioba rieb sich die Augen. Spiegelungen. Alles nur Spiegelungen. Sie schaute auf ihre Armbanduhr. Kurz nach acht. Sollte sie sich noch auf den Weg zu Abraham Sauer machen? Sie war noch nie bei ihm gewesen, aber sie hatte seine Adresse natürlich in ihrer Kundenkartei. Sein Name war in Antiquarskreisen geläufig, doch über ihn wusste kaum jemand etwas. Es war nur bekannt, dass er Anwalt war – oder gewesen war. Alles an ihm atmete Reichtum: die vorzügliche Kleidung, die sündhaft teuren Schuhe, selbst seine sorgfältige Frisur, die das wellige, grau-weiße Haar so vorteilhaft zur Geltung brachte. Doch trotz seines überwältigenden und dabei so zurückhaltenden Auftritts haftete ihm etwas Einsames an. Er war ein wenig älter als Lioba, und sie musste zugeben, dass er ein schöner Mann war. Entfernt erinnerte er sie an einen ergrauten Pierce Brosnan, aber er besaß nicht jenen Zug der Selbstironie. Seine Sammelleidenschaft hatte etwas Zwanghaftes, Getriebenes. Und etwas Unheimliches.

Zu Hause suchte sie die Adresse und fuhr los. Abraham Sauer wohnte neben dem Amphitheater. Unter all den Villen in diesem Stadtteil war seine die größte. Lioba parkte ihren Renault ein paar Straßen weiter und ging durch den lauen Sommerabend zurück zu Sauers Haus, das von einer hohen, abweisenden Mauer umgeben war. Lange stand sie vor der Auffahrt und überlegte, ob sie wirklich mit ihm reden wollte. Bei seinem letzten Besuch hatte er auf eine ihr unbekannte Weise erfahren, dass sie ein nicht besonders altes, aber sagenhaft seltenes Sechstes und Siebtes Buchs Mosis, gedruckt um 1900 in Radnitz an der Elbe, angekauft hatte, von dem lediglich zwei Exemplare bekannt waren. Es handelte sich um ein broschiertes Folio von nur vierundvierzig lithographierten Seiten mit allerlei Dämonenbeschwörungen. Sauer hatte sich verhalten, als sei ihm dieses Buch das wertvollste, das er je erwerben konnte. Er hatte ihr bei dieser Gelegenheit erzählt, er suche nach jenem letzten Werk, das ihm die Geheimnisse der Welt erschließe. Wie in Borges' Bibliothek von Babel, hatte Lioba gedacht. Als er gegangen war, schwebte noch etwas von ihm im Haus. Es hatte wieder einmal Tage gedauert, bis seine Gegenwart so weit aufgelöst war, dass Lioba sie nicht mehr wahrnahm.

Das große, moderne Haus mit der riesigen Garage daneben wirkte völlig unpassend als Heim für eine der größten Okkult-Bibliotheken Europas. Die hohen Bäume, die es umgaben, atmeten zwar einen Hauch von Geheimnis, doch sie waren wie ehrwürdige Ahnen, die auf einen frechen Emporkömmling herabschauten. Die Nähe des römischen Amphitheaters verstärkte diese Empfindung noch. Doch rätselhafter als die Bibliothek und das Haus war dessen geheimnisvoller Bewohner.

Lioba holte tief Luft und schritt die steile Auffahrt hoch.

10. Kapitel

Ein recht junger, glatt rasierter Mann in einem dunklen Anzug öffnete ihr. Es war ihm deutlich anzumerken, dass er nicht der Hausherr war. »Sie wünschen?«, fragte er mit einer Mischung aus Freundlichkeit und Abweisung.

»Ich möchte Herrn Sauer sprechen.«

»Sind Sie angemeldet?« Er trat einen Schritt vor und machte sich breiter.

»Nein.«

»Wen darf ich melden?«

Lioba nannte ihren Namen. Der junge Mann schloss die Tür wortlos und ließ sie draußen stehen.

Kein guter Stil, befand sie, doch es blieb ihr nichts anderes übrig, als zu warten. Sie schaute an der glatten, grauen Fassade hoch. Es war ein Haus der Postmoderne, klar gegliedert und doch mit unerwarteten Vorsprüngen und Winkeln und einem recht flachen, nach hinten abfallenden Dach, und es zeigte schon leise Spuren von Verfall. Ob es Abraham Sauer finanziell nicht mehr so gut ging? Hier und da machten sich Flecken auf dem Verputz breit, ein Fensterladen fehlte, an einem anderen blätterte die Farbe ab. Hohe, im leichten Wind schwankende Pappeln und Linden zu beiden Seiten warfen Schatten auf das Haus.

Das Portal, das aus zwei polierten Flügeln mit Messingbeschlägen bestand, wurde wieder geöffnet. »Herr Sauer lässt bitten«, sagte der junge Mann und trat beiseite.

Lioba schritt an ihm vorbei in die Düsterkeit einer großen Halle. Hinter ihr wurde das Portal geräuschlos geschlossen.

Lioba schaute sich um. In diese Halle hätte ein mittleres Einfamilienhaus gepasst. Eine große Freitreppe gabelte sich auf halber Höhe und führte an den Wänden weiter nach oben. Von der Decke hing an einer schweren Kette ein riesiger Kronleuchter, dessen geschliffenes Glas auch die letzten Reste von Licht einfing und glitzernd auf den Steinboden warf, der mit abstrakten Mosaiken ausgelegt war.

»Bitte hier entlang«, drang die Stimme des jungen Mannes aus dem Dämmer rechts von ihr. Er öffnete eine hohe, schmale Tür, die in die Bibliothek zu führen schien. Liobas Herz schlug höher. Sie trat auf die Schwelle des großen, hohen Raumes. Der junge Mann machte keine Anstalten, sie zu führen. »Bitte durchqueren Sie dieses Zimmer und gehen Sie auf dem Weg weiter, der sich Ihnen zeigen wird. Herr Sauer bedauert es, Ihnen nicht entgegengehen zu können, doch er ist der Ansicht, dass Sie diesen Weg genießen werden. Lassen Sie sich Zeit. Ich habe überall das Licht eingeschaltet.« Damit zog er sich leise zurück. Als er sich in die andere Richtung entfernte, war nur noch ein fernes Quietschen und Knarren von ihm zu hören, das schließlich ganz erstarb.

Stille hüllte Lioba ein. Es war eine Stille, die beinahe greifbar war. Irgendwo tickte leise eine Standuhr, die das Schweigen nur noch dichter machte. Von der Straße war genauso wenig zu hören wie von etwelchen Aktivitäten innerhalb des Hauses. Lioba schloss die Tür hinter sich und schaute sich um. Beinahe vergaß sie, warum sie hier war.

Die Wände waren bis zur hohen Decke mit Regalen und Vitrinen verkleidet; zwei bis beinahe auf den Boden reichende Fenster gaben hinter gerafften roten Damastvorhängen den Blick auf einen Park frei, in dem sich bereits die Dämmerung eingenistet hatte. Lioba ließ den Blick an den Bücherreihen entlang gleiten. Es waren nicht ausnahmslos okkulte Titel, sie fand auch eine Menge phantastische Literatur. Es waren sogar Neuerscheinungen dabei, deren bunte Rücken einen seltsamen Kontrast zu den alten, in Leder gebundenen Bänden darstellten. Bücher von Kim Newman, Malte Schulz-Sembten und Thomas Ligotti standen neben Werken über Traumdeutung, Vorzeichen und Magie. Es waren schöne Bücher, aber es waren nicht die, für die Abraham Sauers Sammlung berühmt war.

Nachdem Lioba sie oberflächlich betrachtet hatte, verließ sie den großen Raum durch die gegenüberliegende Tür und kam in einen kleinen, ebenfalls von Bücherregalen gesäumten Korridor. Hier befand sich Unterhaltungsliteratur, meist in billigen Ausgaben. Einige Türen zweigten ab, aber sie waren verschlossen. Nur die Tür am Ende des Korridors war nicht versperrt. Sie führte in einen weiteren Büchersaal.

Er glich dem ersten in Ausstattung und Lage; auch hier hatte man einen Blick in den Park, der sich unter der herannahenden Nacht auflöste. Erst jetzt wurde Lioba bewusst, wie spät es schon war – viel zu spät für einen Besuch bei einem Fremden. Doch der Diener hatte gesagt, Sauer warte auf sie. Ihr Herz schlug schneller. Sie beeilte sich, zwang sich dazu, keines der Bücher in diesem Raum anzuschauen, und gelangte durch eine kleine Tür in der den Fenstern gegenüberliegenden Wand zu einer Wendeltreppe, die sie nach oben stieg; nach unten war sie durch einen halb mannshohen Holzverschlag versperrt. Eine solche Treppe hätte man in einer Burg erwartet, nicht aber in einer postmodernen Stadtvilla.

In regelmäßigen Abständen waren Halogenstrahler in die runde Wand eingelassen und schufen aus Licht und Schatten ein zweites, zweidimensionales Treppenhaus. Im ersten Stock öffnete sich die Treppe in einen seltsamen, halbrunden Raum, dessen Wände wiederum von Büchern bedeckt waren und in dessen Mitte ein drehbarer Bücherständer die Last alter Folianten trug. Ein kleineres Fenster als im Erdgeschoss, auch hier mit dunkelroten gerafften Damastvorhängen geschmückt, gab erneut den Blick auf den Park frei, dessen Bäume mit dem Abendhimmel verschmolzen.

Auf dem Bücherständer lag ein in braunes Leder gebundenes Buch, das Lioba sofort erkannte. Es erwartete sie. Es war der Grund, warum sie hier war. Es hatte sie hergelockt. Sie stürzte in den halbrunden Raum hinein – nur zwei Schritte waren nötig – und nahm das Buch in die Hand.

Es war das Schattenbuch.

Derselbe Einband, dieselbe Goldprägung auf dem Rücken mit den fünf erhabenen Bünden. Mit zitternden Fingern schlug Lioba es auf.

Derselbe Titel, ein anderer Autorenname: Gerhard Spenster. Und noch etwas war anders. Rasch blätterte sie das Buch durch. Es handelte sich nur um eine einzige Geschichte, um einen Kurzroman, und es war nicht illustriert. Lioba klappte es wieder zu und steckte es sich unter den Arm. All die Räume, durch die der Weg sie nun noch führte, waren für sie nicht mehr von Interesse. Sie wollte nur noch mit Abraham Sauer sprechen. Aber sie fand ihn nicht.

Treppauf, treppab, Wendeltreppen, normale Treppen, Stufen hoch und niedrig, kleine Zimmer, große Säle, eigentlich viel zu groß für dieses Haus, oder lief sie im Kreis? Irgendwann war sie wieder im Erdgeschoss. Draußen war es inzwischen stockdunkel; sie sah sich selbst an den schwarzen Fenstern vorbeihasten, ihre klobigen Stiefel hallten über das Parkett und den Steinfußboden zwischen den Perserteppichen, sie sah im Spiegel der Fenster wie ein Gespenst aus. Dann, unvermittelt, traf sie auf Abraham Sauer. Er saß in einem tiefen Armlehnsessel vor einem erloschenen Kaminfeuer, dessen Brandgeruch jedoch noch in der Luft schwebte.

Seltsam, dachte Lioba, die mit dem Buch unter dem Arm in der Tür stehen blieb, wann war es zuletzt so kalt, dass man den Kamin hätte befeuern müssen?

»Ich freue mich über Ihren Besuch, Lioba Heiligmann«, sagte Sauer und lehnte sich in seinem Sessel vor. Er hatte die grau-weißen Haare zurückgekämmt, trug einen roten Morgenmantel aus Seide, die im Licht der Deckenlampe sanft glänzte, und deutete mit den schlanken, unglaublich langen Fingern auf den Sessel ihm gegenüber. »Setzen Sie sich und sagen Sie mir, warum Sie mir so unverhofft den Abend verschönern.«

Obwohl Lioba normalerweise um keine Antwort verlegen war, fühlte sie sich in der Gegenwart dieses Mannes wie ein ertapptes Schulmädchen. So war es schon damals bei ihrem ersten Treffen in der Krahnenstraße gewesen, doch da hatte sich Lioba auf eigenem Territorium befunden. Jetzt fühlte sie sich wie ein Eindringling in den Gemächern eines mythischen Königs, wie eine Diebin, die von ihrem Herrn zum Tee gebeten wird. Sie setzte sich und hielt das Buch auf den Knien.

»Ich sehe, Sie haben sich mit Lesestoff versorgt«, meinte Sauer und lächelte sie an.

In der Tat, dachte sie, Pierce Brosnan mit fünfundsechzig.

»Aber bestimmt möchten Sie mehr von mir, als nur meine Bibliothek benutzen.«

Lioba entschuldigte sich, das Schattenbuch genommen zu haben, und hielt es hoch. »Deswegen bin ich hier. Das heißt, nicht wegen dieses Buches, von dessen Existenz ich bis vorhin gar nichts wusste, sondern wegen des Exemplars, das sich in meinem Besitz befunden hat. Es trägt denselben Titel, aber einen anderen Autorennamen: Thomas Carnacki.«

»Das ist seltsam«, sagte Sauer leise und nachdenklich, aber keineswegs überrascht.

»Sie kennen ihn.« Es war eine Feststellung.

Sauer sah Lioba offen an. In den Tiefen seiner blauen Augen, die plötzlich sehr müde aussahen, funkelte es. »Vielleicht.«

»Können Sie mir etwas über ihn sagen?«

»Was wollen Sie hören?«

»Kennen Sie seinen Wohnort? Hat er noch weitere Bücher geschrieben?«

»Seit wann sind Sie auf Literatur spezialisiert?«

»Ich hatte das Schattenbuch im Angebot. Ein neuer Kunde von mir hat es genommen und wünscht weitere Informationen über Autor und Werk.« Sie hielt das Buch hoch und betrachtete es zweifelnd. »Seine Ausgabe ist mit dieser hier nicht identisch.«

»Das glaube ich gern.« Sauer lehnte sich wieder zurück und schlug die Beine übereinander. Der Morgenmantel schwang ein wenig auf, der nicht minder seidige dunkelblaue Stoff der Hose kam zum Vorschein. Die Schuhe, die Sauer trug, waren italienische Maßarbeit, wie Lioba mit gewisser Bewunderung erkannte, und kosteten so viel, wie eine Krankenschwester im Monat verdiente.

»Ich habe das Buch lange gesucht, ohne eigentlich wirklich zu wissen, was ich suchte«, erklärte Sauer und massierte sich das zarte Kinn mit Daumen und Zeigefinger. »Sie wissen, dass ich auf der Suche nach der letzten Wahrheit war.«

»War?«, fragte Lioba.

Sauer deutete auf das Buch in ihren Händen. »Ich fürchte, ich bin fündig geworden. Ich muss gestehen, dass ich nur selten verblüfft werde, aber vor ein paar Monaten ist es geschehen. Es war kurz nach meinem letzten Besuch bei Ihnen.« Er legte die langen, spitzen Finger zu einem Dach unter dem Kinn zusammen und sah Lioba amüsiert an. »Der Verkäufer des Schattenbuches muss seine Informanten gehabt und gewusst haben, dass ich stets auf der Suche nach jenem Buch war, das mir die Geheimnisse des Seins entschlüsselt. Die Geheimnisse des Seins sind die Geheimnisse des Selbst.« Sauer verstummte und sah an Lioba vorbei aus dem Fenster, in dem sich der Raum spiegelte. Dann redete er weiter. »Ich habe gesucht, obwohl ich annahm, dass ich letztlich nicht finden würde. Meine Lage war noch verzweifelter als die des Suchenden in Borges *Bibliothek von Babel*, der genau weiß, dass das Buch aller Bücher irgendwo existieren muss, weil das Universum, in dem er sich befindet, nur aus wabenartigen, mit Büchern angefüllten Räumen besteht, und diese Bücher enthalten alle möglichen Buchstabenkombinationen. Natürlich ist das meiste davon Unsinn, aber hier und da findet sich ein vernünftiges Wort, ein vernünftiger Absatz, ein vernünftiges Werk. Da alle denkbaren Kombinationen existieren, gibt es unter den im wahrsten Sinne unzähligen Büchern die Werke Shakespeares genauso wie alle anderen schon geschriebenen und noch zu schreibenden Bücher. Und es gibt das Buch, in dem die letzten Geheimnisse aufgezeichnet sind, denn auch dieses ist eines der denkbaren und daher denknotwendig existenten Werke. Gleichzeitig gibt es unendlich viele dieser Bücher, denn für jeden Menschen auf der Welt wurde eines geschrieben. Ob es mein Buch bereits gab, wusste ich bis vor kurzem nicht. Jetzt weiß ich es. Es existiert. Sie halten es gerade in der Hand.«

Lioba sah Sauer an und richtete dann den Blick wieder auf das Buch.

Sauer fuhr fort: »Ich erhielt einen Anruf, man bestellte mich in eine schlechte Gegend Triers, dort sollte ich auf jemanden warten, der ein in braunes Leder gebundenes Buch unter dem Arm trägt. Die Stimme war dumpf und unheimlich; sie ängstigte mich. Ich überlegte lange, ob ich dieses Abenteuer wagen sollte, aber meine Neugier trieb mich schließlich dazu. Ich fuhr zu der angegebenen Stelle – ich glaube, es war die Thyrsusstraße –, und ein älterer, ungepflegt wirkender Mann wartete bereits am Straßenrand vor einer Kneipe mit dem schönen Namen *Zum grünen Baum* auf mich. Ich hielt an, er stieg ein und bedeutete mir loszufahren. Während der Fahrt nannte er den Preis für das Buch. Er war ziemlich gering. Wir fuhren nicht lange und befanden uns schließlich auf der Herzogenbuscher Straße in Höhe des Friedhofes. Kurz vor dem Haupteingang befahl er mir, ich solle anhalten und bezahlen. Ich gab ihm das Geld, er stieg aus und ging in den Friedhof hinein. Es war neun Uhr abends, und noch als ich im Wagen saß und das Buch kurz durchblätterte, bemerkte ich, wie die Tore des Friedhofes geschlossen wurden. Der alte Mann war nicht wieder herausgekommen, doch sicherlich gibt es noch einen zweiten Ausgang.«

»Wie sah dieser Mann aus?«, fragte Lioba.

»Er war sehr dünn, hatte graue Haare, einen grauen Bart und stechende Augen. Außerdem roch er nicht gut.«

»Hatte er die Haare zum Pferdeschwanz zusammengebunden? Trug er eine Brille?«

»Beides nein.« Abraham Sauer lächelte Lioba an. »Aber er hat noch etwas Seltsames gesagt.«

Lioba lehnte sich in das Polster des ausladenden Sessels und hob die Brauen.

»Sie sind bezaubernd, wenn Sie neugierig oder unsicher sind«, sagte Sauer, ohne sein Lächeln abzusetzen.

»Was hat er gesagt?«, beharrte sie. Es gefiel ihr nicht, wie er sie ansah, und gleichzeitig gefiel es ihr doch. Sie kannte diesen Blick; sie hatte ihn schon einmal an ihm während einer seiner Besuche in der Krahnenstraße wahrgenommen.

Unwillkürlich kam ihr Arved in den Sinn. Unterschiedlicher konnten zwei Männer nicht sein. Dort der verklemmte, allmählich und viel zu spät reifende Ex-Priester, hier der Bonvivant, der Weltenkenner, der Grandseigneur, den sich Lioba einfach unmöglich in einer Situation vorstellen konnte, in der er nicht die Nerven behielt. Dennoch umwebte ihn etwas Rätselhaftes, etwas Verzweifeltes. Sie erwiderte sein Lächeln und fühlte sich plötzlich so wohl wie lange nicht mehr. Es war, als komme etwas Verschüttetes in ihr ans Tageslicht.

Sie wusste, dass Sauer in diesem Augenblick in ihr Innerstes blickte.

»Er hat gesagt, in einiger Zeit werde jemand kommen und nach dem Buch fragen. Ich solle bereitwillig Auskunft geben. Ich hatte ja damals keine Ahnung, dass der Besuch, den er mir in Aussicht stellte, so charmant und angenehm sein würde.«

Lioba schlug die Augen nieder. Ihr Blick fiel auf das Buch in ihrem Schoß. Ein dünner, grauhaariger Mann mit Bart. Es hörte sich nach Vampyr an. Aber war er es wirklich gewesen? Die Stimme passte nicht zu ihm, dieses Unheimliche, Bedrohliche darin. Vampyr hatte mit hoher, schriller Stimme gesprochen. »Worum geht es in diesem Buch?«, fragte Lioba.

»Ich weiß es nicht.«

Lioba sah ihn mit großen Augen an. »Sie haben es nicht gelesen?«

»Nennen Sie mich einen Narren, aber ich habe nicht den Mut gehabt. Ich weiß nur, dass es sich um einen kurzen Roman handelt, einen phantastischen Roman, in dem es um Spiegel geht.«

»Um Spiegel?« Lioba erinnerte sich an einen Spiegel – an eine der Illustrationen Vampyrs, die sie beim oberflächlichen

Durchblättern des Schattenbuches bemerkt hatte. Gehörte sie wirklich in das andere Schattenbuch, oder war sie möglicherweise für das vorliegende Werk geschaffen und dann einfach dem anderen beigegeben worden, aus Versehen oder mit Absicht? Es wurde immer verwirrender. Sie schlug das Buch auf. Gleich der erste Satz lautete: »Such mich im Spiegel, denn nur dort wirst du mich finden. Im Spiegel ist mein ganzes Selbst, im Spiegel ist dein ganzes Selbst.«

»Ich bin froh, dass Sie da sind«, sagte Abraham Sauer. »Sie können das Buch gern mitnehmen. Ich schenke es Ihnen.«

»Sie haben mit mir gespielt. Sie haben mich durch Ihr Haus geleitet und alles so arrangiert, dass ich das Buch finden muss.« Lioba wusste nicht, ob sie wütend oder amüsiert sein sollte.

»Ja. Es war der einzige Weg.«

»Wieso?«

»Ich sagte Ihnen schon, dass es viele solcher Bücher gibt. Sie tauchen in allen Jahrhunderten auf. Meist sind es Berichte über schreckliche Ereignisse, die dann Wirklichkeit – oder erneute Wirklichkeit – werden, wenn der Richtige, das heißt derjenige, für den sie aufgezeichnet wurden, sie liest. All diese Bücher sind Spiegel eines früheren Lebens. Johannes Trithemius erwähnt in seinen *Annales Hirsaugienses* den Fall eines Mönchs, der eine Handschrift las, darin seine eigenen Sünden erkannte und gerade noch rechtzeitig beichtete, als schon der Teufel bereitstand, um ihn zu holen. Einen ähnlichen Bericht gibt es bei Agrippa von Nettesheim. In seiner *Occulta Philosophia* schreibt er, ein ihm bekannter Adept der verborgenen Künste habe eine Handschrift erworben, die angeblich die tiefsten Geheimnisse Gottes enthalte. Er las sie begierig und war sehr enttäuscht, denn er fand darin nur einen Fall, der einer eigenen Verfehlung, die er als junger

Mann begangen hatte, recht nahe kam, auch wenn er zuerst keine Verbindung gesehen hatte. Ihn ereilte dasselbe Schicksal wie das, von dem er zuvor gelesen hatte. Von Cagliostro erzählt man sich eine ähnliche Geschichte. Charlotte Elisa Konstantia von der Recke schreibt in ihrer *Nachricht von des berüchtigten Cagliostro Aufenthalte in Mitau*, der Erzzauberer habe dort von einem seltsamen fliegenden Buchhändler einen Roman gekauft, der angeblich eine gar erschröckliche Geschichte enthalte. Nachdem er sie gelesen hatte, verbrannte er das Buch und suchte noch in derselben Nacht den Beistand eines ortsansässigen Priesters.« Abraham Sauer beugte sich vor. »In dieser Geschichte soll übrigens ein Spiegel eine entscheidende Rolle gespielt haben. Die Beispiele lassen sich noch fortsetzen. Oft haben die Leser ihre Lektüre mit dem Tod bezahlen müssen, oder sie sind einfach verschwunden. Noch am Ende des 19. Jahrhunderts verstarb der – recht unbedeutende – Schriftsteller Carl Julius von Leberan, nachdem er in einer Leihbibliothek auf den Roman eines anonymen Sturm-und-Drang-Autors gestoßen war und begeistert sowie sehr verstört davon seinem Brieffreund Karl Hans Strobl schrieb. Ich kann Ihnen den Brief zeigen, er ist in meinem Besitz. Leberan schrieb, er habe den Roman seines Lebens und gleichzeitig den Roman seiner eigenen Abgründe gefunden.«

Sauer lehnte sich wieder zurück. Plötzlich sah er unglaublich müde und verbraucht aus. »Ich habe kein okkultes Werk gesucht, in dem ich Aufschluss über die letzten Dinge zu finden hoffte. Es war mein Roman, hinter dem ich hergejagt bin. Alle Werke des Übersinnlichen und Übernatürlichen dienten lediglich dazu, mich auf die Spur dieses Buches zu setzen. Jetzt, da ich es gefunden habe, muss ich feststellen, dass ich mich nicht traue, es zu studieren. In allen Fällen, die mir bekannt sind, haben die Opfer das Buch vorher gelesen. Manche behaupteten, die tiefste Weisheit darin gefunden zu haben, andere scheinen gar nicht begriffen zu haben, was sie da lasen. Ich war mir sicher, dass ich es wagen würde, das Buch zu lesen, wenn ich es habe, aber ich habe mich in mir selbst getäuscht.«

Lioba schaute mit Abscheu auf den Band in ihrem Schoß. Und sie dachte an das Werk, das sie Arved geschenkt hatte. Er hatte es gelesen, sie hingegen nicht. War an dem, was Abraham Sauer da behauptete, etwas Wahres? Sie konnte es nicht glauben. »Ist bekannt, wer die jeweiligen Autoren waren?«, fragte sie leise.

»Manche Bücher waren anonym, manche pseudonym. In keinem Fall ließ sich der Autor zweifelsfrei ermitteln.«

»Carnacki ist ebenfalls ein Pseudonym.«

Abraham Sauer nickte. »Genau wie Gerhard Spenster. Es gehört kein großer Scharfsinn dazu, daraus Gespenst oder Gespenster zu lesen.«

»Was passiert Ihrer Meinung nach, wenn ich dieses Buch mitnehme und lese?«, fragte Lioba mit zitternder Stimme.

»Nichts. Es ist mein Buch.«

»Woher wissen Sie das?«

»Ich weiß es einfach. Sagen wir so: Die Gefahr für mich ist außerordentlich groß, vor allem, wenn man bedenkt, unter welchen Umständen es in meinen Besitz gekommen ist. Und schon der Hinweis auf die Spiegel genügt, um mir Sicherheit zu verschaffen. Da ich es noch nicht gelesen habe, hoffe ich, ihm zu entkommen. Sie können sich nicht vorstellen, welche Kraft es kostet, den Verlockungen dieses Buches zu widerstehen.«

»Warum vernichten Sie es nicht?«

»So etwas wurde schon einmal versucht. Athanasius Pernath, ein Weiser aus dem Prager Ghetto, hat im neunzehnten

Jahrhundert ein Buch zu verbrennen versucht und ist dabei umgekommen. Vorher hatte er seine Gründe für die Tat dem Schriftsteller Gustav Meyrink mitgeteilt. Soll ich Ihnen den Brief zeigen?«

Lioba schüttelte den Kopf.

Sauer redete weiter; es schien, als wolle er seine Seele vor Lioba erleichtern – zumindest ein wenig. »Es heißt, ein Branddämon habe ihn erfasst, als er das Streichholz an das Buch hielt. Es hieß übrigens *Das Buch der Schatten* und stammte angeblich von einem Autor namens Johannes Silentius. Unnötig zu sagen, dass auch das ein Pseudonym war. Aus diesem Grunde wäre es mir lieb, wenn Sie das Buch mitnähmen. Geben Sie es mir bloß nie wieder zurück. Sie können es gefahrlos vernichten. Sie können es sogar lesen, denn Ihnen bedeutet es nichts. Seien Sie froh, dass Sie Ihr Exemplar verkauft haben.«

»Sind Sie sicher, dass es wirklich mein Exemplar war?«

»Wie haben Sie es bekommen?«

Lioba erzählte, wie es vor ihrer Tür gelegen hatte, verborgen unter den anderen Büchern.

Sauer lächelte wehmütig. »Ein Kuckucksei. Ein trojanisches Pferd. Ja, das war das Ihre. Sie sind gerettet. Oder haben Sie es etwa gelesen?«

Lioba wurde schwindlig. Sie schüttelte den Kopf. Arved hingegen schien das Buch bereits auswendig zu kennen. Aber es war nicht seines. Oder? »Wie entscheidet sich, ob man nach der Lektüre überlebt oder nicht?«, fragte sie.

»Ich weiß es nicht, aber ich habe einige Vermutungen. Alle Opfer hatten einen oder mehrere dunkle Flecken in ihrer Vergangenheit. Vielleicht reicht es aus, zu beichten, wie manche es getan haben. Cagliostro hat überlebt, wie ich vorhin darlegte. Vielleicht muss noch etwas Weiteres hinzukommen.«

»Gibt es auch in Ihrem Leben einen dunklen Punkt?«, wollte Lioba wissen. Erst als sie die Frage gestellt hatte, erkannte sie, wie indiskret sie war.

Trotzdem gab Sauer Antwort, auch wenn er ein kleines Lächeln nicht unterdrücken konnte. »Allerdings. In wessen nicht?«

Lioba atmete auf. Selbst wenn es sich um Arveds Buch handeln sollte, war er nicht in Gefahr. Was konnte es in seinem Leben schon Schlimmes geben? Für seine Glaubenszweifel hatte er hart gebüßt und war durch die Hölle gegangen. Er konnte doch keiner Fliege etwas zuleide tun. Sie stand auf und drückte das Buch gegen ihre Brust.

»Sehe ich Sie wieder?«, fragte Abraham Sauer. In seinem Blick lag etwas unerträglich Flehentliches.

»Ja, bestimmt«, sagte Lioba, weil sie nichts anderes zu sagen wusste.

Der junge Mann stand hinter ihr. War er die ganze Zeit dort gewesen? Er führte sie hinaus. Auf der Schwelle drehte sich Lioba noch einmal um. Abraham Sauers Gesicht war eine wächserne Maske, unter der das Feuer der Hoffnung glomm. So sah ein Mensch aus, der sich Befreiung von seinen tiefsten Qualen versprach.

Zu Hause begab sich Lioba sofort ins Badezimmer und verbrannte das Buch im Waschbecken. Der schreckliche Brandgestank verbreitete sich rasch im ganzen Haus. Als sie endlich zu Bett ging, war es schon weit nach Mitternacht. Dennoch lag sie noch lange wach und lauschte auf alle Geräusche ihres kleinen, alten Hauses. Es ereignete sich nichts Ungewöhnliches. Nur der Brandgeruch bedrückte sie. Bevor sie einschlief, dachte sie über Abraham Sauer und seine wilde Geschichte nach. In seiner Gegenwart hatte sie glaubhaft geklungen, doch jetzt, in Liobas gewohnter Umgebung, erschien sie ihr doch ein wenig zu phantastisch. War es Sauers Versuch, sich für Lioba interessant zu machen? Wie lange war es her, dass sie Eindruck auf einen Mann gemacht hatte? Arved, dachte sie, als sie bereits in den Traum hinüberglitt. Arved. Abraham. Arved ...

Sie träumte von zwei Männern, die aus einem Buch hervorwuchsen, ihr gegenübertraten und sie mitnahmen. Da war keine Liebe in ihnen, nur Hass. Tödlicher Hass.

11. Kapitel

»Arved Winter? Der neue Freund von Lioba?«, schnarrte die Stimme am Telefon.

Arved konnte sie zunächst nicht zuordnen, doch dann erinnerte er sich an Manfred Schult, den Ex-Mann von Lioba. Er fragte: »Womit kann ich Ihnen dienen?«

»Ganz schön förmlich. Man merkt, dass Sie noch nicht da angekommen sind, wo ich bin. Ich will mit Ihnen sprechen.«

»Worum geht es?« Arved hatte nicht die geringste Lust, sich noch einmal mit diesem Mann zu treffen. Er stellte ein Element aus Liobas Vergangenheit dar, mit dem Arved sich nicht befassen wollte.

»Da ist einiges klarzustellen. Außerdem will ich wissen, was das für ein komischer Schriftsteller ist, nach dem Lioba forscht. Ich kann Ihnen eine Menge erzählen. Kommen Sie doch gleich vorbei.«

Am anderen Ende wurde aufgelegt, bevor Arved Zeit zu einer Erwiderung hatte. Verwirrt ging er ins Wohnzimmer, ließ sich schwer auf die Couch fallen und blätterte in dem Schattenbuch, das immer auf dem Tisch lag. Sollte er nach Trier fahren und sich mit diesem Schult unterhalten? Allein? Schult hatte gesagt, er wisse etwas. Bezog es sich auf Carnacki oder auf Lioba? Arveds Gedanken schwirrten umher. Draußen wurde es dunkel, obwohl erst Mittag war. Es schien ein Gewitter aufzuziehen. Kurz entschlossen packte er das Buch unter den Arm, lief zur Garage und startete den alten Bentley. Das Buch hatte er auf den Beifahrersitz gelegt. Als er rückwärts aus der Garage fuhr, setzte bereits der Regen ein. Der erste Blitz zuckte über Manderscheid und schien irgendwo am Mosenberg einzuschlagen. Der Donner war unbeschreiblich – als hätte jemand den Vulkankegel gesprengt. Dann flog der nächste Blitz über den Himmel, verästelte sich, schwang wie Peitschenschnüre hin und her. Arved drehte sich um, während er den Wagen von der Garageneinfahrt auf die Straße lenkte. Er konnte gerade noch rechtzeitig bremsen. Da stand jemand, hatte die Hände erhoben, als wolle er sich gegen das Auto stemmen.

Arved atmete tief durch. Der Mann war nicht sonderlich groß; seine langen Haare hingen ihm wirr ins Gesicht, das Arved nicht erkennen konnte. Er sah aber, dass es graue Haare waren. Sie troffen vor Regenwasser, das in kleinen Rinnsalen an ihnen entlanglief. Dann war es wieder dunkel wie zur Mitternacht.

Beim nächsten Blitz war der seltsame Mann verschwunden. Vorsichtig fuhr Arved noch ein Stück zurück, wendete und rollte langsam auf die Mosenbergstraße zu. Dabei schaute er immer wieder in den Rückspiegel. Der Regen fiel wie ein Vorhang. Niemand war auf der Straße. Nirgendwo. Manderscheid lag wie ausgestorben da. Selbst die Autos schienen geflohen.

Arved fuhr durch das Dorf in Richtung Autobahn, hinunter an den freundlichen Häusern, die nun jedoch wie geduckte Wächter längs der Kurfürstenstraße standen, immer weiter hinunter in das Tal der Lieser, bis die Silhouetten der Burgruinen vor ihm auftauchten, die im Regen zu zerfließen schienen, dann wieder hoch, aus dem tiefen, engen Tal hinaus.

Arved roch es, bevor er es sah. Es war ein Geruch nach Feuchtigkeit, aber auch nach nasser Erde. Er kam von rechts, aus dem Inneren des Autos. Arved zuckte zusammen, als er neben sich blickte. Er bremste, der Wagen brach aus, rutschte auf die Leitplanke zu, die sich zum Glück an dieser Stelle öffnete, weil rechts die Straße nach Pantenburg abzweigte.

Der Bentley schlitterte zuerst die Straße hoch, dann über aufgeweichten Rasen und blieb schließlich im Schlamm stecken. Arveds Hände zitterten. Ihm stockte der Atem.

Die Gestalt saß auf dem Beifahrersitz. Die langen Haare hingen ihr tropfnass über dem Gesicht und verbargen es immer noch. Es war der Mann, der vorhin hinter dem Wagen gestanden hatte. Er wandte Arved den Kopf zu. Es war nicht der Künstler Vampyr, wie Arved zunächst geglaubt hatte. Es war ein vollkommen Fremder.

Wirklich ein Fremder?

Etwas regte sich in den hintersten Winkeln von Arveds Erinnerung. Sank wieder zurück. Die Gestalt verschwand vor seinen Augen. Sie löste sich auf, als ob der Regen auch in den Wagen dringe und sie auswasche. Genauso wurde Arveds Erinnerung ausgewaschen. Er schnappte nach Luft und ließ beide Fenster herunter, denn der Geruch war geblieben. Der Regen prasselte in das Innere des Wagens und tropfte auf die Lederpolster. Rasch schloss Arved die Fenster wieder. Sein Herz raste.

Er legte den Rückwärtsgang ein und gab Gas. Die Hinterräder drehten auf dem schlüpfrigen Untergrund durch. Er versuchte nach vorn zu fahren. Der Wagen bewegte sich nur leicht vor. Nun wieder den Rückwärtsgang eingelegt; es ging ein paar Meter nach hinten. Erneut nach vorn, nach hinten, Schaukelbewegungen.

Neben dem Wagen regte sich etwas. Da war die Gestalt wieder. Sie legte beide Hände gegen das Glas. Hautfetzen hingen von den Knochen, wurden vom Regen weiter gelöst, fielen ab. Arved sperrte den Mund auf, aber kein Laut drang aus seiner Kehle. Er war vor Entsetzen wie gelähmt. Ein Blitz schien bis in seinen Wagen zu dringen und blendete ihn; er glaubte sogar das Knistern und Zischen zu hören. Angespannt wartete er auf den Donner, aber er kam nicht. Die Gestalt neben dem Wagen hingegen brannte lichterloh. Aber es war kein irdisches Feuer. Es war still und gleichmäßig, und die Gestalt löste sich in ihm nicht auf, sondern wurde kleiner. Sie schrumpfte, bis sie durch die Seitenscheibe nicht mehr zu sehen war. Als sie aus Arveds Blickfeld verschwunden war, fiel die Erstarrung von ihm ab.

Er gab wieder Gas, schaukelte den Wagen noch einmal vor und zurück und bekam ihn schließlich frei. Er schoss aus der kleinen Straße auf die größere, hätte dabei fast einen dunklen Rover gerammt, der ihn wütend anhupte, und raste bergan in Richtung Autobahn. Erst als Arved sich auf ihr befand, atmete er auf. Das Gewitter zog ab, und es wurde heller. Der Regen ließ nach, hinter Wittlich kam sogar die Sonne hervor.

Arved warf einen raschen Seitenblick auf das Buch, das immer noch auf dem Beifahrersitz lag. Ein paar Regentropfen glänzten auf dem Ledereinband, doch nichts deutete darauf hin, dass vor kurzem jemand dort gesessen hatte. Natürlich, es war nur eine Halluzination gewesen. Was sollte es sonst sein? Etwa ein Gespenst? Lächerlich. An so etwas glaubte man schon seit Jahrhunderten nicht mehr. Nein, es war sicherlich irgendein Bild aus Arveds Erinnerungen gewesen, das sich verbotenerweise selbstständig gemacht hatte. Er versuchte über sich zu lächeln.

Die Suche nach der Riverisstraße, in der Manfred Schult wohnte, verdrängte alle Gespenster. Arved hatte sich die Strecke nicht gemerkt, als er mit Lioba dorthin gefahren war, aber nach einigen Irrwegen hatte er schließlich die schreckliche Siedlung gefunden, in der angeblich Thomas Carnacki gelebt hatte.

Manfred Schult empfing ihn mit einer widerlichen Bierfahne. Am liebsten hätte sich Arved vor der Wohnungstür sofort umgedreht und wäre gegangen, doch Schult packte ihn am Arm und zerrte ihn in die stinkende Wohnung.

»Schön, dass Sie gekommen sind. Ich sehe, Sie haben das Buch dieses komischen Autors dabei. Wollen Sie etwa, dass ich es lese und Ihnen bei der Suche helfe?« Schult lachte meckernd. »Lieber würde ich mir die rechte Hand abhacken lassen, als etwas zu unternehmen, an dem Lioba beteiligt ist.«

Arved wusste nicht, was er darauf erwidern sollte, also schwieg er. Der Biergeruch erfüllte die ganze Wohnung und stieg auch aus dem Sofa auf, in dessen Polster Schult ihn drückte. Erst jetzt ließ er Arved los und schaute auf ihn nieder.

»Sie sind ein armseliges Würstchen. Lioba ist tief gefallen«, sagte Schult und grinste höhnisch. »Warum sucht sie nach diesem Autor?«

»Nicht sie, sondern ich suche danach«, verteidigte sich Arved. »Ich will einfach wissen, wer er war oder ist, denn sein Werk ist außergewöhnlich, und es gibt nirgendwo Informationen über ihn.«

»Sie haben wohl zu viel Zeit.« Schult hob eine Augenbraue. »Ich übrigens auch – inzwischen.« Er warf einen fragenden Blick auf den Band in Arveds Händen. »Geben Sie mal her.«

Arved reichte ihm das Buch. Es wunderte ihn, dass Manfred Schult zu lesen begann. Es schien ihn zu interessieren, ja sogar zu faszinieren, denn er setzte sich auf einen Sessel, ohne vorher die schmutzige Wäsche zu entfernen, und vertiefte sich in die Lektüre. Schon nach einer Minute schien er Arved vergessen zu haben.

Arved schaute sich verstohlen um. Wie konnte ein Mensch in einer solchen Müllkippe wohnen und sich offensichtlich recht wohl fühlen? Wer war dieser Manfred Schult und was war damals zwischen ihm und Lioba vorgefallen? Arved fragte sich, ob er es wirklich wissen wollte. Warum war er hergefahren, warum hatte er Schults Einladung überhaupt angenommen? Er wollte nichts über Liobas Vergangenheit wissen, nichts über die von Manfred Schult und auch nichts über seine eigene. Wieder dachte er an das Phantom, das neben ihm im Wagen gesessen und dann im Regen gestanden hatte. Als ob das Gewitter und die Blitze einen Spalt geöffnet hätten. Heute ist der Tag der Vergangenheit, Arved, sagte etwas in ihm.

Es dauerte kaum eine halbe Stunde, da hatte Schult die drei Geschichten schon verschlungen. Er tauchte aus ihnen auf und sah Arved fragend an, als wundere er sich darüber, dass er einen Gast hatte.

»Sie lesen sehr schnell«, meinte Arved erstaunt.

»Ich kann mir vorstellen, dass Sie länger dafür gebraucht haben«, gab Schult schnippisch zurück und warf das Buch auf den Boden. Es durchfuhr Arved, als er sah, wie der Band hinter einem fettigen Pappteller aufschlug und eine halb volle Colaflasche daneben bedenklich zu schaukeln begann. Doch die Flasche, die eigentlich hätte umfallen müssen, schien sich wie aus eigener Kraft wieder zu fangen und aus einem unmöglichen Winkel, der jeder Gravitation spottete, aufzurichten. Es war, als habe sich das Buch selbst gerettet.

»Hat es Ihnen gefallen?«, fragte Arved.

Manfred Schult schlug die Beine übereinander. Die Flecken auf seiner Hose glänzten im Licht der wieder hinter den Wolken hervorgekommenen Sonne. »Nicht sehr. Hab es nur quergelesen, aber das reicht. Der Autor hat einen kümmerlichen Stil. Schwülstig bis zum Erbrechen. Die zweite Geschichte ist ganz lustig, die dritte allerdings vorhersehbar. Und die erste ist Quatsch.«

»Dafür scheinen Sie aber ganz schön gefesselt gewesen zu sein«, bemerkte Arved und sah Schult fest an.

Schult erwiderte den Blick; ein gewisses Erstaunen darin war nicht zu übersehen. Er machte eine wegwerfende Handbewegung. »Keineswegs. Aber ich habe Sie nicht herbestellt, um mit Ihnen über dieses Buch zu reden. Ich wollte nur erst einmal wissen, warum Lioba so scharf darauf ist, den Autor zu finden. Ist das Buch sehr wertvoll?«

Arved zuckte die Achseln. »Ich glaube nicht.« Mit einem Lächeln fügte er hinzu: »Dann hätte Lioba es mir wohl kaum geschenkt.«

Schult nickte; sein Grinsen war eindeutig bösartig. »Allerdings. Sie verschenkt nie etwas. Als Sie mit ihr bei mir waren, haben Sie ein völlig falsches Bild von mir bekommen. Sie sind hier, damit ich es richtig stellen kann.«

Der Biergeruch traf Arved wie eine Woge. Musste er sich jetzt gemeine Geschichten über Lioba anhören? Am liebsten würde er wieder gehen. Aber etwas hielt ihn zurück. Es war der Wunsch, seine Bekannte besser kennen zu lernen, selbst wenn er hier nur einen parteiischen Bericht hören würde.

Schult lehnte sich auf seinem Sessel voller Wäsche zurück und fuhr fort: »Sie war mein Untergang, das können Sie mir glauben. Als ich sie kennen lernte, war sie Lehrerin und ich bei der Schulaufsichtsbehörde. Ich war ganz verrückt nach ihr. Sie ist ja immer noch eine Schönheit – in gewisser Weise. Es war irre, sie zu heiraten. Heiligmann ist übrigens ihr Mädchenname, den sie nach der Scheidung wieder angenommen hat. Ja, damals im Seminar ... Damals war sie schon ziemlich abgedreht. Lehrerin für Deutsch und Geschichte – ich habe es mir nie vorstellen können. Damals hat sie gekifft. Hat dabei nicht genug aufgepasst. Ihre Chefin hatte es mitbekommen, und Lioba stand kurz vor der Suspendierung. Die Supervisionsveranstaltung bei mir war für sie der letzte Versuch, ihr Berufsleben in den Griff zu bekommen. Gekifft hatte sie aber immer noch. Mir ist sie direkt am ersten Tag des Seminars aufgefallen.« Er grinste anzüglich. »Sie hat sich schon damals seltsam gekleidet. Gleich am ersten Abend sind wir miteinander ausgegangen, und wir haben die Nacht zusammen verbracht. Da wusste ich: die oder keine. Sie hatte gerade wieder mal eine gescheiterte Beziehung hinter sich und war auf der Suche, genau wie ich.« Schult verstummte, schaute ins Leere und schien in seinen Erinnerungen versunken zu sein.

Arved rutschte auf dem Sofa hin und her. Er hatte Liobas Ausstrahlung gespürt, aber die Vorstellung, wie sie mit diesem Mann ... Er wollte es sich nicht vorstellen.

»Um es kurz zu machen: Ich habe sie geheiratet«, sagte Schult und kratzte sich am ungewaschenen Kopf. »Sie hat ihren Job an den Nagel gehängt und ist so einer Suspendierung zuvorgekommen. Von meinem Einkommen konnten wir prima leben. Aber das war der Frau Lehrerin irgendwann zu langweilig. Und da hatte sie nichts Besseres zu tun, als sich einen Liebhaber zu nehmen.« Er sah Arved an. »Nun wissen Sie, was Ihnen blüht.«

»Gar nichts blüht mir«, gab Arved zurück. »Wir sind kein Paar.«

»Ach? Noch nicht? Keine Angst, das wird schon. Lioba nimmt jeden.«

Am liebsten hätte Arved seinem Gegenüber eine Ohrfeige verpasst. »Wie können Sie so über Ihre Ex-Frau reden?«, erboste er sich.

Manfred Schult lachte nur. »Ich hätte es wissen müssen. Sie hat so viele Liebschaften vor mir gehabt. Und gekifft hat sie auch weiter. Manchmal habe ich es gerochen, wenn ich von einem Seminar zurückkam. Dieser süßliche Pflanzengestank – widerlich. Und dann hat sie wieder einen Job angenommen, angeblich weil sie nicht den ganzen Tag zu Hause sitzen wollte. Im Haushalt hat sie natürlich absolut nichts getan.«

Arved kam sich vor, als sei er wieder Priester und lausche der Beichte eines missratenen Pfarrkindes. Er hatte Erfahrung in solchen Situationen und übte sich in Geduld. Schult wollte ihm offenbar sein Herz ausschütten, und wenn er ehrlich zu sich selbst war, so interessierte ihn jedes Wort, das über Lioba fiel, brennend.

Schult stand auf und holte sich eine Flasche Bier. Ohne Arved davon anzubieten, öffnete er sie mit einem Schlüssel und trank aus der Flasche, bis sie halb leer war. Er stellte sie auf dem Boden ab und wischte sich mit der Hand über den weißschaumigen Mund. »Ich habe nichts gegen Bücher, aber muss man sich mit einem solchen verdummenden Quatsch wie Esoterik abgeben? Lioba hatte es sich angewöhnt, regelmäßig durch die Buchhandlungen und Antiquariate von Trier zu streifen. Damals gab es noch ein großes Antiquariat in der Simeonstraße, das schon lange nicht mehr existiert. Dort war man auf Okkulta spezialisiert. Sie hat mit meinem Geld eine Menge gekauft. Erst war es mir egal. Hauptsache, sie kifft nicht mehr und bleibt bei mir, habe ich gedacht. Und dann hat sie in dem Laden eine Stellung angenommen. Natürlich hat das Antiquariat auch mit anderen Büchern gehandelt, aber es war berühmt für seinen Esoterik-Schrott. Sie hat diese Abteilung betreut. Wie sie an den Job gekommen ist, weiß ich nicht, denn damals hatte sie noch keine Ahnung von alten Büchern. Ich vermute, sie hat die Beine breit gemacht.«

Arved stieg die Galle hoch. Sollte er sich diese Beleidigungen seiner Freundin weiter anhören? Doch ein Wurm begann sich durch seine Gedanken zu fressen. Er sah Lioba vor sich, wie sie jetzt war – und er versuchte sich vorzustellen, wie sie vor zwanzig Jahren ausgesehen haben mochte. Wie sie sich damals gab, wie sie sich kleidete, wie sie redete. Was war, wenn auch nur ein Körnchen Wahrheit in Schults gehässigen Worten steckte? Er stellte fest, dass er es nicht glauben wollte. Er wollte sie nur so sehen, wie sie jetzt war: zupackend, erfrischend anders, schön, verlässlich, aufregend. Bevor er sich noch zu einer Reaktion durchringen konnte, redete Schult weiter.

»Sie hat schnell gelernt. Und viele neue Leute kennen gelernt. Manchmal habe ich den einen oder anderen zu Gesicht bekommen, wenn ich bei ihr im Laden war. Seltsame Typen, kann ich Ihnen sagen. Halt Leute, die sich mit diesen komischen Themen befassen: Hexenwesen, Magie, Teufelsglaube, Satanismus, Zauberei und so weiter. Und in einen davon hat sie sich verliebt. Als ob sie mit mir nicht hätte glücklich sein können!« Plötzlich sah er furchtbar verzweifelt aus. Er stellte die Beine nebeneinander, stützte den Kopf mit den Händen und schaute zu Boden. »Aber dieser Typ war der Verrückteste von allen. Hat sich tief in die dunklen Künste verstrickt. Zu tief.« Er schaute wieder auf. Seine Blicke trafen sich mit denen von Arved, dem es kalt den Rücken hinunterlief. »Er hat sich umgebracht.«

»Wie schrecklich«, sagte Arved in aufrichtiger Teilnahme. »Und dann ist Lioba zu Ihnen zurückgekehrt?«

»Verdammt, nein!« Schult schlug sich mit der Faust auf den Schenkel. »Wir waren zwar schon geschieden, als er starb, aber ich habe natürlich noch einmal einen Versuch gemacht, als ich von Victors Tod hörte.« Er schwieg.

»Und?«, fragte Arved.

»Entweder hatte sie schon wieder einen anderen, oder sie wollte mir eins auswischen. Jedenfalls hat sie mich abblitzen lassen. Kurz darauf hat sie ihr eigenes Antiquariat aufgemacht, als Antiquar Kornmann seinen Laden schließen musste. Sie hat eine Menge Bücher zu einem guten Preis kaufen und sich damit einen Grundstock zulegen können. Das mit dem Selbstmord ist jetzt fast sieben Jahre her. Zehn Jahre waren wir glücklich verheiratet – zumindest hab ich es damals so gesehen, trotz ihrer Eskapaden. War wohl ein Irrtum.« Er bückte sich, nahm die Bierflasche vom Boden und trank sie in einem Zug leer. Dann warf er sie achtlos hinter sich, wo sie mit einem dumpfen Geräusch gegen einen offenbar weichen Gegenstand traf. »Keine Ahnung, wie oft mich die Schlampe in der Zeit betrogen hat. Da war noch so ein Journalist, mit dem sie oft herumgehangen hat. Und wer weiß noch alle. Will's auch gar nicht wissen.«

In Arveds Kopf schäumte es. Das war nicht die Lioba, die er kannte. Das war keine Frau, die er lieben konnte. Doch er liebte sie. Jetzt war es heraus! Zum ersten Mal hatte er es vor sich selbst eingestanden. Und dann in Gegenwart dieses Rüpels! Was immer zwischen Lioba und ihm vorgefallen war, musste Schult selbst verantworten. Es musste seine Schuld gewesen sein. »Und was ist danach mit Ihnen passiert? Sie waren doch Beamter, oder?« Arved sah sich demonstrativ in dem müllhaldenartigen Raum um.

»Ha!«, krächzte Schult. »Wissen Sie etwa, wie es ist, wenn man die Frau verliert, die man über alles liebt? Wissen Sie, wie egal einem alles wird? Wie es ist, wenn man morgens aufwacht und feststellt, dass sie nicht mehr da ist, dass sie nie mehr da sein wird, alle Tage bis ans eigene Ende? Ja, ich hab angefangen zu trinken. Das hätten Sie auch getan. Das tut jeder. Und irgendwann verliert man seinen Job, auch wenn man Beamter ist. War mir halt egal. War mir alles egal. Erst sind es nur Strafversetzungen, aber wenn man da nicht auftaucht, ist Schluss. Hab mich sogar umbringen wollen, wie ihr Galan damals. Vielleicht hätte sie das aufgerüttelt. Ich hab kein Geld mehr gehabt, hab die Miete nicht mehr zahlen können und auf der Straße gesessen. Ein ganzes Jahr lang. Zuerst bin ich um ihr Haus herumgeschlichen, das sie sich bald mit dem Geld von ihren verqueren alten Büchern hat kaufen können. Aber ich wollte sie nicht sehen. Verdammt, ja, ich hab mich geschämt. Was glauben Sie, wie schlimm es für mich war, als sie plötzlich mit Ihnen im Schlepptau auftauchte? Wie peinlich! Und deshalb hab ich Sie angerufen. Wollte ich einiges zurechtrücken. Eigentlich sind Sie ein netter Kerl. Nehmen Sie sich vor Lioba Heiligmann in Acht. Einen besseren Rat werden Sie in Ihrem ganzen Leben nicht mehr kriegen.« Er sackte in sich zusammen.

Arved glaubte schon, er sei eingeschlafen, doch er war wohl nur erschöpft. Er tat Arved Leid. Was immer er getan haben mochte, das hier hatte er wohl kaum verdient. Er spürte, wie Liobas Bild in ihm in die Ferne rückte, wie sich seine schüchterne Leidenschaft für sie schlagartig abkühlte. Wie hatte sie zulassen können, dass so etwas passierte? »Haben Sie nun wieder Arbeit?«, fragte Arved vorsichtig.

»Arbeit?« Schult richtete sich auf und sah ihn verständnislos an. »Glauben Sie, ich wäre hier, wenn ich Arbeit hätte? Ich bin schon heilfroh, dass man mir diese Wohnung verschafft hat und ich nicht mehr auf der Straße schlafen muss. Aber ich werde aufhören mit dem Alkohol und dann werde ich auch wieder arbeiten. Dazu brauche ich Lioba nicht!«

Arved dachte an sein ererbtes Geld. Manfred Schult war ihm zwar zuwider, aber durfte er es zulassen, dass dieser Mann in solchem Elend lebte? »Kann ich Ihnen helfen?«, wagte er zu sagen.

»Sie bestimmt nicht. Und auch sonst keiner. Ich brauche niemanden. Jeder, der mir helfen will, kriegt eins in die Fresse!«

Damit war die Frage einer Spende für Arved geklärt. »Ich glaube, ich sollte jetzt gehen«, sagte er und stand auf. Er bückte sich, nahm sein Buch an sich und schickte sich an, die furchtbare Wohnung zu verlassen.

»Warten Sie!«, rief Schult von seinem Sessel aus. »Ich hab noch was für Sie.« Er erhob sich ebenfalls, schwankte ein wenig und schlich dann in den Flur. Dort öffnete er einen großen, begehbaren Abstellschrank, in dem ein ähnliches Tohuwabohu wie in der übrigen Wohnung herrschte, und kramte auf einem der Regale herum. Als er nicht sofort fand, was er suchte, schaltete er das Licht ein.

Es war ein etwa anderthalb Meter breiter und zweieinhalb Meter langer, fensterloser Raum, an dessen rechter und linker Wand Regale verliefen, die mit allerlei Müll vollgestopft waren. Die ganze Wand gegenüber der Tür nahm ein gewaltiger Spiegel in einem dünnen Goldrahmen ein, der das Licht der nackten Glühbirne reflektierte und am facettierten Rand zu Tausenden von Farbsplittern brach.

Endlich hatte Schult gefunden, was er gesucht hatte. Es war ein kleines Messingherz mit dem Bild einer viel jüngeren, schelmisch in die Kamera blickenden Lioba darin. »Da. Sie können es haben. Geben Sie es Lioba zurück oder behalten Sie es oder werfen Sie es weg. Ich will es nicht mehr haben.«

Arved nahm es an, fuhr ganz kurz mit den Fingern über die Fotografie und steckte es in die Hosentasche. Er deutete auf den Spiegel, der gar nicht zur übrigen Einrichtung passen wollte. Der aussah, als habe ihn der Vormieter, der diesen Raum für etwas ganz anders benutzt hatte, hier gelassen. »Ein schöner Spiegel ...«

Schult sah ihn an und kniff die Augen zusammen. »Ein Monstrum, wenn Sie mich fragen. Ich wollte ihn schon abreißen, aber er steckt fest in der Wand. Ist wie mit ihr verwachsen.«

»Also hat der Vormieter doch etwas zurückgelassen.«

»Ach so, jetzt verstehe ich: Ihr Schriftsteller. Möglich. Glaube nicht, dass hier jede Wohnung so ein Ding hat.«

»Darf ich ihn mir mal ansehen?«, fragte Arved.

Schult schwankte aus dem Kabuff und deutete mit großer Geste auf den Spiegel. »Bitte, gern. Wenn es Ihnen Spaß macht ...«

Arved betrachtete und betastete ihn eingehend. Erst jetzt sah er, dass in den Rahmen winzige Gesichter eingeschnitten waren. Nein, keine Gesichter, sondern Fratzen. Teufelsmasken.

Der Spiegel schien tatsächlich fest mit der Wand verbunden zu sein; er war wie eingemauert. Nirgendwo gab es einen Hohlraum im oder hinter dem Rahmen, wo man etwas hätte verstecken können. Was hoffe ich hier zu finden?, dachte Arved. Ist das überhaupt Thomas Carnackis Spiegel? Wenn ja, hatte er nun – außer dem Buch – zum ersten Mal etwas berührt, was dem Schriftsteller gehört hatte. Er kam ihm näher.

Etwas flackerte in dem Spiegel. Arved trat verwundert einen Schritt zurück. Er sah sich selbst in abwehrender Haltung, die Arme leicht vorgestreckt – und daneben noch jemanden. Zuerst glaubte er, es sei Manfred Schult, doch als er einen Blick über die Schulter warf, stellte er fest, dass Schult verschwunden war. Er drehte sich wieder um – und da waren erneut die beiden Gestalten im Spiegel. Arved konnte sich selbst deutlich erkennen, die Person daneben war aber kaum mehr als ein Schatten. Ein Schatten mit langen grauen Haaren, die herunterhingen, als seien sie tropfnass.

12. Kapitel

Arved fühlte sich, als tappe er in einem Labyrinth umher, und hinter jeder neuen Biegung verbarg sich etwas Entsetzliches. Mit dem Buch unter dem Arm stand er vor Liobas altem Haus in der Krahnenstraße und schaute an der Fassade hoch. Die beiden Sprossenfenster neben der Tür des Giebelhauses waren gesprenkelt von Regen und Staub, die beiden Fenster im ersten Stock starrten schwarz auf die Straße, und das winzige Bodenfenster darüber war wie das Auge eines Zyklopen. Der Efeu wirkte welk; das Haus machte einen unbewohnten Eindruck. So hatte Arved es noch nie wahrgenommen.

Lioba schien nicht da zu sein. Arved biss sich auf die Lippe. Es gab so vieles, worüber er mit ihr sprechen wollte: über das Buch, den Spiegel, die Phantome, ihre Vergangenheit ...

Vor allem über ihre Vergangenheit.

Er glaubte nicht, was ihr Ex-Mann über sie erzählt hatte. Er wollte es nicht glauben. Denn er hatte sich in diese seltsame, burschikose, Zigarillo rauchende, Bergsteigerschuhe tragende ältere Frau mit ihren geblümten Kleidern und ihrer unverblümten Rede verliebt. Das wusste er seit seinem Besuch in Schults Müllwohnung. Lioba war der Halt, den sein Leben brauchte. Sie war das Licht, das es benötigte. Und sie war die Schönheit, die es bestrahlte und beflügelte.

Er hatte schon einmal geliebt, doch es war lange her, in der untergegangenen Jugend. Es war ein Rausch gewesen, ein Gefühl von Zartheit und Stärke, von Wollust und Vergehen, von Traum und Erfüllung. Doch er hatte geglaubt, seine Berufung sei stärker. Also hatte er sich nach einigen Monaten des Tanzes in den Sternen von Alexandra getrennt. Sie hatten beide gewusst, dass es nicht für immer sein konnte, aber in ihm war eine entsetzliche Leere zurückgeblieben. Danach hatte er sich in sein Studium gestürzt und alle aufkeimenden Liebesgefühle unterdrückt. Einmal hatte er sich noch zu einer Mitstudentin hingezogen gefühlt, auch sie hatte ihm Zeichen gegeben, doch er sperrte sein Herz hinter Stacheldraht und hohe Mauern. Dort war es lange Zeit vor sich hingekümmert – bis Lioba in sein Leben getreten war. Es war ihm gleichgültig, dass er zwar vom Dienst suspendiert, aber noch nicht laiisiert war und es vermutlich auch niemals sein würde. Wenn es einen Gott gab – woran Arved trotz seiner Erlebnisse im Fall Magdalena Meisen noch immer zweifelte –, dann war es ein Gott der Liebe.

Er wusste nicht, wie er Lioba seine Gefühle gestehen sollte. Er fürchtete sich davor, dass sie nicht erwidert wurden, dass sie ihn auslachen oder ihm gütig über die ausgedünnten Haare streicheln würde. Er hatte keine Ahnung, wie er sich von einem solchen Schlag erholen sollte. Also wollte er zuerst mit ihr über den Spiegel reden. Und dann über das, was Manfred Schult ihm erzählt hatte. Wenn sie wirklich so war, wie er behauptete, konnte sich Arved an Lioba die Finger verbrennen. Dann wäre sie nicht seine Rettung, sondern sein Untergang. Er brauchte Gewissheit.

Aber sie war nicht zu Hause.

Unschlüssig trat er einige Schritte zurück, schaute nach rechts und nach links und ging schließlich in Richtung Innenstadt. Als er schon in der Johannisstraße war, kurz hinter dem Antiquariat *Zaunmüller*, sah er Lioba. Sie kam ihm entgegen, mit weit ausholenden Schritten, in einem grünen Faltenkleid mit rosa Blümchen, das sie bestimmt aus der Kleiderkammer der Borromäerinnen bekommen hatte. Wie wundervoll sie in einem Kostüm oder einem modernen Kleid aussehen würde, dachte Arved. Aber eigentlich wollte er sie so, wie sie war ...

»Wollten Sie zu mir?«, fragte Lioba, bevor sie ihm die Hand hinstreckte.

Arved ergriff sie und drückte sie herzlich. Etwas wie ein schwacher elektrischer Strom durchpulste ihn. »Ja ...« Das Wort schwebte zwischen ihnen in der Luft, bis es schließlich leicht wie eine Feder zu Boden schwebte.

Lioba deutete auf das Buch unter seinem Arm. »Gehen Sie inzwischen schon nicht mehr ohne das Schattenbuch auf die Straße?«, fragte sie und lächelte ihn schelmisch an.

Ihr Gesicht war pures Licht. Welche Dunkelheit verbarg es? Manfreds gehässige Bemerkungen drängten sich wieder in den Vordergrund. »Es ist ... ich war bei ... Manfred Schult.«

Das Lächeln verschwand so rasch aus Liobas Gesicht, als ob es ausgeknipst worden wäre. »Warum?«

»Er hat mich angerufen. Es gibt da einiges, worüber ich mit Ihnen reden will.«

»Gut. Gehen wir ins Café.«

Arved war enttäuscht. Er hätte viel lieber in Liobas wunderbarem Bücherwohnzimmer gesessen und seine Sorgen mit ihr besprochen. Ein Café war ein viel zu öffentlicher Raum dafür. Doch was blieb ihm übrig? Er zuckte die Achseln und trottete neben Lioba her, die sofort umgedreht hatte. Sie überquerten die Brückenstraße, betraten die Fußgängerzone, liefen schweigend nebeneinander her, bis Lioba zielstrebig das Café *Mohr* enterte. Anders konnte Arved ihr zielstrebiges Auftreten nicht beschreiben und ein kleines Grinsen legte sich auf sein Gesicht. Das Personal schien sie zu kennen und nickte ihr freundlich zu. Sie setzten sich einander gegenüber auf eine der halbrunden, mit hellem Leder bezogenen Bänke. Lioba bestellte einen Cappuccino und ein Stück Mokka-Sahne, Arved einen Milchkaffee und eine Herrentorte. Da Lioba weiterhin schwieg, ließ er kurz die Blicke schweifen. In angedeuteten Rundbogenfenstern in den Wänden steckten postmoderne blaue Lampen, ein Mohr hielt auf einer Balustrade einen Leuchter mit drei Glühbirnen, und im hinteren Teil des lang gestreckten Raumes hing ein großer Spiegel mit einem barocken Rahmen. Er sah Lioba und sich darin und musste an den seltsamen Spiegel in Schults Kammer denken.

Sie schwiegen, bis das Bestellte kam. Nachdem Lioba einen ersten Schluck genommen hatte, schien es ihr besser zu gehen. »Also, was ist los?«, fragte sie und sah Arved scharf an.

»Er ... er hat einen Spiegel, der vermutlich unserem pseudonymen Thomas Carnacki gehörte«, begann er und hielt sich an der Kaffeetasse fest, deren Hitze er kaum spürte.

Lioba wurde sichtlich ruhiger, ihr Blick sanfter. »Das ist ja interessant, aber bestimmt bringt es uns nicht weiter, oder? Haben Sie den Spiegel untersucht?«

»Ja. Ich habe nichts gefunden.« Arved machte eine Pause und schaute in seinen Milchkaffee. Er rang mit sich, ob er etwas von der phantomhaften Gestalt in dem Spiegel sagen sollte. Seit er Manfred Schult verlassen hatte, war ihm das gespensterhafte Wesen nicht mehr begegnet. Er wusste selbst nicht, ob da wirklich etwas gewesen war. Er schüttelte den Kopf. Natürlich wusste er es. Da war nichts. Nichts als Einbildung. Lioba würde ihn auslachen, wenn er es ihr erzählte. Kurz schaute er sich in dem Café um. Ältere Leute saßen hier, aber auch einige Schüler, die vielleicht eine Freistunde auf diese Weise verbrachten oder gleich die Schule schwänzten, eine Frau mit einem unglaublich kleinen Kopf fütterte ihren Pekinesen, der erbärmlich zitterte, mit Nusskuchen, ein älteres Paar unterhielt sich angeregt, aber es war deutlich zu sehen, dass es kein Ehepaar war, denn bei all ihren Bewegungen und Gesten war eine unsichtbare Grenze zwischen ihnen, die keiner von beiden zu überspringen wagte, obwohl sie es bestimmt gern getan hätten. Arved fragte sich, was er und Lioba wohl für ein Bild abgaben.

»Sie haben also nichts entdeckt«, nahm Lioba den Faden wieder auf. »Dann ist das der Endpunkt unserer Suche. Näher werden wir an diesen Carnacki nicht herankommen. Es bleibt uns nichts anderes übrig als aufzugeben.«

Arved traute seinen Ohren nicht. Hatte Lioba das wirklich gesagt? Sie, die so versessen auf diese Suche, auf diese Nachforschungen gewesen war? Er blickte sie erstaunt an. »Warum?«

»Haben Sie einen Vorschlag, wie es weitergehen soll? Der Spiegel war eine Sackgasse, wenn ich mich so ausdrücken darf. Eine weitere Spur haben wir nicht mehr. Was wollen Sie denn noch tun?«

Sie hatte Recht. Die Kellnerin brachte den Kuchen. Arved nahm ein Stück, schmeckte ihn kaum, so aufgeregt war er. »Sie haben das Schattenbuch immer noch nicht gelesen. Das sollten Sie tun; vielleicht kommt Ihnen dann noch eine Idee.«

Lioba warf die Gabel auf den Kuchenteller. Es klapperte so laut, dass das ältere Nicht-Paar verärgert aufschaute und der Pekinese kurz bellte. Die Jugendlichen im hinteren Teil kicherten. »Das werde ich nicht tun!«, sagte sie heftig.

Arved begriff gar nichts mehr. »Was ist denn plötzlich los?«, fragte er verwirrt.

Lioba schien mit sich zu ringen, aber sie blieb stumm. Schweigend aßen sie ihren Kuchen, jeder in seiner Gedankenfestung eingekerkert. Arved wusste nicht, wie er mit dem beginnen sollte, was ihm so im Herzen brannte. Und er wusste nicht, wie er Liobas Weigerung verstehen sollte, weiter nach dem seltsamen Schriftsteller zu suchen. Da fiel ihm ein, dass er über seinen Gefühlsaufregungen das Auto mit dem komischen Trierer Kennzeichen völlig vergessen hatte. Er fragte Lioba danach.

»Auch eine Sackgasse«, sagte sie rasch.

»Haben Sie Nachforschungen angestellt?«

»Ja. Erinnern Sie sich noch an Jochen W. Martin, den Journalisten des *Kölner Rundblicks*?«

Arved schob den Teller von sich und nickte. Er dachte daran, was Schult über ihn gesagt hatte.

»Von ihm habe ich – zugegeben unerlaubterweise – den Halter des Wagens erfahren. Aber er konnte uns auch nicht weiterhelfen.«

»Sie waren bei ihm? Und das sagen Sie erst jetzt? Er muss sich doch an Carnacki erinnern!« Arved wusste nicht, ob er enttäuscht oder wütend sein sollte. »Wie sah er aus?«

Lioba schien seine erneut aufgeflammte Begeisterung zu amüsieren. Sie lächelte ihn an, und sein Herz klopfte schneller.

»Er hatte angeblich graue Haare, roch schlecht und war ein älterer Mann.«

»Vampyr?«

Lioba zuckte die Achseln. »Er trug keine Sonnenbrille und hatte die Haare auch nicht zu einem Pferdeschwanz zusammengebunden. Ansonsten hätte er es sein können. Aber Abraham Sauers Beschreibung wird wohl auf einige Millionen Menschen zutreffen.«

»Was wollte Carnacki von diesem ... Sauer heißt er?«

»Das ist nicht wichtig. Zumindest führt es uns nicht weiter.«

»Wollen Sie nicht offen zu mir sein, oder können Sie es nicht?«, fragte Arved beleidigt.

»Ich höre Missmut in Ihrer Stimme«, meinte Lioba nachdenklich. »Sauer ist ein merkwürdiger Mensch. Es war ihm nicht zu entlocken, ob er Carnackis Aufenthaltsort kennt.«

»Welche Beziehung besteht zwischen ihm und Sauer?«, versuchte Arved es noch einmal.

Lioba seufzte auf und kramte einen Zigarillo aus ihrer Handtasche. Nachdem sie einige Züge gemacht hatte, sagte sie: »Es ging nur um ein Buch. Sauer ist Sammler ...«

»Ein Buch?«, unterbrach Arved sie. »Was für ein Buch?«

Sie zögerte eine Sekunde zu lang. »Unwichtig.«

»Das glaube ich Ihnen nicht.«

»Es ging nicht um unser Schattenbuch ...«

»Vielleicht um ein anderes Buch des Autors?«

»Warum sind Sie so besessen von diesem Autor und seinen Büchern?«, fragte Lioba mit beinahe verzweifelter Stimme und sah Arved fest an.

»Das können Sie gar nicht nachfühlen, weil Sie das Buch nicht gelesen haben und es nicht einmal lesen wollen!« Er war sehr enttäuscht und fühlte sich verraten. Zuerst war es eine gemeinsame Suche gewesen, ein gemeinsames Projekt, doch jetzt wollte Lioba nicht mehr mitspielen. Ihre Gemeinsamkeit zerfiel, zerbröckelte ihm unter seinen Händen.

»Das ist auch besser so«, sagte Lioba leise und drückte den erst halb gerauchten Zigarillo im Aschenbecher aus.

Arveds Wut und Enttäuschung steigerten sich so sehr, dass er fast reflexartig ausstieß: »Ihr Mann hatte wohl Recht.«

Lioba kniff die Augen zusammen. »Womit?«

»Was er über Sie gesagt hat, war nicht schmeichelhaft.«

Lioba lachte schrill auf. Die Dame mit dem kleinen Kopf und dem kleinen Hund rief piepsend zu der Kellnerin, sie wolle bezahlen und gehen. »Das kann ich mir vorstellen.

Glauben Sie ihm kein Wort. Er war immer schon ein Aufschneider.«

Wie hatte er sich bloß zu diesen Worten hinreißen lassen können! Nun taten sie Arved bereits Leid.

»Er hat Ihnen gesagt, dass ich ihn betrogen habe. Mit allem, was eine Hose trägt. Bestimmt hat er auch über Jochen Martin hergezogen.«

Arved nickte langsam.

»Dieses paranoide Schwein! Manfred meine ich damit. Jochen liebt seine Frau so sehr, dass er niemals eine andere ansehen würde. Wenn es einen treuen Menschen gibt, dann ihn. Das ist einer der Gründe, warum ich ihn so sehr schätze. Er ist der beste Freund, den ich habe. Hat Manfred Ihnen übrigens auch gesagt, dass er mich betrogen hat?«

Arved spürte, dass er rot wurde. Er schüttelte den Kopf.

»Mit seiner Sekretärin. Das lächerlichste aller Klischees! Mich wollte er zu Hause einsperren; nur seinetwegen habe ich den Lehrerberuf an den Nagel gehängt. Na gut, es gab da Probleme, die meinen Ausstieg aus dem Beamtendasein beschleunigt haben, aber eigentlich wollte ich kein Heimchen am Herde sein. Und so habe ich mir eine Stelle gesucht, als ich es in unserem trauten Haus nicht mehr ausgehalten habe. Was ist daran schlimm?«

Arved setzte vor Verlegenheit die Tasse an die Lippen und ließ sich die letzten Tropfen über die Zunge rinnen.

»Wollen Sie sie auspressen? Oder lieber noch eine bestellen? Ich lade Sie ein. Marlene, noch einen Milchkaffee für den Herrn!«

Gekicher vom Tisch der Jugendlichen.

Lioba fuhr fort: »Manfred kommt aus einem sehr problematischen Elternhaus. Die Mutter war Trinkerin und ist an Leberzirrhose gestorben, und der Vater wurde daraufhin depressiv. Er ist ebenfalls schon lange tot. Manfred hatte einen Bruder, der irgendwie auf die schiefe Bahn geriet. Wie das so geht: Erst sind es Autoaufbrüche, dann Wohnungseinbrüche, dann zwielichtige Bekanntschaften, dann härtere Sachen. Er ist in Ausübung seines Berufes erschossen worden.«

Arved schluckte. »Das ist ja schrecklich.« Er flehte die frische Tasse Kaffee herbei. Als sie kam, hielt er sie fest, als wolle er sie nie wieder loslassen. »Manfred scheint jetzt ebenfalls unten angekommen zu sein – wofür er Ihnen die Schuld gibt«, sagte er leise.

Lioba machte eine wegwerfende Handbewegung. »Klar, er hat Ihnen bestimmt gesagt, dass er mit dem Trinken angefangen hat, nachdem er rausgekriegt hat, dass ich ihn betrüge.« Sie machte eine bedeutungsvolle Pause.

»Allerdings.«

»Tatsache ist, dass er schon vorher Alkoholiker war. Er wollte anders als seine Mutter, als sein Vater und sein Bruder sein. Wenigstens war er damals nicht kriminell, aber er war depressiv und hat getrunken. Er schrie zu Hause rum, warf die Möbel durcheinander, und wenn ich Widerworte gab, ging er auf mich los. Damals konnte ich ihm nicht helfen. Und professionelle Hilfe wollte er nicht. Jetzt scheint er endgültig abgerutscht zu sein und alle schlechten Familieneigenschaften, die er bei sich immer unterdrückt hatte, auszuleben.«

Arved überkam eine Welle des Mitleids mit Lioba. All seine Zweifel an ihr schwanden dahin. Aber, flüsterte es in ihm, was ist mit ihrer früheren Vergangenheit? Mit ihrem wilden Leben?

Lioba redete weiter, während sie an Arved vorbei in die Vergangenheit zu blicken schien. »Mein Job im Antiquariat *Kornmann* war die Rettung für mich. Und als dann noch Victor in mein Leben trat, sah es eine Zeit lang so aus, als ob alles wieder ins Lot käme.« Ihre Augen wurden feucht. »Victor war einer unserer Stammkunden, und ich habe ihm viele seltene Bücher über Magie und Hexerei beschafft. Darüber sind wir uns näher gekommen. Es war eine wunderbare Zeit, auch wenn ich in der ersten Zeit ein Doppelleben führen musste. Victor war so sanft, so zärtlich, intelligent und rücksichtsvoll. So ähnlich wie Sie.« Sie sah ihn immer noch nicht an. Arved lief es kalt über den Rücken – wohlig kalt. Doch dann wurde Liobas Blick wieder fest, als habe er etwas eingefangen. »Manfred hat es dann herausbekommen und wollte die Scheidung. Ich auch, deshalb ging es schnell. Dann habe ich nur noch für meine Liebe zu Victor gelebt, auch wenn wir weiterhin getrennte Wohnungen hatten. Daher habe ich erst zu spät bemerkt, wie tief er in den okkulten Untergrund eingetaucht war, von dem Sie ja bei unserem früheren gemeinsamen Abenteuer auch schon ein Zipfelchen gesehen haben. Victor hat sich zu weit vorgewagt. Irgendjemand muss ihn bedroht haben – mit magischen Mitteln. Zauberpuppen, Verwünschungstexte, Sie wissen schon. Victor war sehr empfänglich für so etwas. Irgendwann hat er es nicht mehr ausgehalten, zumal ihm ein paar sehr seltsame Dinge zugestoßen sind. Er hat sich eines Nachts in der Mosel ertränkt, nachdem er seine Kleidung ausgezogen und säuberlich zusammengefaltet auf die Römerbrücke gelegt hatte, damit sie keinen Schaden nahm.« Sie musste lächeln, gleichzeitig wurde ihr Blick wieder feucht, und die Augen röteten sich. »So war er halt.«

»Weiß man, wer ihn in den Tod getrieben hat?«

»Nein. Die Polizei hat die Ermittlungen rasch eingestellt, da ihrer Meinung nach keine Straftat vorlag. Rösten sollte man diese Burschen! Danach kam Manfred wieder angekrochen, weiß der Teufel, woher er es gewusst hat, aber er war mir inzwischen so zuwider, dass ich ihn sofort rausgeworfen habe. Bei all meinen Entscheidungen damals hat mir Jochen Martin geholfen. Ich weiß nicht, ob ich es ohne ihn überhaupt geschafft hätte. Er war der Einzige, auf den ich mich immer verlassen konnte. Ich habe das Haus gekauft, in dem ich jetzt wohne, und meinen eigenen Laden aufgemacht. Geschieden war ich ja schon. Damals hatte ich mir geschworen, alle möglichen gefährlichen Bücher aufzukaufen und dafür zu sorgen, dass sie in die richtigen Hände geraten.« Sie zog eine Schnute. »Irgendwann war es mir aber egal. Sie glauben ja nicht, was für abgefahrene Typen in diesem Gebiet wildern. Und welche Gewinne man machen kann! Wenigstens spende ich den größten Teil meiner Einnahmen, soweit ich sie nicht in neue Bücher stecke.«

Jetzt hatte sie zu einem anderen Thema gefunden und redete wieder ohne Punkt und Komma. Arved kam gar nicht dazu, auf seine Herzensangelegenheiten einzugehen. Lioba schien unendlich froh zu sein, dass sie das Gespräch in belanglosere Gebiete hatte lenken können. Arved brachte es nicht über sich, sie zu unterbrechen. Er hörte ihr zu und versuchte, sie sich zwanzig oder gar dreißig Jahre jünger vorzustellen. Wie sie damals auch gewesen sein mochte, nun war sie anders. Er hätte Manfred Schult erwürgen können. Doch auch er war offenbar eine tragische Gestalt.

Als Lioba einiges aus ihrem Bücherleben erzählt hatte, winkte sie die Kellnerin herbei und zahlte für beide. Arved bot sich an, sie wenigstens bis zu ihrem Haus zu begleiten.

»Ich bin eigentlich noch nicht so gebrechlich, dass ich den Schutz einer starken Hand benötige«, sagte Lioba. »Aber wenn Sie wollen ...«

Vor ihrem Haus hielt er ihr das Schattenbuch entgegen. »Bitte, bitte lesen Sie es.« Sie zuckte davor zurück wie vor einer Giftschlange. Dann sah sie Arved lange an und schien in seiner Seele herumzublättern. Schließlich nahm sie das Buch und durchbohrte ihn mit einem auffordernden Blick.

»Ich wollte Ihnen noch ... etwas ... das ich nicht ... wie soll ich es sagen ...«, stotterte er.

Sie machte einen Schritt auf ihn zu und küsste ihn leidenschaftlich. Er erwiderte ihren Kuss, drückte sie an sich, wie ein Ertrinkender ein Stück Treibholz ergreift, und spürte die Hitze ihres Körpers ganz nah bei sich. Doch dazwischen presste sich das Schattenbuch gegen seinen Brustkorb.

Lioba ließ ihn los. Er rang nach Luft. »Gar nicht so schlecht für den Anfang, Arved«, sagte sie etwas atemlos. »Ich ruf dich morgen an.« Schneller, als er sich regen konnte, war sie im Haus verschwunden.

Und das Schattenbuch mit ihr.

13. Kapitel

In Hochstimmung hielt Lioba ihr Feuerzeug an das Schattenbuch. Sie fühlte sich, als habe sich eine Tür in ihrem Leben geöffnet – nein, keine Tür, sondern ein Portal, eingefasst in Gold und Silber, und dahinter lag ein gelobtes Land. Sie spürte noch Arveds Zunge in ihrem Mund, spürte noch die Wärme seines Körpers, sein Verlangen, seine Leidenschaft, zu der sie ihn kaum fähig gehalten hatte. Was willst du eigentlich?, fragte es in ihr. Einen Sohn, den du bemuttern kannst, oder einen Mann? Arved war mindestens zehn Jahre jünger als sie, aber was machte das schon? Zu wenig, um wirklich als ihr Sohn zu gelten. Wie alt fühlst du dich? Wieder jung.

Die Flamme züngelte um den Einband, betastete ihn, schreckte zurück. Lioba schlug das Buch im Waschbecken auf, hielt das Feuerzeug an die Seiten, aber sie brannten nicht. Alle Liebesgefühle wichen für den Augenblick. Lioba ging in ihr Arbeitszimmer, trug einiges an Zeitungen und Magazinen zusammen, warf sie ins Waschbecken, nachdem sie das Schattenbuch daraus hervorgeholt hatte, und zündete sie an. Sie brannten sofort lichterloh. Dann warf sie das Buch hinein.

Die Flammen erloschen, als habe Lioba Wasser über sie gegossen. Das Schattenbuch lag geöffnet inmitten der verkohlten Zeitungen und schien zu grinsen. Lioba verließ das Bad und ließ sich schwer in ihren Sessel im Wohnzimmer fallen. Sie versuchte, ihre Gedanken auf Arved zu richten. Schon wollte sie ihn anrufen – inzwischen musste er wieder zu Hause in Manderscheid sein –, doch etwas hielt sie davon ab. Sie hatte ihn durch das Fenster neben dem Eingang beobachtet. Er hatte noch vor ihrem Haus gestanden, glückstrunken, mit einem weltverlorenen Lächeln auf den Lippen, dann war er gegangen. Geschwebt war eigentlich der bessere Ausdruck.

Hat das Zukunft?, fragte es bohrend in ihr. Er ist ein großer Junge, der allmählich erwachsen wird. Er braucht Halt und Liebe. Und du? Hattest du dir nicht geschworen, keinen Mann mehr anzurühren? Denk an Victor, der so vieles mit Arved gemeinsam hat. Denk an Manfred, an Jürgen, an Alexander. An all die anderen, damals. Damals. Es waren untergegangene Leben, viele. Jedes Mal erfolgte ein Untergang. Der nächste mit Arved? Sie spürte den Drang, ihr altes Leben zu verlassen – all diese Bücher, all die Rätsel – und wieder von vorn zu beginnen. Mit Arved. Sie dachte an seinen Blick, so tief, manchmal so verloren, so zärtlich und flehend. Sie dachte an seine sanfte Stimme. Und daran, wie sie hart geworden war, als er sie über ihr Vorleben ausgefragt hatte. Hart vor Enttäuschung. Es gab keinen Zweifel daran, dass er ihre Gefühle erwiderte. Warum also nicht? Was gab es zu verlieren? Das Schattenbuch hatte sie zusammengeführt, hatte aus Freundschaft Liebe gemacht. Vielleicht war es doch kein böses Buch.

Es wartete im Bad auf Lioba. Unzerstört, unzerstörbar. Abraham Sauers Schattenbuch hatte sie verbrennen können. Also musste nun er das ihre verbrennen. Aber heute war es zu spät dafür. Sie würde ihn gleich morgen früh aufsuchen und um seine Hilfe bitten.

In der Nacht träumte sie von Arved, es war ein erotischer Traum, und Arved verwandelte sich in Abraham, was sie sehr verwirrte.

Am Morgen zog sie das einzige Paar Halbschuhe an, das sie besaß, und dazu einen Rock und eine Bluse. Und sie schminkte sich – nicht nur die Lippen, sondern ein wenig Lidschatten, ein wenig Rouge, alles ganz dezent. Es machte eine andere Frau aus ihr. Was Arved schon bewirkt hat!, dachte sie. Oder war es Abraham? Wollte sie ihm nicht so bäuerisch wie beim letzten Mal begegnen? Warum denke ich über Sauer nach?, fragte sie sich. Arved verspricht mir auf meine alten Tage noch einmal das Glück. Aber zuerst musste dieses schreckliche Buch verschwinden, von dem sie fühlte, dass es zwischen ihnen stand. Erst wenn es vernichtet war, würde Arved das Interesse an seinem Autor verlieren. Erst wenn es vernichtet war, würde es keinen schlechten Einfluss mehr ausüben können. Dann waren sie frei.

Etwas in ihr flüsterte, dass es nicht so leicht war, wie sie es sich vorstellte.

In Abraham Sauers Haus wurde sie von seinem jungen, hübschen Diener begrüßt. Er empfahl ihr, in der Halle zu warten, bis Herr Sauer kommen würde. Kurz darauf stand sie dem alten Sammler gegenüber. Er trug einen Anzug, als wolle er ausgehen, und war sichtlich erfreut, Lioba zu sehen. Sie bemerkte, dass er ihre Erscheinung mit hochgezogenen Brauen und einem anerkennenden Lächeln betrachtete. Und sie bemerkte, dass es ihr gefiel. Durch Arved war ihr erst wieder bewusst geworden, dass sie durchaus noch keine alte Vettel war. Sie hielt ihm das Buch entgegen.

»Können Sie dasselbe für mich tun, was ich für Sie getan habe?«, fragte sie.

Er ergriff das Buch, ohne es anzusehen. »Es ist mir ein Vergnügen«, sagte er mit seiner dunklen Stimme. »Ich hoffe, Sie haben es nicht gelesen?«

»Nein.« Lioba dachte an Arved und spürte, wie ihr bange wurde. Aber was sollte das Buch ihm antun können – ihm, dem modernen Parzival?

»Sehr gut. Jonathan«, sagte er zu seinem Diener, der respektvoll im Hintergrund stand, »bitte verbrennen Sie dieses

Buch.« Er übergab ihm den Band, und Jonathan verschwand damit in den Tiefen des gewaltigen Hauses. »Da dies nun geklärt ist, bitte ich Sie, gleichsam als Belohnung, mir die Freude Ihrer Gegenwart zu schenken.« Er hielt ihr den Arm hin. Sie ergriff ihn, ohne recht zu wissen, was sie tat, und er führte sie hinein in das Labyrinth der Zimmer.

Ein leichter Brandgeruch durchzog nun das Haus. Sauer lächelte. »Es ist geschehen«, sagte er. »Jetzt brauchen Sie keine Angst mehr zu haben. Die Bedrohung durch das Schattenbuch ist Vergangenheit. Wir beide haben eine zweite Chance erhalten. Ich stehe tief in Ihrer Schuld, weil Sie mein Buch vernichtet haben, und ich bin froh, nun Ihnen behilflich gewesen zu sein.«

Er führte sie, wie ein Galan seine Angebetete zum Tanz führt. In einem der Bibliotheksräume machte er Halt und bot Lioba einen ausladenden englischen Ohrensessel an. Er selbst setzte sich ihr gegenüber auf einen zarten, mit Damast bezogenen Armlehnstuhl. Zwischen ihnen lag ein totes Feuer.

Abraham Sauers Blicke glitten an den Bücherregalen entlang. »Alles Ausgeburten menschlicher Phantasie. Wehe, sie werden Wahrheit«, sagte er leise. »Wir stehen an einem Abgrund, den wir nicht sehen und doch Wirklichkeit nennen. Nehmen Sie auch einen Sherry?«

Lioba nickte. Plötzlich wurde der Brandgeruch stärker. Sie drehte sich um. Jonathan stand hinter ihr. Er verneigte sich leicht und trug bereits zwei halbvolle Sherrygläser auf einem Mahagonitablett. Zuerst bediente er Lioba, dann Abraham. Als sich der Diener zu ihr hinunterbeugte, nahm sie einen seltsam süßlichen Geruch wahr, der hinter dem Brandgestank lauerte. Sie zuckte vor ihm zurück. Jonathan lächelte sie mit geschlossenen Lippen an. Es war wie das Lächeln der Schlange. Hatte Abraham das nicht bemerkt?

Sie wollte plötzlich fort von hier, hin zu Arved, das Leben mit ihm genießen, jetzt, da das Schattenbuch vernichtet war. Sie nahm einen Schluck. Der Sherry rann ihr heiß die Kehle hinunter. Er wühlte in ihr. Ließ sie jede Faser ihres Körpers spüren. Es war ein höchst angenehmes Gefühl. Abraham sah sie an. Sein Blick machte sie nervös. Er hatte etwas Saugendes, etwas Aufregendes, Knisterndes. Ihr wurde heiß – am liebsten hätte sie sich auf der Stelle ausgezogen.

Wenn er sich ihr nun näherte, würde sie sich ihm hingeben.

Sie schüttelte den Kopf, um diese seltsamen Empfindungen zu vertreiben. Dieses Haus wurde ihr zunehmend unheimlich. Hier war sie nicht mehr sie selbst.

Und sie genoss es.

Sie genoss das prickelnde Gefühl, sie genoss ihre Angst, sie war wie aus ihrem Leben herausgefallen, hinein in ein Zwischenreich, von dem sie nicht wusste, ob es Himmel oder Hölle war.

»Ich bin glücklich, dass Sie hier sind«, sagte Abraham durch den Vorhang ihrer Gedanken.

Lioba fühlte sich, als ertrinke sie in einem Meer von Fremdheit, von Unbegreiflichkeit. »Ich verstehe immer noch nicht, warum Sie das Buch nicht gelesen haben«, meinte sie. »Sie haben mir von Fällen berichtet, in denen der Kontakt mit dem jeweiligen Schattenbuch glimpflich verlief.«

Sauer sah sie an, wie ein Großvater das Kleine ansieht, das ihn gerade gefragt hat, warum Feuer gefährlich ist. »Es stimmt, dass in einigen Fällen der Leser keinen Schaden genommen hat. Aber wer garantiert, dass es gerade mir so ergehen wird? Solange man nicht wirklich weiß, was einem zum Verhängnis wird, ist es ein Spiel mit dem Feuer.«

Seine Stimme war so warm, versprach Geborgenheit, doch der hohe Raum, in dem sie saßen, und die unzähligen Bücher wirkten selbst auf Lioba einschüchternd. Es lag etwas Kaltes im Zimmer, obwohl draußen ein prächtiger Sonnentag war. Das Licht wurde durch die Bäume vor den beiden Fenstern gefiltert, und sie kam sich vor wie auf dem Grund des Meeres. Wie Blasen stiegen Gedankenpartikel auf, zerplatzten an einer imaginären Oberfläche, sanken zurück auf den Boden wie in einem ewigen Kreislauf. Die Wärme in Lioba ließ nach, verebbte, floss aus, und sie erkannte die Risse an der Decke und den wenigen Stellen der Wand, die nicht von Bücherregalen bedeckt waren.

»Sie sind eine beeindruckende Frau, Lioba Heiligmann«, sagte Sauer. Seine Worte waren wie ein Floß, das über das unruhige Wasser auf sie zutrieb. Seine Worte waren wie Arme, die sie liebkosten, wie Fangarme, die sich um sie schlangen.

Und zudrückten.

Die Bücher brüteten Dunkelheit aus. Manche der Aufschriften an den alten Leder- und Pergamenteinbänden konnte sie von ihrem Sessel aus lesen: *Necronomicon*, *Unaussprechliche Kulte*, *Das Buch von Eibon* und andere rätselhafte Titel, die allesamt von Autoren des zwanzigsten Jahrhunderts erfunden worden waren. Doch diese Bücher hier waren eindeutig älter. Lioba wollte den Sessel verlassen und sich das eine oder andere ansehen, doch sie wurde plötzlich so müde, dass ihr jede Bewegung unendlich schwer fiel.

»Alles, was sein kann, existiert«, hörte sie Abraham sagen. »Jede Gefahr, die denkbar ist, existiert. Ich wünschte, wir beide könnten uns gemeinsam diesen Gefahren stellen.«

»Ich muss gehen«, sagte Lioba unter Mühen, doch es war ihr unmöglich aufzustehen. Nach einer heftigen Anstrengung sackte sie zurück in das Lederpolster des Sessels.

»Wir haben ähnliche Ansichten, ähnliche Vorlieben, ähnliche Schicksale«, sagte Abraham Sauer. Sie schaute ihn mit müden Augen an. Sein graues und weißes Haar war wie eine Aureole, und in seinem Blick lag Verzweiflung.

»Nein«, sagte Lioba wie im Schlaf. »Sie ... kennen ... mich nicht.«

»Doch, ich kenne Sie. Sehr lange schon. Ich bewundere Sie schon seit langer Zeit.«

Lioba roch seine Liebe. Sie duftete süßlich, wie Lilien. Sie sah seine Liebe. Sie war grün, mit einem Stich ins Blaue. Sie hörte seine Liebe. Sie klang wie ein ferner Oboenton. Sie lechzte nach Liebe. Sie schrie nach Liebe, nach so langer Zeit. Sie kannte ihn nicht, doch wer kannte schon den anderen?

Eine der Gedankenblasen zerplatzte und legte ein Bild frei. Das Bild von Arveds Gesicht. Lioba glaubte, ihn nicht zu kennen. Hinter ihr quoll noch immer der Brandgeruch heran. Sie nahm an, es sei der Diener Jonathan. Nur mit großer Anstrengung gelang es ihr, sich umzudrehen und einen Blick über die Schulter zu werfen.

Jonathan war nirgendwo zu sehen. Hinter ihr befand sich niemand.

»Ich ... kann ... nicht«, sagte sie matt. Es war nicht Arveds Bild in ihr, es war nicht die Erinnerung an den leidenschaftlichen Kuss. Es war das dumpfe Gefühl einer Vorahnung – als ob sie dies hätte sagen müssen, um das Schicksal nicht durcheinander zu bringen. Sie kämpfte sich aus dem Sessel hoch. Abraham Sauer stand ebenfalls auf.

»Werde ich Sie wiedersehen?«, fragte er.

»Ich ... weiß nicht.«

»Jonathan wird sie hinausbegleiten.« Er sah aus wie ein geschlagener Hund.

Jonathan räusperte sich. Er stand hinter ihr, als ob er schon immer dort gestanden hätte. Sie hatte ihn nicht hereinkommen gehört. Schweigend verneigte er sich vor ihr und brachte sie durch die Zimmerfluchten zum Ausgang. Während sie sich von ihm verabschiedete, grinste er sie böse an.

Lioba atmete auf, als sie das Haus verlassen hatte und in der erfrischenden Sommerluft stand. Ihre Mattigkeit fiel wie ein alter Mantel von ihr ab. Sie ging über die kurze Auffahrt hinaus zur Straße, stieg in ihren Renault und fuhr los. Erst hinter den Kaiserthermen bemerkte sie, dass etwas auf dem Beifahrersitz lag.

Es war das Schattenbuch.

Vor Schreck bremste sie heftig. Hinter ihr hupte es wild. Ihr Herz raste. Sie fuhr den Wagen auf den Bürgersteig, was einen rasenden Radfahrer zu einer Klingelorgie und interessanten Schimpfwörtern hinriss, und starrte das Buch wie einen angriffsbereiten Skorpion an.

Es gab nur eine Erklärung. Der Diener Jonathan musste es ihr in den Wagen gelegt haben, statt es zu verbrennen. Woher aber war dann der Brandgeruch gekommen?

Und wie hatte Jonathan das Buch in das verschlossene Auto legen können?

Lioba legte den Kopf auf das Lenkrad und stöhnte laut auf. Allmählich wurde es ihr zu viel. Sie begriff nicht, was hier vor sich ging, und sie begriff ihre Gefühle nicht mehr. Lioba kurbelte das Fenster an der Beifahrerseite herunter und warf das Buch hindurch. Dann brauste sie wieder los.

Ihre Fahrt dauerte nicht lange.

Bereits in der Hindenburgstraße, in Höhe des Viehmarktplatzes, wurde sie von einem Polizeiwagen mit greller Sirene und zuckendem Blaulicht überholt, der sie zum Bremsen zwang. Ein Polizist stieg aus, kam langsam auf sie zu und klopfte gegen die Seitenscheibe. Wie in Trance öffnete Lioba das Fenster.

»Verzeihung, aber Sie haben vorhin etwas verloren.« Er hielt das Schattenbuch hoch. »Das Halten auf dem Radfahrweg möchte ich Ihnen ja noch durchgehen lassen ...« Einen Moment lang schaute der Beamte Lioba ein, er schien zu zögern. Dann fuhr er fort: »Ihnen scheint es nicht gut zu gehen. Sie sollten vielleicht nicht mehr weiterfahren, gute Frau. Schalten Sie besser den Motor ab und steigen Sie aus.«

Lioba gehorchte benommen. Sie nahm das Buch entgegen, bedankte sich murmelnd bei dem Polizisten, der ihr noch einen durchdringenden Blick zuwarf und dann wieder in seinen Wagen stieg, und begab sich zu Fuß nach Hause.

Es half kein Trittenheimer Altärchen, es half kein Zigarillo, es half nicht einmal ein Jim Beam. Sie hatte das Buch auf den Knien liegen, geschlossen, und starrte den makellos glatten und sauberen Ledereinband an. Dieses Buch war hartnäckig. Sie zweifelte nicht mehr an der Wahrheit von Abraham Sauers dunklen Behauptungen und Mutmaßungen. Drei Geschichten. Drei Schicksale. Arved kannte sie, aber er wusste nicht um die Bedrohung. Sie traute sich nicht, ihn anzurufen, denn sie war nicht mehr nüchtern. Was sollte er von ihr denken? Dass die wilden Geschichten, die Manfred ihm erzählt hatte, doch stimmten? Dabei wünschte sie sich so sehnlich, er wäre hier. Sie wollte ihn in den Armen halten, ihn spüren. Wie es wohl in Abrahams Umarmung wäre? Sie war hingerissen von seiner Schönheit, seiner Eleganz, und bestimmt war er sehr zärtlich.

Ihre Gefühle wurden wirr und wirrer. Auch die zweite Flasche Wein brachte keine Besserung. Lioba war nicht so betrunken, dass sich die Welt mit einem Schleier bekleidete und schön wurde, aber sie war zu betrunken, um noch einen Gast zu empfangen oder gar aus dem Haus zu gehen. Sie war zur Einsamkeit verdammt, obwohl ihr gestern und heute zwei Männer ihre Liebe gezeigt hatten. Der Abend brach gerade erst an, aber für Lioba war es schon Nacht. Es gelang ihr aus irgendeinem Grund nicht einmal, das Buch auf den Tisch zu legen. Sie blieb einfach sitzen, starrte immer wieder auf den Einband und schlug es schließlich auf. Das Titelblatt und die groben Holzschnitte kannte sie ja bereits. Was wäre verloren, wenn sie den Text las? Dann hatte sie etwas mit Arved gemeinsam. Ja, war sie nicht gar verpflichtet dazu, auf demselben Stand wie er zu sein? Er wollte, dass sie das Buch las, und Abraham wollte, dass sie es nicht tat. Es war also auch eine Entscheidung für den einen und gegen den anderen. Es war eine symbolische Wahl.

Sie begann zu lesen.

14. Kapitel

Arved lief auf Wolken zu seinem Wagen, fuhr auf Wolken nach Manderscheid – und stürzte aus den Wolken, als er die Diele seines Hauses betrat.

Lilith und Salomé, die beiden nachtschwarzen Katzen, nahmen mit kläglichem Miauen vor ihm Reißaus. So hatten sie sich nicht mehr verhalten, seit jenem Tag, als er sie das erste Mal hatte füttern müssen, weil er testamentarisch gezwungen worden war, sich ihrer anzunehmen. Er zog die Stirn kraus.

»Was ist denn mit euch los? Wollt ihr mir die gute Laune vermiesen?«, brummte er und ging hinter ihnen her. Er hatte gesehen, dass sie sich ins Wohnzimmer geflüchtet hatten. Dort aber fand er sie nicht. Sie hatten sich versteckt. Na, sie würden schon wieder hervorkommen, wenn es Futter gab.

Was für ein verrückter Tag! Erst die bösen Worte von Manfred Schult, dann die lange Kaffeehausunterhaltung mit Lioba und schließlich dieser Kuss, der ihm das Hirn leergefegt hatte. Warm durchpulste es ihn, als er an das Gefühl dachte, das ihr Körper bei ihm verursacht hatte. Er wollte mit ihr reden, wollte ihre Stimme hören, aber er traute sich nicht, sie anzurufen. Bis morgen, hatte sie gesagt. Bis dahin würde er träumen.

Als er die beiden Näpfe mit Bobbels füllte, kam keine der Katzen. Er goss frisches Wasser in das Schälchen zwischen den Näpfen, doch immer noch ließen sich weder Salomé noch Lilith blicken. Hatte er die Terrassentür offengelassen? Er hatte keine Angst mehr, dass die Katzen weglaufen könnten; inzwischen hatten sie sich daran gewöhnt, im Freien zu sein und dort ihre Abenteuer zu suchen. Immer fanden sie heim. Er ging ins Wohnzimmer. Die Terrassentür war geschlossen.

Als er in den Ecken des Zimmers nach den beiden stöberte, bemerkte er aus den Augenwinkeln einen schwarzen Blitz über den Boden fegen. Er drehte sich rasch um und sah gerade noch eine Schwanzspitze in die Diele huschen. Arved jagte ihr nach, doch als er in der Diele stand, war wieder einmal nichts Katzenartiges mehr zu sehen. Mit einem Kopfschütteln ging Arved in den Keller, zog sich die Wanderschuhe an und machte sich auf zu einem Abendspaziergang, weil er seine Gedanken und Gefühle ordnen wollte. Wenn die Katzen Hunger bekamen, konnten sie ja über ihr Futter herfallen.

Allmählich schmiegte sich die Dämmerung gegen das Land. Arved ging den Hohlen Weg hoch, vorbei an den Elefantenhäusern, wie die drei größeren Gebäude mit Ferienwohnungen im Volksmund genannt wurden, vorbei an dem kleinen, alten Wasserwerk, hinter dem er – bereits jenseits des Ortes – die Landstraße überquerte und hinunter zum Lieserpfad ging, den er immer mit der bizarren Schöpfung eines japanischen Landschaftsarchitekten verglich. Hier unten, auf dem schmalen Pfad, der sich an der Bergflanke entlangzog und einen atemberaubenden Blick auf das tiefe Tal der Lieser ermöglichte, war die Nacht bereits zum Greifen nah.

Arved ging bis zur Rulandhütte, einem hölzernen Schutzhäuschen, das wie ein Adlerhorst ins Tal vorsprang, und genoss dort das Verdämmern der Sommerfarben am gegenüberliegenden Hang. Erste Fledermäuse torkelten durch die Luft, eine späte Amsel sang irgendwo ihr letztes Abendlied in einer Baumkrone, und tief unten gurgelte die Lieser wie ein Bach im Hochgebirge. Hier war eine andere Welt.

Wo mochte Lioba jetzt sein? Was mochte sie jetzt fühlen? Was mochte sie jetzt tun? Arved konnte sich nicht erinnern, je einer so aufregenden Frau begegnet zu sein, auch wenn sie etliche Jahre älter war als er. Seine Mutter kam ihm in den Sinn. Verschwommen. Mama. Nicht Mama Adeltraut. Mama Adeltraut war seine Tante gewesen, die ihn nach dem tödlichen Autounfall seiner Eltern aufgenommen und so bigott wie möglich erzogen hatte. Wer ist Lioba für dich?, fragte er sich. Freundin? Geliebte? Mutter? Er wollte es nicht wissen. Wollte sich nur der Liebe hingeben. Vergessen in der Liebe finden. Und ein neues Leben.

Und dein Priestertum?, zischelte eine Stimme. Er fuhr zusammen. Die Stimme hatte nicht in ihm, nicht in seinem Kopf gezischelt. Sie war von außen an sein Ohr gedrungen. Er ruckte herum. Fast hatte er geglaubt, neben sich einen Schatten sitzen zu sehen, ein Schemen. Das Gespenst mit dem Schleier aus grauen Haaren vor dem Gesicht. Aber natürlich war da nichts. Irgendwo schrie ein Rabe.

Die Suche nach Thomas Carnacki hatte seine Nerven durcheinandergebacht. Er war gespannt, was Lioba zu dem Schattenbuch sagen würde. Er fand es schön, dass sie es nun auch las. Es schuf eine weitere Gemeinsamkeit.

Eine gemeinsame Besessenheit?

Er seufzte, schaute nach unten, lehnte sich zurück und legte die Arme auf das hölzerne Rückteil der Bank. Dabei berührte er etwas, das kein Holz war. Er zog die Hand fort, als habe sie einen elektrischen Schlag erhalten.

Es war etwas Weiches, Nachgebendes. Als er es berührte, sandte es eine Welle schrecklichen Gestanks aus, wie nach geöffneten Gräbern. Arved schaute nicht auf, saß reglos da und hörte, wie es sich neben ihm regte. Er wusste, wer dort saß. Was dort saß. Dann verflüchtigte sich der Gestank in einer Abendbrise, und sofort wusste Arved, dass es weg war. Er wagte aufzuschauen. Fast glaubte er auf der Bank neben sich einen feuchten, glitzernden Fleck zu sehen. Wie die Spur einer gigantischen Schnecke. Arved sprang auf und verließ mit hektischen Schritten die Hütte.

Die Dunkelheit machte den Weg ungewiss. Immer öfter stolperte Arved über Wurzeln und Steine. Wieder und wieder schaute er sich um. Nichts verfolgte ihn. Natürlich nicht. Es waren nur seine überreizten Nerven. Er nahm den nächsten Pfad bergan, ging über den Helenenblick, von dem aus man eine wunderbare Sicht auf die beiden Burgruinen hatte, die nun von gelblichem Strahlerlicht liebkost wurden, und hatte bald wieder die Höhe mit den Feldern erreicht. Überall raschelte und wisperte es: Leben des Nachtwaldes. Was immer ihm begegnet war, würde nicht in dem Wald zurückbleiben. Denn es steckte in ihm selbst.

Zu Hause schaute er nach, ob die Katzen gefressen hatten. Ihre Schälchen waren leer, aber sie selbst waren wieder einmal nirgendwo zu sehen. Arved ging zu Bett.

Er träumte von Lioba, davon, wie sie neben ihm lag, entspannt, glücklich. Und neben ihr lag die Gestalt mit den langen Haaren und dem versteckten Gesicht.

* * *

Auch am Morgen ließen sich Salomé und Lilith nicht blicken. Nachdem er ihre Näpfe aufgefüllt hatte, umschlich Arved das Telefon. Sie hatte noch nicht angerufen. Er sehnte sich nach ihrer dunklen, angenehmen Stimme. Immer wieder ging er vom Wohnzimmer in die Diele und zurück. Endlich rang er sich durch, nahm den Hörer auf und wählte Liobas Nummer.

Sie war nicht zu Hause; ihr Anrufbeantworter sprang an. Es durchfuhr ihn, als er wenigstens ihre Stimme hörte. Er wusste nicht, was er auf das Band sprechen sollte, und legte wieder auf. Kurz danach klingelte sein Telefon.

Wie elektrisiert sprang er in die Diele, riss den Hörer hoch und rief erwartungsvoll: »Ja?«

»Kommen Sie. Kommen Sie bitte!«

Das war nicht Lioba. Er erkannte die Stimme zuerst nicht. »Wer ist da?«

»Schult. Bitte schnell! Ich weiß nicht ... keine Zeit für Erklärungen. Verdammt, was ist das?« Das Gespräch brach ab. Arved starrte den schweigenden Hörer an, legte auf, zog sich mechanisch die Schuhe an, holte den Autoschlüssel, den Wohnungsschlüssel, und erst als er hinter dem Steuer seines alten Bentley saß, fragte er sich, was er da tat. Verdammt, was ging ihn Manfred Schult an? Trotzdem startete er den Motor. Der machtvolle Achtzylinder wurde schnurrend lebendig, und Arved setzte rückwärts aus der Garage. Er fuhr durch das Dorf in Richtung Niedermanderscheid und Autobahn. Als er an der Abzweigung nach Pantenburg vorbeikam, dachte er an sein gestriges Erlebnis. Er warf einen verstohlenen Blick auf die Straße, die sich in den Wald bohrte, als dringe sie in ein unaussprechliches Geheimnis ein. Niemand war zu sehen, auch auf dem Beifahrersitz saß niemand, selbstverständlich nicht, wie hätte er denn in den Wagen gelangen sollen, und auch war kein sonderbarer Geruch zu bemerken, nichts Außergewöhnliches an diesem sonnigen Sommertag, an dem die Welt sich in Freude selbst zu umarmen schien.

Schult hatte so verzweifelt geklungen. Nachdem Lioba Arved die Geschichte ihres Ex-Mannes erzählt hatte, empfand er Mitleid mit dem Abgerutschten und verzieh ihm seine ungerechten Aussagen über Lioba.

Arved lenkte den schweren Wagen zur Autobahn und rollte auf Trier zu.

Wieso hatte Schult ihn angerufen? Er hatte fürchterlich verzweifelt geklungen. Hatte es etwas mit dem Schattenbuch zu tun? Arved bemerkte, dass er das Interesse an Thomas Carnacki zu verlieren begann. Es war so viel geschehen. Das Buch war der Auslöser gewesen, und durch es hatte er seine große Liebe gefunden, dessen war er sich sicher. Dabei sollte er es belassen, vor allem, da auch Lioba die Suche aufgeben wollte. Das Buch hatte genug Schicksal gespielt; nun reichte es.

Arved schämte sich, mit seinem protzigen, ererbten Auto bei Manfred Schults Haus vorzufahren. Also parkte er am Grüneberg und ging die kurze Strecke zu Fuß. Er würde schon noch rechtzeitig kommen.

Er klingelte, niemand öffnete. Nun machte sich Arved doch Sorgen. Hatte er nicht schnell genug reagiert? Schult hatte nicht nüchtern geklungen, beruhigte er sich. Er war bestimmt eingeschlafen. Also klingelte Arved noch einmal. Wieder ohne Erfolg. Er trat einen Schritt von der Haustür zurück und sah hoch zu Schults Fenster im ersten Stock. Nichts regte sich, die vergilbten Gardinen hingen wie ein Schleier aus verfilztem Haar vor der fleckigen, staubigen Scheibe.

Eine Horde kreischender Kinder trampelte heran, dem Lärm nach musste es eine Hundertschaft sein. Arved drehte sich nach ihnen um und stellte erstaunt fest, dass es nur vier waren. Sie rannten auf die Haustür zu, klingelten überall, es wurde ihnen aufgedrückt, und bevor die Tür wieder ins Schloss fallen konnte, schlüpfte Arved ins Treppenhaus. Hier war der Lärm noch stärker als draußen. Zu der Kinderhorde, die sich in den beiden Wohnungen des Erdgeschosses verteilte, gesellte sich der wummernde Bass einer schlechten Stereoanlage und das laute Palaver eines streitenden Paares.

Arved stieg in den ersten Stock. Er blieb vor Schults Tür stehen. Klingelte. Klopfte. Keine Reaktion. Der Lärm von unten wurde noch lauter.

Dann, von einer Sekunde auf die andere, war alles still.

Arved verschlug es den Atem. Es war, als habe das gesamte Haus plötzlich die Luft angehalten und warte gespannt ab. Er drückte noch einmal gegen die Tür. Sie gab nach.

Der Lärm setzte wieder ein, noch furchtbarer als zuvor. Arved schlüpfte durch die Tür und wollte sie hinter sich schließen, aber es ging nicht. Er warf einen Blick auf das Schloss. Es war beinahe aus dem Rahmen gerissen. Der Bolzen stach aus der Tür hervor wie ein einzelner Zahn. Entweder war jemand eingebrochen – oder jemand hatte ausbrechen wollen.

Der Flur bot ein Bild völliger Verwüstung. Schon bei Arveds erstem Besuch, zusammen mit Lioba, war es nicht aufgeräumt gewesen, doch jetzt herrschte das blanke Chaos. Das kleine Schränkchen war umgefallen, der Inhalt der Schubladen hatte sich über den Boden ergossen, das Telefon lag daneben. »Herr Schult!«, rief Arved laut genug, um den Lärm von draußen zu übertönen. »Herr Schult?« Er hatte keine Antwort erwartet.

Im Wohnzimmer herrschte dieselbe Unordnung. Auch hier musste ein Kampf getobt haben. Alles war durcheinander geworfen, es war beinahe, als habe ein Vulkanausbruch Unmengen von Unrat und Abfall in die Luft geschleudert. Tatsächlich gab es in der Mitte des Zimmers eine Stelle, die vollkommen kahl und leer war. Auf dem schmutzigen Boden befand sich ein Brandfleck, der noch einen schwachen, stechenden Geruch ausströmte. Sonst nichts. Auch wirkte es nicht, als habe jemand die Wohnung durchwühlt und nach etwas gesucht. Es war lediglich eine Umgruppierung der

Gegenstände zu anderen, aber genauso planlosen Mustern wie zuvor. Dennoch war damit eine grundlegende Änderung bewirkt worden. Es war nicht mehr Schults Wohnung, sondern die Wohnung eines anderen Menschen, eines Abbildes von Schult.

Verrückte Gedanken, dachte Arved. Er sah in der Küche nach, im Schlafzimmer, im Bad. Überall dasselbe. Chaos. Chaos, das sich von dem unterschied, welches er am vergangenen Tag wahrgenommen hatte.

Schult war nirgendwo zu sehen. Arved war erleichtert. Für kurze Zeit hatte er befürchtet, die Leiche von Liobas Ex-Mann irgendwo entdecken zu müssen. Doch die Kampfspuren – wenn es denn überhaupt welche waren – gingen nicht mit Blutspuren oder gar Schlimmerem einher. Und was ist mit der Wohnungstür?, fragte eine kalte Stimme in Arveds Kopf.

Es gab noch einen Ort, an dem er nicht nachgesehen hatte.

Er öffnete die Tür zum Spind und tastete nach dem Lichtschalter. Die nackte Glühbirne sprang ins Dasein. Arved hielt den Atem an und schloss die Augen. Er fürchtete sich vor dem, was er nun sehen würde. Im Bruchteil einer Sekunde hatte er auf dem Boden inmitten des Tohuwabohu einen regelmäßigen Umriss wahrgenommen.

Den Umriss eines Körpers.

Arved biss sich auf die Lippe. Wenn bloß Lioba hier wäre. Wenn er das bloß nicht allein durchstehen müsste. Dann öffnete er die Augen.

Es waren Pappschachteln und alte Kleidungsstücke, die sich in der Form eines menschlichen Körpers auf dem Boden zusammengefunden hatten. Es war nicht Manfred Schult. Arved bückte sich und atmete auf. Er stocherte in den Kleidern herum. Ein muffiger Gestank nach altem Schweiß,

Alkohol und Essensresten drang ihm in die Nase. Aber es lag eindeutig niemand unter dem Stoff. Er stand wieder auf und wischte sich die Hände an den Hosenbeinen ab. Da fiel sein Blick auf den Spiegel.

Er stand inmitten der Unordnung wie ein Herrscher über das Chaos. Wie ein Fingerzeig des Vollkommenen in der Unvollkommenheit. Arved trat über die Schachteln, Hemden, Hosen und Mäntel auf dem Boden und ging auf sich selbst zu, wurde im Spiegel größer, deutlicher, fester. Die kleinen Dämonenköpfe im Rahmen beobachteten ihn. Er erinnerte sich daran, wie er gestern einen zweiten Schemen neben sich in diesem Spiegel zu sehen geglaubt hatte. Er musste lächeln.

Erst als seine Mundwinkel wieder sanken, begriff er, dass sein Abbild soeben nicht gelächelt hatte.

Er ging noch einen Schritt auf es zu, bis seine Nasenspitze beinahe das Glas berührte. Ganz fern vor ihm wisperte es. Er legte die Handflächen auf das kalte Glas. Sein Abbild ergriff sie und zerrte ihn in den Spiegel hinein.

15. Kapitel

Arved taumelte, fing sich, sah sich verwirrt um. Er stand in einer kleinen Abstellkammer, nicht unähnlich der, aus der er soeben herausgetreten war – wie?, fragte er sich –, mit dem Unterschied, dass diese hier völlig kahl war. An der Decke hing die gleiche nackte Glühbirne und leuchtete jeden Zentimeter der Kammer aus. Die Tür zur Diele ihm gegenüber war geschlossen. Arved war allein hier.

Er drehte sich langsam um. Fast erwartete er, an der Rückwand des begehbaren Spindes den gleichen Spiegel wie in der Nachbarwohnung zu sehen, doch auch diese Mauer war leer. Hartes Weiß war wie eine Leinwand, die ein Bild erwartete. Er ging einen Schritt auf die Wand zu, legte die Hand auf sie. Sie war hart, kalt, verschlossen. Dann presste er das Ohr gegen sie. Kein Laut drang von drüben her. Erst jetzt bemerkte er die Stille. Nicht nur in der Nachbarwohnung nistete sie, sondern überall um ihn herum. Kein Geschrei, keine Musik, nicht einmal fernes Vogelgezwitscher. Es war wie die Stille nach dem Luftholen, bei angehaltenem Atem, sich sammelnd, abwartend. Sie klang nach Ewigkeit. Arved räusperte sich.

Das raue Geräusch polterte durch das Schweigen, doch es beruhigte Arved, denn es war ein Rest von Normalität, den er mit herübergerettet hatte.

Herübergerettet? Von wo – und wohin? Er spürte noch den schraubstockartigen Griff seines Spiegelbildes um die Handgelenke, doch hier war niemand als er selbst. Oder war er selbst dieses Spiegelbild? Dann aber würden seine Handgelenke nicht schmerzen. Er begriff gar nichts mehr. Er öffnete die Spindtür.

Die Diele war kahl wie die Abstellkammer. Überall Weiß, wie in einer Anstalt, nur der Boden war von makellosem, grauem Teppich bedeckt. An den Decken hingen Glühbirnen. Wahrscheinlich war diese Wohnung renoviert worden und wartete nun auf den Einzug der neuen Mieter, sagte er sich. Die Frage, wie er hierher gekommen war, blendete er aus.

Von der Diele ging er ins Wohnzimmer. Er nannte es so, weil es bei Manfred Schult das Wohnzimmer war. Man konnte auf die Straße blicken. Alles dort draußen sah völlig normal aus. Bäume, Autos, ein paar Kinder, zwei oder drei Frauen, Müllhaufen. Das Wohnzimmer bot dasselbe Bild. Das genaue Gegenteil zu Schults Wohnung, dachte Arved verwirrt.

Die Einbauschränke in der Küche waren ebenfalls weiß. Alles war da: Kühlschrank (er lief, war aber leer, wie Arved feststellte), Gefrierschrank (ebenfalls in Betrieb und leer), Waschmaschine, Dunstabzugshaube, Spülmaschine. Alles war neu, unbenutzt. Alles wartete. Im Schlafzimmer war es genauso.

Im Bad, neben der neuen, weißen Toilette, kauerte Manfred Schult.

Als er Arved sah, fuhr er zusammen und drückte sich noch enger gegen die Wand. Er hob ruckartig die Hände und rief: »Nein! Bitte nicht! Genug!«

Arved blieb stehen. »Was machen Sie hier?«, fragte er.

»Geh weg!«, schrie Schult.

»Ich bin's, Liobas Begleiter.« Das Wort »Freund« bekam er noch nicht über die Lippen.

»Ich glaube dir kein Wort! Du bist einer von ihnen!«, brüllte Schult hysterisch.

»Sie haben mich doch angerufen«, sagte Arved zweifelnd. Er bewegte sich nicht.

»Er ist nicht gekommen.«

»Aber ich bin doch hier.«

»Was wollt ihr denn noch von mir?«

»Herr Schult, bitte sagen Sie mir, wo wir hier sind. Ich weiß nicht, wie ich hergekommen bin.«

Manfred Schult sah ihn verständnislos an. Dann schaute er sich um. »Der Spiegel«, sagte er. »Der Spiegel in der Wand. Und der Spiegel in dem Buch.«

»In dem Buch?«

»Das Buch, das er mir zum Lesen gegeben hat. Das Schattenbuch mit den drei Geschichten. Das Bild zur letzten Geschichte. Der Spiegel.«

Erst jetzt erinnerte sich Arved. Seltsam, dass ihm das entfallen war. »Kommen Sie. Wir gehen«, sagte er zu Schult und streckte ihm die Hand entgegen.

Schult fuhr zusammen. »Nein! Nicht schon wieder!«, schrie er und glotzte Arved verängstigt an.

»Ich will Ihnen doch nichts tun. Ich will Sie nur hier herausholen. Und mich dazu.«

Schult kniff die Augen zusammen, als wolle er in Arveds Seele blicken. »Arved Winter?«, fragte er ungläubig. »Sind Sie es wirklich?«

»Wer sollte ich denn sonst sein?«, fragte Arved etwas ungehalten zurück.

»Einer von denen.«

»Von wem reden Sie?«

»Von denen, die mich hergebracht haben. Sie wollen, dass ich büße.«

Sein Blick war irr. Arved begriff, dass er kein vernünftiges Wort aus diesem Mann herausbekommen würde. Immerhin schien er nun doch Vertrauen zu Arved geschöpft zu haben, denn er kämpfte sich auf die Beine. Die beiden Männer standen sich abwartend gegenüber. Schult zeichnete sich scharf gegen die weißen Kacheln ab, mit denen der Boden und die Wände bis zu halber Höhe ausgelegt waren. Er wirkte wie ein Fremdkörper in diesem Raum. Arved nickte ihm aufmunternd zu. Schult erwiderte sein Nicken, und gemeinsam verließen sie das Bad.

Durch die Wohnungstür traten sie auf den Flur. Und blieben stehen. Weiße Wände, grauer Boden, unberührt. Dies war nicht das Haus, in dem Schult lebte. Es war viel größer. Und dann das Schweigen! Die Stille war dicht wie ein gesenkter Vorhang.

Arved drückte die Klinke der Tür zur Nachbarwohnung herunter. Sie war nicht verschlossen. Und es war nicht Schults Wohnung. Doch sie unterschied sich in nichts von den Räumlichkeiten, die sie soeben verlassen hatten. Weiß und grau, alles unberührt. Und menschenleer. Wo mochten »die« sein, von denen Schult vorhin geredet hatte? Arved vermutete, dass es sich nur um Geschöpfe aus Schults Einbildung handelte. Aber wo befand er sich? Waren sie wirklich durch den Spiegel gegangen? Durch den Spiegel in dem Buch? Vorsicht, dachte Arved, werde bloß nicht genauso verrückt wie dieser Schult.

Liobas Ex-Mann lief mit hängenden Schultern und leerem Blick neben Arved durch die Nachbarwohnung. Als sie das Bad betraten, befürchtete Arved eine Sekunde lang, sie würden auch hier neben der Toilette eine kauernde Gestalt vorfinden, aber der Raum war genauso menschenleer wie die anderen.

»Ein Mörder, wissen Sie?«

Arved hielt inne. Es waren Schults Worte gewesen, der ebenfalls stehen geblieben war und ihn angrinste.

»Was haben Sie gesagt?«, fragte Arved.

»Ein Mörder. Derjenige ist der Mörder, den man am wenigsten verdächtigt. Und wer ist unverdächtiger als der ermittelnde Kommissar?« Schult kicherte und hockte sich auf den Boden, als habe er in den weißen Kacheln eine Spur gefunden.

Arved sah auf ihn herunter. Schult spielte auf die dritte Geschichte des Schattenbuches an. Der Serienmörder, den der Kommissar suchte und dem er eine Falle stellte, war er selbst, und er kam in dieser Falle um. Was aber hatte das mit der augenblicklichen Situation zu tun?

»Warum erzählen Sie mir das?«, fragte Arved verständnislos.

Schult sah zu ihm auf wie ein Spurensucher, der eine Fährte gefunden hat. »Begreifen Sie das denn nicht?«, fragte er und blinzelte Arved zu.

Dieser schüttelte den Kopf.

»Sie behaupten, ich sei der Mörder. Aber das begreife ich nicht, verstehen Sie? Wenn ich es begreife, ist es zu spät. So wie es für den Kommissar zu spät war, als er es begriffen hatte. Die Maske zog sich zusammen. Und die Maske vor meinem Gesicht zieht sich auch zusammen.« Er schnitt eine Grimasse, von einer Maske vor seinem Gesicht war nichts zu sehen.

Armer Kerl, dachte Arved. Da erstarrte Schult plötzlich. Kurz darauf hob er die Nase und schnupperte wie ein Hund. »Sie kommen zurück«, sagte er, und sein Blick wurde wieder gehetzt. »Verstecken Sie mich!« Er sprang auf und verkrallte sich in Arved.

Nun hörte Arved leise Schritte und er bemerkte Brandgeruch. Er spürte, wie sich ihm die Nackenhaare sträubten. Er machte sich von dem verzweifelten Schult los und schaute durch die Badezimmertür. »Hier ist niemand«, sagte er.

Die Schritte waren erstorben, aber der Brandgeruch war noch da.

»Sehen Sie überall nach!«, bettelte Schult und kauerte sich neben der Toilette zusammen, so wie Arved ihn vorhin in der anderen Wohnung gefunden hatte. Arved lief durch alle Zimmer, die ein leiser, aber stechender Gestank nach Versengtem durchwehte, und als er zurück zum Badezimmer kam, fand er die Tür verschlossen vor. Er rüttelte an der Klinke; es half nichts. Von jenseits der Tür hörte er leise Geräusche, es war ein böses, vielstimmiges Flüstern, dazwischen die unterdrückte Stimme Manfred Schults.

Dann kamen die Schreie.

Arved hielt sich die Ohren zu und rannte weg. Er handelte nicht mehr bewusst, sondern folgte nur noch seinem Fluchtinstinkt. Erst im Treppenhaus hielt er inne. Durch die großen Fenster konnte er nach draußen sehen, in eine fremde, nie geschaute Normalität. Er horchte. Stille herrschte wieder uneingeschränkt. Die Bilder, die er durch die großen, sauberen Glasscheiben sah, waren wie ein Stummfilm. Arved lief die Treppe hinunter bis zum Eingang, der genauso weiß und grau war wie die Flure und die Wohnungen. Keine Graffiti, kein Unrat, kein Gestank. Nicht einmal mehr der schwache Brandgeruch. Bald stand er vor der Haustür, hinter der das Leben dahinlief – das Leben einer beliebigen Stadt in einem beliebigen Land.

Er öffnete die Tür.

Die Bilder, die er gesehen hatte, steckten in den Scheiben. Hinter der Tür war vollkommene Schwärze. Absolutes Nichts. Fressendes Nichts. Er schlug die Tür zu. Die Bilder in den Scheiben waren wieder da und gaukelten normales Leben hinter dem Glas vor. Normales Leben, das für ihn unerreichbar fern war.

Er wünschte, Lioba wäre da. Er wünschte, er würde aus diesem Albtraum aufwachen. Er wünschte, er würde in sein altes Leben zurückfinden.

Ob das Verhör oben beendet war? Arved schüttelte den Kopf. Das alles konnte nicht wahr sein. Was hatte Schult gesagt? Mörder? Aber er war nicht der Kommissar, er war der Verdächtige. Oder das Opfer. Es stimmte einfach nicht. Das Schattenbuch hatte gelogen. Schattenbuch. Schattenlogik. Schattenwirklichkeit.

Der Spiegel. Der Spiegel ist ein Tor zur Seele. Im Spiegel sieht man sich selbst so, wie man sich nicht kennt. Im Spiegel erfährt man die Wahrheit über sich. Das Buch hatte nicht gelogen! Irgendwo dort oben, im Badezimmer einer der gleichförmigen Wohnungen, wurde Manfred Schult über sich selbst befragt und aufgeklärt. Und es gab kein Entkommen.

Was ist mit mir?, fragte sich Arved. Habe ich Ähnliches zu erwarten? Sind sie auch schon zu mir unterwegs? Warum? Er lief wieder nach oben und suchte Manfred Schult.

Alle Wohnungen waren unverschlossen, alle Wohnungen waren gleich. In einer von ihnen fand er Schult.

Er stand am Fenster und schaute hinaus, wandte Arved den Rücken zu. Als Arved hineinkam, drehte sich Schult nicht um. Er hatte die Hände hinter dem Rücken verschränkt und schien das vorgetäuschte Leben dort draußen in sich einzusaugen.

»Sie haben es mir gesagt«, meinte er mit tonloser Stimme.
»Was haben sie Ihnen gesagt?«
»Dass ich ein Mörder bin.«
»Sind Sie ein Mörder?«
»Nein!« Schult drehte sich um.

Arved stockte der Atem. Dieser Mann lebte nicht mehr. Er stand noch aufrecht, er wies keine äußerlichen Verletzungen auf, aber an seinen Augen war zu sehen, dass sie ihm die Seele ausgesaugt hatten.

»Ich bin kein Mörder«, wiederholte er. »Ich habe diesen Victor nicht getötet. Was sie auch mit mir noch machen werden, ich werde immer dasselbe sagen.«

Victor ... Der Name erinnerte Arved an etwas. Er kam nicht sofort darauf. Schult fuhr sich mit der Hand über die fettigen Haare. Es wirkte, als bewege sich ein schlecht eingestellter Automat. Dann fiel es Arved ein. Liobas Geliebter hatte Victor geheißen – jener Mann, der in die Mosel gesprungen war und Selbstmord verübt hatte. Victor ... Ganz fern hallte in diesem Namen noch etwas wider, etwas völlig anderes. Nein, er musste sich irren.

Schult redete weiter, sein Arm schwebte in der Luft, als sei er ausgeschaltet worden. »Sie haben gesagt, ich hätte ihm Briefe geschrieben.« Nun kam wieder etwas Leben in seinen Blick. Böses, grausames Leben.

»Briefe?«, fragte Arved, als Schult einige Zeit geschwiegen hatte.

»Und ein kleines Püppchen soll ich ihm geschickt haben.«
»Wovon reden Sie?«, fragte Arved verwirrt.

Schult kicherte. »Briefe und ein Püppchen. Eines mit Nadeln. Sie wissen schon: Voodoo. Nicht, dass ich an so etwas glauben würde, aber dieser Victor hat daran geglaubt.«

»Was stand in den Briefen?«, wollte Arved wissen. Er schaute an Schult vorbei, dessen Arm immer noch in der Luft schwebte, und betrachtete die Leinwand des Lebens im Fenster.

»Es waren Drohungen. Er würde nicht mehr lange leben. Magische Rituale. Ich habe mir einiges darüber beigebracht, müssen Sie wissen. Nicht weil ich daran glauben würde, nein, aber ich weiß halt, wie man solchen Verrückten beikommen kann. Schlage sie mit ihren eigenen Waffen!« Er kicherte wieder, senkte den Arm, ließ ihn schlaff an seiner Seite herabbaumeln. »Er hat es wohl zu ernst genommen. Was kann ich dafür? Er hätte doch bloß mal nachdenken müssen!« Aus dem Kichern wurde ein Lachen. Es brach unvermittelt ab, und Schult starrte Arved mit einer unerträglichen Intensität an. Seine Augen waren tot und höllisch lebendig zur gleichen Zeit. »Bin ich etwa ein Mörder?«

Arved wusste nicht, was er darauf antworten sollte. Ja, das bist du, wollte er ihm sagen, doch er traute sich nicht.

Schult redete weiter: »Ich wollte nur Lioba zurückhaben, auch wenn wir schon geschieden waren. Als Victor endlich aus dem Weg war, habe ich ihr wieder einen Antrag gemacht, aber sie wollte nicht mehr. Es war alles umsonst.« Das Höllenfeuer in Schults Augen erlosch, nun war es nur noch sein Mund, der lebte und sich bewegte. »Sie werden wiederkommen, ein letztes Mal. Retten Sie mich! Ich bin doch nicht schuld!«

Und sie kamen wieder. Es waren drei. Arved hatte nicht bemerkt, wie sie eingetreten waren. Als er ein leises Geräusch hörte und sich umdrehte, standen sie hinter ihm.

Sie trugen graue Anzüge, weiße Hemden und graue Krawatten, ihre Haare waren weiß. Und ihre Haut so weiß wie die eines Albinos. Und die Augen waren rot. Sie hatten die Hände vor den Knöpfen ihrer geschlossenen Sakkos gefaltet, es sah beinahe so aus, als beteten sie. Der mittlere sagte mit leiser, beinahe flüsternder, heiserer Stimme zu Arved: »Geh. Deine Zeit ist noch nicht gekommen.«

Arved drehte sich kurz um und sah Schult an. Dieser zeigte keine Regung. Arved fühlte sich, als sei er mit den Gliedmaßen zwischen vier Pferde gespannt und drohe zerrissen zu werden. Er wollte Schult helfen, gleichzeitig stieß ihn diese menschliche Larve ab. Er wandte sich wieder an die drei und versuchte etwas zu sagen, doch der Rechte hob die behandschuhte Hand. Das genügte. Arved gab auf. Er wich zur Seite aus und verließ den Raum. Er verließ die Wohnung, verließ die Etage. Diesmal hörte er keine Schreie. Diesmal gab es nichts mehr in Schult, was noch schreien konnte.

Arved war nur noch von dem Gedanken erfüllt, herauszukommen. Wieder in sein Leben hineinzukommen. Zurück zu Lioba zu kommen. Der Gedanke an sie verlieh ihm neue Kraft. Er lief durch das ganze Haus, durch die weißen Korridore, über weiße Treppen hinauf und hinunter, hastete durch weiße Türen in weiße Wohnungen, rannte über grauen Teppich, über graue Betonböden, über graue Pegulanböden. Er war allein in dem gewaltigen Haus. Auch den drei Männern begegnete er nicht mehr.

Ein Zimmer aber war anders. Auch dieses, in das er auf seiner sinnlosen Flucht gelangte, war weiß gestrichen, auch dieses besaß einen grauen Teppichboden, doch eine andere Farbe beherrschte den Raum.

Rot.

Überall war Blut. Es klebte in Schlieren an den Wänden, stand in kleinen, trocknenden Pfützen auf dem Boden, war sogar bis an die Decke und die Glühbirne gespritzt. Hier war nur das Blut, nicht der Körper, aus dem es gedrungen war.

Diesen fand Arved in der Abstellkammer derselben Wohnung. Er lag vor dem Spiegel. Vor dem Spiegel mit den kleinen Dämonenfratzen im Rahmen. Es war noch Leben in Schult, obwohl es nicht sein konnte. Sein Körper, befreit von aller Kleidung, war ein unerklärliches Muster von Spalten, Rissen, Löchern. Fleischrosa, blutrot, darmgrau. Doch er atmete noch. Die Augen waren nichts als blutige Höhlen hinter einer ledernen Maske. Darunter röchelte es: »Hier ... raus ...«

Bevor Arved begriff, was er da tat, schleppte er Schults Körper zum Spiegel, drückte ihn dagegen. In der Oberfläche bildete sich ein glitzernder Spalt. Und Schults Körper verschwand in ihm, wurde aufgesogen. Arved sprang hinter ihm her.

Und befand sich wieder inmitten des Chaos von Schults Wohnung. Manfred Schult lag auf dem Boden der Abstellkammer – dort, wo vorhin nur die Kleidungsstücke gewesen waren, die seltsamerweise den Umriss eines Körpers geformt hatten. Nun war der Körper da. Arved kniete neben ihm. Seine Hände waren blutverschmiert. Er betrachtete Schult. Er atmete nicht mehr. Alles Leben war aus ihm gewichen. Die leeren Höhlen starrten zur Decke mit der nackten Glühbirne. Die Maske hatte sich um den Kopf geschmiegt, war beinahe eins mit ihm geworden. Dann erst bemerkte Arved, dass der Spiegel an der Rückwand der Kammer in tausend Scherben zersplittert war. Dahinter war nichts als eine rohe, raue Betonwand, unverputzt, untapeziert. Arved kniete neben dem Leichnam nieder und tat etwas, das er lange nicht mehr getan hatte. Er betete um die Seele von Manfred Schult.

Da wurde die Tür zur Abstellkammer mit einem Ruck aufgezogen. Grelles Licht drang herein. Lioba stand im Rahmen – eine fremde Lioba in Rock, Bluse und Halbschuhen. Eine geschminkte, unechte Lioba. Sie hielt die Hände vor den Mund und schrie. Als Arved aufsprang und auf sie zulief, wich sie mit grässlicher Angst im Blick vor ihm zurück.

Sie floh aus der Wohnung.

16. Kapitel

Arved sprang auf, lief hinter Lioba her. Sie war bereits im Treppenhaus, er hörte die Absätze ihrer Schuhe über den rissigen, schmutzigen Stein klappern. War sie es überhaupt? Sie hatte so seltsam gewirkt – verkleidet. Nicht wie sie selbst.

»Lioba!«, rief Arved durch das Treppenhaus. Die Schritte hielten nicht inne. Dann schlug und klirrte die Haustür. Arved übersprang einige Stufen, taumelte, musste sich am Geländer festhalten, rutschte mit einem Fuß von der Treppe und schlug mit dem Rücken gegen das Geländer. Dabei fiel sein Blick auf den oberen Teil der Treppe.

Auf dem Absatz des ersten Stocks standen drei Männer.

Drei Männer mit grauen Anzügen, weißen Hemden und grauen Krawatten. Sie hatten die Arme über der Brust verschränkt und starrten Arved mit ihren roten Augen an. Er wirbelte herum, hastete die wenigen Stufen hinunter ins Erdgeschoss und rannte nach draußen. Er hörte das Quietschen von Reifen und sah ihren Twingo in Richtung Stadt rasen. Arved lief zu seinem Wagen, startete ihn und trat das Gaspedal voll durch. An der nächsten Ampel hatte er Lioba erreicht. Er sprang aus dem Wagen, klopfte gegen ihre Scheibe, es wurde Grün, sie machte einen Kavaliersstart, und hinter Arveds Bentley hupte es aufgeregt. Er nahm die Verfolgung wieder auf.

Avelsbacher Straße, unter der Bahnlinie hindurch, Wasserweg, Herzogenbuscher Straße stadtauswärts, weil nach links in die Stadt ein Rückstau war, dann bremste sie ihren Twingo scharf ab, lenkte ihn vor der Citroën-Werkstatt an den Straßenrand, drückte die Tür auf, sprang heraus, rannte zwischen den Autos über die Straße und durch das Torgebäude auf den Friedhof. Es dauerte ein wenig, bis Arved seinen schweren Wagen ebenfalls abgestellt hatte. Er folgte ihr durch das Tor des Hauptfriedhofes und fragte sich, warum Lioba hier Zuflucht nahm. Sie konnte sich doch denken, dass er sie einholen würde.

Arved krümmte sich, holte Luft, musste stehen bleiben. Über ihm sang eine Amsel, als würde sie ihn verhöhnen. Ein Eichhörnchen kam auf den Weg und starrte ihn fragend an. Lioba war nicht mehr zu sehen.

Er stützte sich mit den Händen auf den Knien ab und rang nach Luft. Als die Schmerzen nachließen, richtete er sich wieder auf und sah sich um. Von Lioba war nichts mehr zu sehen. Kurz überlegte er, ob er zu ihrem Auto zurückgehen sollte. Er schaute auf die Uhr. Es war Mittag; es dauerte noch lange, bis der Friedhof schloss. Sollte er wirklich stundenlang auf sie warten? Und was war, wenn es einen zweiten Ausgang gab und sie bereits durch ihn verschwunden war? Vielleicht hatte sie vor, ihr Auto ein paar Tage hier stehen zu lassen. Nein, er wollte nach ihr suchen. Aber es war nicht nur das, was ihn weiter in den Friedhof hineintrieb.

Er wollte bei den Toten sein.

Arved wäre am liebsten einer von ihnen gewesen. Er verstand das Leben nicht mehr. Langsam ging er los. Die Grabsteine grüßten ihn; im hellen Licht der Mittagssonne spiegelten sich die Inschriften, der Marmor, und Birken und Platanen malten hier und da Schatten über den Weg. Ein eiserner, rostender Engel deutete mit einem angenagten Finger in die Tiefen des Gräberfeldes. Das Rauschen des Verkehrs drang nur gedämpft hierher. Die Blätter der Bäume und Büsche filterten jedes Geräusch, sodass Arved sich in einer weltenfernen Kathedrale wähnte. Er ging in die Richtung, die ihm der Engel wies.

Eine Frau kam ihm entgegen. Zuerst glaubte er, es sei Lioba, denn sie trug eine Bluse und einen Rock, und ihr braunes Haar wurde von weißen Strähnen wie von Sternschnuppen durchzogen. Sie blieb stehen, als sie ihn bemerkte. Dann warf sie die Hände in die Luft, wobei ihre braune Handtasche einen Sprung nach oben machte, als ob die Frau sie in den Himmel schleudern wollte. Und sie schrie. Und lief fort.

Arved erstarrte. Es war nicht Lioba gewesen. Warum hatte die Frau so entsetzt auf seinen Anblick reagiert? Dann sah er an sich hinunter.

Blut, überall Blut. Auf dem weißen Hemd, an den Händen, an der schwarzen Hose, wo es nicht so sehr auffiel, sogar auf den Schuhen waren rostige Flecken. Er bot einen Anblick wie ein dem Grab Entstiegener.

An einer Wasserstelle rieb er sich das Blut von Gesicht und Händen und versuchte auch, die roten Flecken auf Hemd und Hose zu entfernen, natürlich ohne Erfolg. Er verschmierte dabei das Blut so lange, bis es eine einheitliche Tönung auf seiner Kleidung bildete und der wahre Ursprung der Farbe nicht mehr zu erkennen war.

Einmal hörte er neben sich im Friedhofsgebüsch etwas rascheln. Er zuckte zusammen, schaute in die Richtung, aus welcher das Geräusch kam, erkannte aber nichts. Vielleicht war es nur eine Amsel. Hatte da aber nicht etwas Graues aufgeschienen? Das Bild des bestialisch zugerichteten Leichnams kam ihm wieder in den Sinn. Lioba glaubte wohl, das sei sein Werk. Wie konnte sie nur! Arved hatte noch nie einer Fliege etwas zuleide getan. Wo war sie nur? Er musste den Irrtum beseitigen. Er konnte nicht mit dem Gedanken leben, dass sie ihn für einen Mörder hielt.

Wieder raschelte es, diesmal hinter ihm. Er drehte sich rasch um. Es waren weder die drei grauen Männer noch jenes grässliche Phantom, das ihn schon mehrfach heimgesucht hatte (heimgesucht aus den Tiefen deines Hirns, murmelte es in ihm), es war kaum mehr als ein Schatten, der eine Handbreit über dem Boden schwebte. Graue Fäden waren in das Schwarz gewebt, Fäden, die hin und her zuckten. Arved blieb wie versteinert stehen. Das Ding glitt noch einen Augenblick weiter an ihn heran, dann löste es sich vor seinen Augen in eine Horde Raben auf, die krächzend und kreischend in den Himmel flogen, sich dort oben erneut zu einer schwarzen Wolke zusammensetzten und langsam forttrieben, bis sie hinter den Wipfeln der höchsten Platanen verschwunden waren. Arved atmete auf.

Du hast sie mitgebracht – sie und noch vieles mehr, flüsterte eine Stimme in ihm. Aus der Welt hinter dem Spiegel. Die Welt hinter dem Spiegel war Schults Welt, doch sie ist auch deine Welt.

Arved schüttelte unwillig den Kopf. Er strich sich mit der Hand über die Augen und versuchte die seltsamen Bilder und Gedanken zu vertreiben. Als er die Augen wieder öffnete, stand er in völliger Dunkelheit. Er hörte Vogelgezwitscher um sich herum, ganz fern auch den Straßenverkehr, doch er sah nichts, sodass er schon befürchtete, von einer Sekunde auf die andere erblindet zu sein. Er streckte die Hände aus, stieß auf nichts. Er stampfte mit dem rechten Fuß auf; es fühlte sich an wie der Friedhofsboden. Arved blinzelte, rieb sich die Augen, aber es half nichts; die Schwärze blieb. Panik stieg in ihm auf. War er tatsächlich blind geworden?

»Warst du nicht schon immer blind?«, fragte eine seltsame Stimme, die weder männlich noch weiblich war. Sie schien von überall her zu kommen. Bei ihren Worten schien sich das

Dunkel ein wenig zu lichten und gab Schemen frei, doch als sie verstummte, war alles wieder stockfinster. Die Schemen indes hatten nichts mit den Umrissen gemein, wie er sie zuvor auf diesem Friedhof gesehen hatte. Es waren wirbelnde, auseinanderstiebende und sich wieder zusammensetzende Fetzen gewesen, das Chaos, das auf dem Boden der Welt herrschen mochte. Erneut sprach die Stimme; erneut lichtete sich der Schleier leicht.

»Vertraue dir nicht«, sagte sie.

Nun blieb es ein wenig heller, und Arved erkannte etwas Schwarzes vor seinen Füßen. Es war eine Katze. Verblüfft kniff er die Augen zusammen. Es war nicht irgendeine Katze. Es war Lilith. Er bückte sich, froh, ein vertrautes Lebewesen zu sehen. Er streckte die Hand nach Lilith aus und kraulte sie.

»Vertraue auch mir nicht«, sagte die Katze. Sie war es, die vorhin in die Finsternis hineingesprochen hatte. Dann verwandelte sie sich in Lioba Heiligmann. Sie strich kokett eine silberne Haarsträhne zurück und lächelte Arved verführerisch an. Und weiter ging die Verwandlung. Es waren Menschen, denen Arved in seinem Leben begegnet war, unter denen er zu leiden gehabt hatte und die ihm Freude bereitet hatten. Der Letzte war ein Mann mit langen, verfilzten Haaren, die er wie einen Vorhang vor dem Gesicht trug. Er roch nach Wasser, nach Verwesung. Arved schrie auf. Das Wesen griff nach ihm. Es berührte ihn.

Bilder zuckten durch seinen Kopf. Bilder der Vergangenheit. Bilder der Hölle. Er rannte los, ohne zu sehen, wohin er lief. Das Licht floss zurück. Die Wege bildeten ein Labyrinth; die Hecken hinter den Gräbern waren hoch und undurchdringlich. Arved lief bei der nächsten Abzweigung nach links, dann nach rechts, wieder nach links, wahllos. Nur weg! Einmal wagte er, etwas langsamer zu laufen und über die Schulter zu blicken. Er wurde verfolgt. Es schien Lilith zu sein, eine seiner Katzen. Aber es war nicht Lilith, das wusste er jetzt genau. Bloß nicht stehen bleiben!, rief er sich zu. Die Gräber verschwanden, übrig blieben nur die mehr als mannshohen Hecken. Ein reines Labyrinth. Und der nächste Weg, in den Arved keuchend und prustend einbog, war eine Sackgasse.

Arved erkannte es zu spät. Er blieb stehen, warf einen gehetzten Blick hinter sich. Er war allein. Keine Katze, kein Menschenphantom, nichts. Arved holte tief Luft. In seiner Lunge stach es. Langsam, mit unsicheren Schritten, ging er zurück zur Mündung des Weges. Erst allmählich kam er zu der Erkenntnis, dass er nicht mehr auf dem Friedhof war. Dieser Ort befand sich nicht in Trier, nicht in Deutschland, nicht auf der Welt. Er war *irgendwo anders*. Befand er sich etwa noch jenseits des Spiegels? Wie war dann Lioba hineingekommen? Auf demselben Weg wie er? Er kniff die Augen zusammen. Das alles war Wahnsinn. Er steckte nicht in einer Anderswelt, sondern in sich selbst. Er lief voran, in der Hoffnung, aus sich heraustreten zu können. Aber der Weg endete vor einer weiteren Mauer aus undurchdringlichem Eibengebüsch, im rechten Winkeln geschnitten, ohne die geringste Unebenheit.

Hinter der Mauer klang eine sanfte Stimme: »Hier bin ich.« Es war Liobas Stimme.

Arved drückt sich gegen die Eibenmauer. Nirgendwo gab es einen Durchlass; nirgendwo konnte er sich an den dicken, von den zarten Nadeln verborgenen Stämmen vorbeistehlen. »Lioba!«, rief er.

»Hallo! Hier!«, drang es hinter der grünen Mauer hervor. Sie war zu hoch, als dass Arved sie hätte überklettern können. Außerdem konnte er sich nirgendwo festhalten.

»Erinnerst du dich?« Es waren zwei Stimmen. Hinter ihm. Er wirbelte herum.

Lilith und Salomé. Sie konnten nicht hier sein, konnten nicht den Weg von Manderscheid bis zum Trierer Hauptfriedhof gefunden haben. Entweder träumte er, oder ...

Sie hatten ihm schon einmal den Weg gewiesen, hatten ihn schon einmal gerettet. Sie liefen los, er folgte ihnen. Immer wieder blieben sie, die viel schneller waren als er, stehen und drehten sich nach ihm um. Wenn sie sahen, dass er kam, rannten sie weiter. Sie führten ihn durch das Labyrinth. Bis in die Mitte.

Es war ein kreisrunder Platz, wiederum in dessen Mitte lag ein einzelnes Grab. Lilith und Salomé huschten auf die Person zu, die mit verweinten Augen vor dem Grab stand. Es war Lioba Heiligmann. Als sie Arved kommen sah, wich sie vor ihm zurück, trat auf das mit Efeu und Buchsbaum bepflanzte Grab, dessen Laterne schon lange erloschen war.

»Verflucht seiest du, Arved Winter«, rief sie mit schriller Stimme.

17. Kapitel

»Warum endet meine Liebe immer im Tod?« Lioba ließ die Arme sinken und sah Arved mit einer Mischung aus Angst und Verachtung an.

Das Labyrinth war verschwunden, die Katzen ebenso. Arved stand auf dem kreisrunden Platz inmitten des Friedhofes; es war, als hielten die anderen Gräber absichtlich Abstand zu dem, auf dem Lioba stand. Eine große Buche neben dem Grab spendete ihm Schatten. Arved kniff die Augen zu, öffnete sie und erwartete, abermals das Labyrinth oder die Finsternis oder etwas anderes Unerklärliches zu sehen, doch nichts hatte sich verändert.

»Warum hast du ihn ungebracht? Was hat er dir getan?«, fragte Lioba mit tonloser Stimme.

»Ich habe ihn nicht umgebracht«, wehrte sich Arved.

»Wieso bist du dann voller Blut?«

Arved machte einen Schritt auf Lioba zu, sie wich über das Efeu und den Buchsbaum bis zu dem glatten, schwarzen Stein zurück. »Komm mir nicht zu nahe!«, kreischte sie.

Arved blieb stehen und sah sie bettelnd an. »Unser Wiedersehen hatte ich mir anders vorgestellt«, sagte er traurig. Etwas raschelte in der Krone der Buche, die neben dem Grab auf dem kreisrunden Platz wuchs. Arved sah rasch auf. Es war nur ein Eichhörnchen, dessen buschiger Schwanz wie ein Baumgespenst durch das Geäst huschte. Lioba floh in dieser Sekunde der Unaufmerksamkeit hinter den Stein, und Arved konnte zum ersten Mal die Inschrift lesen:

Victor Stein
* 14. 11. 1959
† 1. 8. 1998

Liobas Liebhaber. Der Mann, den Manfred Schult in den Tod getrieben hatte. Victor Stein ... Arved schüttelte den Kopf. Hatte er diesen Namen nicht schon einmal gehört – in einem ganz anderen Zusammenhang? Er dachte angestrengt nach, vergaß sogar Lioba darüber, die ihn ängstlich anstarrte, aber er kam zu keinem Ergebnis.

»Er hat ihn umgebracht«, murmelte er schließlich. »Dafür wurde er bestraft.«

»Wovon redest du?«, keuchte Lioba.

»Manfred Schult. Er hat Victor getötet.«

Lioba machte große Augen. Für einen Augenblick fiel alle Fluchtbereitschaft von ihr ab. »Wer sagt das?«

»Er selbst. Er hat es zugegeben, aber er hat gleichzeitig alle Schuld von sich gewiesen.« Arved machte einen Schritt zurück. »Ich habe ihn nicht getötet. Ich muss dir eine Geschichte erzählen, die zu unglaublich ist, als dass ich sie hätte erfinden können. Komm.« Er streckte die Hand aus. »Wir suchen uns eine Bank.«

* * *

Lioba folgte ihm widerstrebend, aber er tat ihr nichts, fiel sie nicht an, hielt sogar Abstand zu ihr. Sie roch das verschmierte Blut auf seiner Kleidung. Warum vertraute sie ihm? Sie kannte ihn; er war schon immer ein sehr labiler Mensch gewesen, doch nun schien er vollends den Verstand verloren zu haben. Sie ging neben einem Irren über einen Friedhof, und niemand konnte ihr helfen. Doch sie wollte hören, was er zu sagen hatte. Was hatte Manfred mit Victor zu tun gehabt?

Arved huschte dahin wie ein Gehetzter. Immer wieder schaute er hinter sich, als erwarte er, verfolgt zu werden. Schließlich fanden sie eine verschwiegene Bank hinter der

Kapelle, nicht weit vom Kriegerdenkmal, und setzten sich. Lioba rückte so weit wie möglich von Arved ab. Sie ertrug den Gestank des Blutes nicht. Und sie ertrug den Gestank seiner Verrücktheit nicht.

Er schaute sie an. Etwas von dem alten Arved, den sie so lieb gewonnen hatte, blitzte hindurch. Leider verschwand es rasch wieder. »Eins verstehe ich nicht«, sagte er versonnen, wandte den Blick von ihr ab und sah nach vorn auf die gegenüberliegenden Gräber. »Wieso warst du bei Schult? Was hattest du bei ihm zu suchen?«

»Dasselbe kann ich wohl auch dich fragen«, brauste Lioba auf und biss sich sofort auf die Lippe. Vorsicht, sagte sie sich. Verrückte darf man nicht reizen. Es tat ihr weh, so von Arved denken zu müssen, doch seine Handlungsweise und sein Aussehen ließen keinen anderen Schluss mehr zu. Hätte sie ihm bloß dieses verhängnisvolle Buch nie geschenkt!

Arved sah sie immer noch nicht an. »Was wolltest du von ihm?«

Lioba seufzte. »Ich hatte dich gesucht. Du warst nicht in Manderscheid. Natürlich hättest du überall sein können, aber da ich deine Besessenheit kenne, was das Schattenbuch angeht, habe ich angenommen, dass du wieder auf der Suche bist. Ein Treffen mit Manfred war eine der Möglichkeiten, die ich überprüfen wollte, und als ich am Grüneberg deinen Bentley gesehen habe, wusste ich, wo du steckst. Was ist vorgefallen?«

»Ich habe ihn nicht getötet. Ich hatte ja nicht einmal eine Waffe. Hast du die Verletzungen gesehen? Glaubst du etwa, ich hätte sie ihm mit bloßen Händen zugefügt?«

»In dem ganzen Durcheinander kann durchaus eine Waffe gelegen haben.« Lioba schaute in die Schatten, die von der Tanne neben ihnen geworfen wurden. »Verdammt, was hat dich dazu getrieben!?« Sie faltete die Hände und drückte zu, bis die Knöchel weiß hervorstachen.

»Der Spiegel«, antwortete Arved nur.

»Der Spiegel?« Sie sah ihn fragend an. Er zuckte die Achseln. Sie erinnerte sich an Abraham Sauers Schattenbuch und die Erwähnung von Spiegeln darin. Und sie erinnerte sich an die Illustration in Arveds Exemplar.

Arved berichtete ihr, wie er durch Thomas Carnackis Spiegel gezogen worden und was dahinter geschehen war. Es fiel ihr schwer, seinen Worten zu glauben, doch sie wusste aus Erfahrung, dass es mehr Dinge zwischen Himmel und Erde gab, als sowohl die Schulweisheit als auch die Dichter sich erträumen konnten. Doch Arveds Geschichte ergab einen Sinn. In ihr wich die Angst, dass er verrückt geworden sein könnte. Je verrückter seine Geschichte war, desto mehr bestand die Hoffnung, dass er nicht übergeschnappt war. War er wirklich hinter dem Spiegel gewesen? Lioba konnte sich daran erinnern, dass nur noch Bruchstücke von Spiegelglas in dem seltsamen Rahmen in der Abstellkammer gesteckt hatten. Der Spiegel war real gewesen. Hatte sie wirklich kleine Dämonenköpfe im Holz gesehen? Es war alles so schnell gegangen, es war alles so erschreckend, entsetzlich, abscheulich gewesen. Sie seufzte auf.

»Es stimmt, dass Victor okkulte Drohungen bekam«, sagte sie schließlich, nachdem sie einen Zigarillo aus ihrer Handtasche gefischt und mit zitternden Fingern angesteckt hatte. Sie beobachtete nachdenklich den Rauch, der in den Himmel aufstieg, wie ein vorzeitliches Brandopfer. »Er war außer sich vor Angst. Ich habe versucht, ihm klarzumachen, dass von solch läppischen Spielchen keine Gefahr ausgeht, aber als er das Voodoo-Püppchen mit den Nadeln im Bauch per Post zugeschickt bekam, stellten sich ziemlich bald Magenkrämpfe ein. Und so ging es weiter. Ein paar Wochen später ist er von der Römerbrücke in die Mosel gesprungen.«

Arved legte die Hände in den Schoß und schaute zu Boden. »Es tut mir Leid«, sagte er leise.

»Ich hätte nie für möglich gehalten, dass Manfred dahinter steckt«, meinte Lioba und nahm einen tiefen Zug. Langsam stieß sie den Rauch aus. »Aber es sieht ihm ähnlich. Jetzt passt alles zusammen.«

Ein alter Mann ging an ihrer Bank vorbei und sah die beiden mit ungläubigen Augen an. Sie mussten schon ein seltsames Bild ergeben: So weit wie möglich voneinander entfernt, der eine mit blutverschmierten Kleidern, die andere verloren vor sich hintierend. Der Mann ging schneller, drehte sich noch einmal um und war endlich hinter den Büschen und Bäumen verschwunden.

Manfred Schult war der Mörder von Victor Stein! Lioba glaubte es, aber fassen konnte sie es nicht. Wie scheinheilig hatte Manfred um Victor getrauert, um Liobas Vertrauen und ihre Liebe zurückzuerobern. Umsonst! Sie verzog die Lippen zu einem grimmigen Lächeln. Nicht auszudenken, wenn er sie doch herumgekriegt hätte. In ihrer Trauer und Verzweiflung war sie damals fast geneigt gewesen, seinem Werben Gehör zu schenken. Nun war er für sie endgültig tot. Nicht nur im Fleisch, auch im Gefühl.

»Er hatte das Schattenbuch gelesen«, sagte Arved unvermittelt.

Lioba zuckte zusammen. »Ich auch«, flüsterte sie.

»Die dritte Geschichte«, begann Arved, beugte sich vor und stützte den Kopf in die Hände, »handelt von einem Menschen, der seine Schuld nicht eingestehen will und am Ende erfahren muss, dass er selbst der Mörder ist, den er sucht. Er stirbt, weil er nicht in der Lage ist, seine Tat zuzugeben.«

»Wie Manfred Schult.«

Lioba nickte und warf den Stumpen auf den Kiesboden. Dann schüttelte sie unwillig den Kopf. Es war Wahnsinn. Bereits dieser Gedanke führte in die Kavernen des Irreseins. Aber sie musste an Abraham Sauers Worte denken. An die Worte über das Buch, das einem den Spiegel vorhält. All diese Bücher seien Spiegel, hatte er gesagt. War die Geschichte von dem Kommissar, der sich selbst sucht, ein Spiegel für Manfred gewesen? Und dann dieser reale, seltsame Spiegel in seiner Abstellkammer. Hatte er wirklich Carnacki gehört? Es war verrückt, vollkommen verrückt. Sie fühlte sich, als schwanke die Welt um sie herum, als weite sie sich, sodass Lioba nirgendwo mehr Halt fand.

Arved sah sie nicht an, als er weiterredete. »Wenn diese Geschichte für Schult war, dann könnten die beiden anderen Geschichten für uns sein.«

»Wohl kaum«, wehrte sich Lioba und holte tief Luft. »Die Parallelen sind doch an den Haaren herbeigezogen.« Sie weigerte sich, ihren Gefühlen zu folgen. »Die Geschichte *Täter und Opfer* bezieht sich auf einen Kommissar, und Manfred war kein Polizist. Es ging um eine Maske, die das Opfer erstickt hat, Manfred aber ist zerstückelt worden. Und nirgendwo ist in der Geschichte von einem Spiegel die Rede.«

»Manfred hatte eine Maske vor dem Gesicht, auch wenn Ersticken wohl nicht die Todesursache war. Außerdem glaube ich, es geht nicht um die Einzelheiten, sondern ums Prinzip«, wandte Arved ein und rieb sich die Hände, als wolle er imaginäres Blut abwischen. »Schult musste sterben, weil er seinen Spiegel gesehen und keine Konsequenzen daraus gezogen hat. Weißt du, in der Theologie gibt es das Fegefeuer, das die modernen Theologen ebenfalls als Blick in den Spiegel beschreiben. Der Tote sieht sich so, wie er war, ohne

Beschönigungen oder Verzerrungen. Und das, was er sieht, schreckt ihn mehr oder minder, je nachdem, was er im Leben für ein Mensch war. Er hat in diesem Augenblick die Gelegenheit, sich selbst, seine Fratze ohne die gewohnte Maske anzuerkennen – oder eben nicht. Tut er es nicht oder kann er es nicht, bleibt ihm nur die Hölle.«

»Nichts als verworrene Theorie«, wandte Lioba ein. Bilder vergangener Erlebnisse kamen in ihr hoch, Höllenbilder, deren Wirklichkeit sie in der letzten Zeit erfolgreich infrage gestellt hatte.

Arved fuhr fort: »Daher die Illustration des Spiegels. Es passt durchaus, nur darf man es nicht eins zu eins übersetzen.«

»Und was bedeutet das deiner Meinung nach ... für uns?«, fragte Lioba. Ihr wurde trotz des sommerlichen Sonnentages kalt. Sie zog den Kragen ihrer Bluse enger zusammen. Schatten lagerten über der Bank. Schatten, die in die falsche Richtung fielen. Die Sonne stand hinter ihnen, aber die Platane vor ihnen warf ihren Schatten auf die Bank.

»Ich weiß es nicht«, gestand Arved. »Die beiden anderen Geschichten ... wir müssen den Autor jetzt dringender denn je finden, damit all das ein Ende hat.«

»Wir sollten die Finger von der Sache lassen. Wenn das, was mit Manfred passiert ist, tatsächlich in Zusammenhang mit dem Schattenbuch steht, dürfen wir auf keinen Fall noch weiter nachforschen«, wandte Lioba ein.

»Im Gegenteil. Nur Carnacki kann uns sagen, was das Ganze zu bedeuten hat«, meinte Arved und sah sie flehend an. Aller Irrsinn war nun aus seinem Blick verschwunden; er war wieder der alte Arved. Es überkam sie das Verlangen, ihn zu küssen, zu umarmen. Sie sah ihn an. Sie sah das verschmierte Blut an. Und ihr Verlangen war sofort wie weggewischt.

»Ich weiß nicht, was das Richtige ist«, sagte sie leise. Dann erzählte sie ihm von Abraham Sauer und seiner Theorie der Spiegelbücher. Arved hörte aufmerksam und schweigend zu, bis sie zum Ende gekommen war, nachdem sie zugegeben hatte, dass sie das Buch vernichten wollte, dabei aber gescheitert war.

Arved rieb sich die Augen, als könne er das, was er um sich herum sah, nicht mehr glauben. »Die erste Geschichte könnte auf dich anspielen. Die Okkulta-Liebhaberin ... aber die zweite Geschichte verstehe ich nicht.«

»Gibt es in deinem Leben etwas, das du bereust?«, fragte Lioba vorsichtig. »Etwas, wobei du Schuld auf dich geladen hast?«

»Jetzt klingst du wie eine Predigerin«, spottete Arved. »Wer von euch ohne Sünde ist, der werfe den ersten Stein. Was weiß ich? Bestimmt habe ich hier und da etwas getan, was nicht gut war. Vielleicht meine Gottesverleugnung von der Kanzel herab.«

»Aber wie passt sie zu der zweiten Geschichte – falls die erste tatsächlich auf mich zutrifft?«, wollte Lioba wissen. »Da geht es um einen Mann zwischen zwei Frauen.«

Arved lachte auf. Es klang rau und falsch. »Sieh mich doch an! Ja, ich hatte mal eine Freundin, damals, während des Studiums. Ich habe meine Erfahrungen in der Liebe gemacht, wenn auch nur sehr oberflächlich. Aber ich und zwei Frauen – niemals. Das ist doch lächerlich. Wenn man die Geschlechter umdreht, passt die Geschichte eher zu dir und Victor und Manfred.«

Lioba lief es kalt über den Rücken. Genau das hatte sie beim Lesen dieser Geschichte auch gedacht. Sie hatte die Parallelen gesehen. Aber sie hatte es nicht glauben wollen. Außerdem schien die erste Geschichte wie auf sie zugeschnitten: Die Sammlerin unheimlicher Bücher, die von einem anderen Sammler geliebt wird – damit konnte Victor gemeint sein –, bis dieser in den Tod geht. Aber sie hatte Victors Liebe nicht verschmäht. Plötzlich stand er vor ihr. Victor.

Nicht vor ihren Augen.

Sondern leibhaftig.

Lioba riss den Mund auf. Kein Laut drang über ihre Lippen. Arved schaute sie mit großen Augen an. Er schien nicht das zu sehen, was sie sah.

Vor ihr stand Victor, wo immer er auch hergekommen sein mochte. Er sah aus wie damals: groß, schlaksig, dürr, mit langen, schwarzen Haaren, die sich vorn zu lichten begannen und in die sich graue Strähnen geflochten hatten, und die unsagbar traurigen, flehenden Augen, die eine gewisse Ähnlichkeit mit denen von Arved besaßen, sahen sie eindringlich an. Er hielt die rechte Hand gegen sie gerichtet; die langen, schmalgliedrigen Finger waren beinahe wie Schlangen, die auf sie loszischelten. Am Ende eines jeden Fingers saß ein weiteres Auge. Alle blickten sie an. Dann bemerkte sie den Geruch des Wassers. Sie wollte hochspringen, aber Victor schoss auf sie zu. Jetzt roch sie Blut. Victors Bild zerplatzte, und unzählige Wassertropfen flogen in die Luft, als gäbe es keine Schwerkraft. Als die Tropfen den verrückten Schattenbereich der Platane verlassen hatten, glitzerten sie in der Sonne auf wie Tausende fröhlicher Gedanken. Und vor ihr hockte Arved. Er sah sie entsetzt an. Sein Gesicht war nicht weit von ihrem entfernt. Sie schlang die Arme um ihn und küsste ihn lange und leidenschaftlich. Zuerst versteifte er sich in ihrer Umarmung, dann ließ er es willig geschehen. Für den Augenblick waren alle Schatten zerstoben.

»Unverschämt! Und das auf einem Friedhof! Diese Jugend! Ihr ...«

Arved schreckte hoch. Lioba sah eine Frau vor der Bank stehen und einen Regenschirm schwenken, der angesichts des schönen Wetters wie ein Hohn wirkte. Als die Frau erkannte, dass das Liebespaar nicht jünger war als sie selbst, verstummte sie. Und als sie begriff, dass das Rot auf Arveds Hemd Blut war, senkte sie den Schirm, räusperte sich und suchte rasch das Weite.

Arved und Lioba lachten wie Schulkinder nach einem gelungenen Streich. Das Grauen war vorerst gebannt. Sie umarmten sich wieder, als könnten sie nicht begreifen, dass der andere wirklich da war. Sie berührten sich, streichelten sich, küssten sich, dachten nicht an die Vergangenheit, nicht an all das Unerklärliche. Es gab in diesem Augenblick nur sie auf der Welt, alles andere war Abbild einer fernen, sie nicht berührenden Wirklichkeit.

Doch die Wirklichkeit kroch allmählich zurück zu ihnen.

Arved machte sich von Lioba los und sah sie mit seinen großen blauen Augen an. »Wir müssen ihn finden«, sagte er. »Wir müssen all dem ein Ende machen.«

Lioba strich ihm mit den Fingern über das schüttere blonde Haar. »Und wie willst du das anstellen, mein Schöner?«, fragte sie sanft. »Hast du eine Spur, von der ich noch nichts weiß?«

Als er wieder von ihr abrückte, sah sie, dass sich einige Blutflecken auf ihrer Bluse abgedrückt hatten. Sie rief sich in Erinnerung, dass es Manfreds Blut war, und ekelte sich davor. Arved schien es nicht zu bemerken. »Wir müssen noch einmal einen Blick in das Schattenbuch werfen«, sagte er. »Du hast es noch, oder?«

Sie nickte. »Was soll das nützen?«, fragte sie.

»Vielleicht geben uns die Illustrationen einen Hinweis. In der dritten Geschichte war es schließlich der Spiegel, der uns den Weg gezeigt hat.«

»Den Weg zu Carnacki?«, fragte Lioba zurück.

Arved zog die Mundwinkel nach unten. »Es ist unsere einzige Chance. Komm, lass uns gehen.« Er zerrte an ihr, und sie gab nach. Sie war froh, aus dem verrückten Schatten der Platane zu kommen. Während sie den Kreis ihrer Finsternis verließ, hatte sie das Gefühl, als werde ein winziges Stück aus ihrer Seele gerissen und bleibe dort, auf der Bank, in der Dunkelheit.

Arved ließ sie los und lief in Richtung Ausgang. Er schien völlig vergessen zu haben, dass sie sich vorhin noch weltverloren geküsst hatten; für ihn existierte nur wieder die Suche, die Jagd. Als wolle er vor etwas weglaufen, indem er sich ein möglichst unerreichbares Ziel sucht, dachte Lioba.

Hastig eilten sie durch das Torgebäude und liefen die Herzogenbuscher Straße stadtauswärts hinunter. Sie wollte ihren eigenen Wagen nehmen, aber Arved drängte sie zu seinem Bentley. Als er die Beifahrertür aufschloss, hörte sie Schritte hinter sich.

»Es freut mich, Sie so zu sehen«, sagte eine schwere, männliche Stimme, und eine genauso schwere Hand legte sich auf Liobas Schulter. Arved erstarrte in seiner Bewegung.

Zwei Männer standen hinter ihnen. Zwei Männer in grauen Anzügen, mit weißen Hemden und grauen Krawatten; sie sahen aus wie Zwillinge. Ihre dunklen Augen waren der Widerschein von Kohlefeuern.

»Blut, überall Blut«, sagte der andere, dessen Stimme wesentlich höher war. »Wie mich das freut.« Er verzog das Gesicht zu einer abscheulichen Travestie menschlichen Lächelns. »Schön, dass wir euch endlich gefunden haben.«

18. Kapitel

Arved und Lioba wurden auf den Rücksitz eines schwarzen Wagens mit abgedunkelten Scheiben geschoben; sie konnten sich nicht wehren. Man hatte ihnen mit geradezu zauberhafter Geschwindigkeit Handschellen angelegt.

»Was soll das?«, fragte Lioba, als sich der Wagen in Bewegung setzte.

Arved saß still und in sich zusammengesunken neben ihr. Die Stadt flog dunkel hinter den schwarzen Fenstern vorbei – die Porta Nigra, ein geducktes Tier voll unheimlichen Lebens, die dunkle Masse des Simeonsstifts daneben, Häuser wie Kulissen zu einem nie aufgeführten Stück. Die beiden Männer in den grauen Anzügen schwiegen beharrlich; auch miteinander redeten sie nicht. Lioba überlegte angestrengt, ob es eine ähnliche Situation in einer der beiden verbleibenden Geschichten des Schattenbuches gab, aber sie konnte sich nicht daran erinnern. Lässt du dein Leben inzwischen von einem Haufen bedruckten Papiers bestimmen?, schimpfte sie stumm mit sich. Sie wünschte, sie säße zwischen ihren Büchern.

Der Wagen hielt in der Salvianerstraße vor einem großen, grauen Gebäude. Lioba atmete auf, als sie sah, dass es das Polizeipräsidium war. Plötzlich fiel von den beiden grauen Männern, die nun die hinteren Türen des Wagens aufreissen, alles Unheimliche ab. Sie waren nichts anderes als Kriminalbeamte. Fast hätte Lioba aufgelacht. Ein Blick auf Arved jedoch genügte, um ihre Erleichterung zum Zerplatzen zu bringen.

Er starrte vor sich, völlig apathisch, als gebe es für ihn keine Rettung mehr. Mit den hinter dem Rücken gefesselten Händen sah er aus wie ein gottergebener Mensch, der seine Hinrichtung erwartet. Ob er die Tat doch begangen hatte?, schoss es Lioba durch den Kopf. Nein, nicht Arved. Er war dazu nicht in der Lage. Er hatte ihr die Situation erklärt, hatte ihr gesagt, wie es zu Manfreds Tod gekommen war, auch wenn kein Gericht der Welt ihm das glauben würde. Wahrscheinlich lag darin der Grund für seine Verzweiflung.

Sie wurden durch den Eingang und das Foyer in den ersten Stock geführt, wo auf den Fluren eine Betriebsamkeit wie in einem Ameisenbau herrschte. Einer der Grauen riss eine Tür auf, und der andere drängte Arved und Lioba in den Raum dahinter.

Sie wurden von einer Frau mit einem Gesicht wie eine Bulldogge empfangen, die den beiden die Fingerabdrücke abnahm, wozu ihnen die Handschellen entfernt wurden. Danach legten die beiden Männer sie ihren Gefangenen sofort wieder an, zerrten sie aus dem Zimmer auf den Flur und schleiften sie einige Türen weiter.

Der Raum war leer bis auf einen riesigen Spiegel an der Wand, einen Tisch und vier Stühle. Arved und Lioba wurden nebeneinander auf zwei der Stühle gesetzt. Die beiden Männer stellten sich ihnen gegenüber. Lioba warf einen Blick auf den Spiegel. Dahinter war bestimmt ein kleiner Beobachtungsraum. Hinter den Spiegeln ...

Einer der beiden Männer – er war geringfügig größer als der andere und hatte eine etwas höhere Stirn – stützte sich mit den Händen auf der Tischplatte ab und beugte sich vor.

»Da haben wir ja ein nettes Pärchen«, sagte er, es war der mit der tiefen Stimme. Sie vibrierte im Raum wie eine Drohung. »Ihr habt ihn regelrecht zerrissen.«

»Wen?«, fragte Lioba schnippisch.

»Kennen Sie Ihren Ex-Mann nicht mehr?«, mischte sich der Graue mit der hohen Stimme ein. Er stand mit verschränkten Armen ein wenig hinter seinem Kollegen.

Sie hatten schnell gearbeitet und gut recherchiert. Der Schwere fuhr fort: »Wollen Sie etwa leugnen?«

Da flog die Tür auf, und ein langer, dünner Mann mit zotteligen schwarzen Haaren kam herein und wedelte mit einem Blatt Papier. »Hundertprozentige Übereinstimmung, Chef«, sagte er aufgeregt und drückte dem Schweren das Blatt in die Hand. Der Kommissar – oder welche Bezeichnung er immer haben mochte, er hatte es nicht für nötig befunden, sich oder seinen Kollegen vorzustellen – grinste bis zu den Ohren. »Sehr schön. Leugnen hat damit keinen Zweck mehr.« Er baute sich vor Arved auf. »Ihre Fingerabdrücke sind überall am Tatort gefunden worden. Außerdem hat man jemanden wie Sie beschrieben, als sie das Haus verließen. Und Ihr Auto ist ja auch sehr auffällig, da hat es Ihnen nichts genutzt, eine Straße entfernt zu parken.«

Am liebsten hätte sich Lioba schützend vor Arved geworfen, doch er musste sich selbst verteidigen.

Ohne den Blick zu heben, sagte er: »Ich habe Manfred Schult nicht getötet.«

»Und was ist mit dem Blut an Ihrer Kleidung? Wir werden es gleich analysieren lassen.«

»Das ist nicht nötig«, murmelte Arved. Er saß da wie ein Häufchen Elend.

»Aha!«, meinte der andere triumphierend. »Sie geben es also zu.«

»Gar nichts gebe ich zu!«, erwiderte Arved und schaute endlich auf.

Lioba beobachtete ihn von der Seite. Was sie sah, erfreute sie. In seinem Blick lag Entschlossenheit und Härte. »Das

Ganze ist eine lange und seltsame Geschichte. Ich habe den Leichnam berührt, das stimmt. Daher stammt das Blut. Ich wollte überprüfen, ob er tot ist. Aber ich bin nicht sein Mörder.«

»Dann erzählen Sie mal«, sagte der Schwere und setzte sich vor Arved. Er schaltete den Kassettenrekorder ein, der zwischen ihnen auf dem Tisch stand, schob Arved mit einer knappen Bewegung das Mikrofon entgegen, verschränkte die Arme auf dem Tisch und schaute sein Gegenüber erwartungsvoll an.

Und Arved erzählte. Er erzählte die Geschichte so, wie er sie auch Lioba erzählt hatte. Die Augen der beiden Kommissare wurden immer größer. Als Arved fertig war, sagte zunächst niemand etwas. Lioba fragte sich, wer wohl hinter dem Spiegel ebenfalls zugehört hatte. Es war so still, dass man sogar eine Stecknadel fallen gehört hätte.

Dann fing der mit der hohen Stimme an zu lachen. Sein Kumpan fiel ein. Sie lachten, bis sie rote Köpfe bekamen. »Das ist die tollste Geschichte, die ich je gehört habe«, sagte der Schwere schließlich und wandte sich an Lioba. »Und wie erklären Sie sich, dass sich auch Ihre Fingerabdrücke in Schults Wohnung finden?«

Lioba zuckte die Achseln. »Ich wollte meinen Ex-Mann besuchen, habe die Tür, die nicht verschlossen war, weiter aufgedrückt und Arved gesehen. Sonst habe ich nichts in der Wohnung berührt. Meine Abdrücke können also höchstens an der Tür sein. Stimmt's?«

Der Schwere sah sie mit zusammengekniffenen Augen an. Lioba bemerkte, dass ihm die Brauen über der Nasenwurzel zusammengewachsen waren. Er brummte etwas, woraus Lioba entnahm, dass sie Recht hatte. Sie lehnte sich zurück und sah den Kommissar herausfordernd an. »Beweisen Sie uns den Mord«, sagte sie keck. »Das können Sie nicht, denn keiner von uns beiden ist es gewesen.«

Der mit der hohen Stimme meinte: »Und warum ist Ihre Bluse ebenfalls blutverschmiert? Da stimmt doch etwas nicht.«

»Das ist passiert, als wir uns auf dem Friedhof geküsst haben.«

Die Reaktion der beiden Polizisten war sehr bemerkenswert. Der mit der hohen Stimme verzog vor Abscheu den Mund, und der Schwere sah belustigt von Lioba zu Arved und wieder zurück.

Beides reizte Lioba bis aufs Blut. »Sie können sich wohl nicht vorstellen, dass man auch in unserem Alter noch lieben kann, was? So, wie Sie wirken, haben Sie das schon vor langem verlernt.«

»Passen Sie auf, was Sie sagen«, meinte der Schwere und starrte auf Liobas Bluse. Sie hatte den Eindruck, er ziehe sie mit seinen Blicken aus. Der mit der hohen Stimme hingegen bekam einen hochroten Kopf. Der Schwere sagte, ohne den Blick von Lioba abzuwenden: »Sie können jetzt gehen. Es stimmt, Ihre Abdrücke sind nur an der Tür. Aber Ihren Freund müssen wir leider hier behalten.«

»Haben Sie denn die Tatwaffe?«, fragte Lioba und entspannte sich ein wenig.

»Die finden wir schon noch«, brummte der Schwere.

»Arved Winter braucht einen Anwalt«, erklärte Lioba. »Ich werde mich darum kümmern.«

»Tun Sie das«, meinte der andere. »Aber der wird Winter auch nicht rauspauken können. Vierundzwanzig Stunden lang haben wir das Recht, ihn hier zu behalten. Danach wird er dem Haftrichter vorgeführt. Er wird auf Flucht- und Verdunkelungsgefahr erkennen.«

»Das werden wir noch sehen«, sagte Lioba und stand auf. Keiner der beiden hielt sie zurück. »Noch Fragen?«

»Nein, aber halten Sie sich bereit. Sie werden von uns hören. Verlassen Sie die Stadt nicht.«

Arved sah Lioba Hilfe suchend an. »Bitte kümmere dich um meine Katzen«, sagte er nur und gab ihr seine Schlüssel. »Die brauche ich hier wohl nicht.« Sie drückte ihm die Hand und schenkte ihm ein aufmunterndes Lächeln. »Du bist bald raus hier.«

»Darauf würde ich nicht wetten«, sagte der Schwere und stand auf. Seine Blicke waren irritierend. Einerseits schien er Lioba aus dem Raum prügeln zu wollen, andererseits lag etwas Animalisches in ihnen. Als er Arved anschaute, lief es Lioba kalt den Rücken herunter. Sie wollte Arved nicht mit diesen beiden Männern allein lassen, aber im Gefängnis konnte sie ihm nicht helfen; außerdem würde man sie in getrennte Zellen stecken. Lioba ging mit festen Schritten zur Tür und zog sie auf. Dabei glitt ihr Blick über den Spiegel in der Wand.

Sie glaubte etwas darin zu sehen, was keine Widerspiegelung des Zimmers war.

Es war eine weitere Person, eigentlich nur der Schatten einer Person: ein älterer, unglaublich dürrer Mann mit grauen Haaren und einer schwarzen Brille, wie Blinde sie tragen.

Valentin Maria Pyrmont alias Vampyr.

Im Glas, hinter dem Glas. Sie kniff die Augen zusammen, er war verschwunden. Sie zog die Tür auf und verließ das Verhörzimmer. Draußen auf dem Flur weinte sie.

19. Kapitel

Lioba verließ den Raum, und Arved fühlte sich, als gehe ein Stück seiner Seele mit ihr. Die beiden Kommissare schienen das zu wissen und setzten ihm nun hart zu. Immer wenn einer der beiden eine Frage gestellt hatte, setzte der andere mit einer weiteren Frage nach, und sie legten ihm die Antworten in den Mund. Es war deutlich, dass sie ihn bereits wegen Mordes verurteilt hatten. Ihn allein; Lioba schienen sie zu glauben. Immer wieder beteuerte er, er habe zwar die Leiche berührt, aber Manfred Schult nicht umgebracht. Er unterließ es, die Geschichte seiner Erlebnisse erneut zu erzählen oder auf ihren Einzelheiten zu beharren, denn es war ihm nur zu klar, wie unglaublich sie klang.

Als sie wieder und wieder dieselben Fragen stellten, wurde es Arved zu dumm. »Ich sage gar nichts mehr ohne einen Anwalt«, bekundete er und schaute auf die gefesselten Hände in seinem Schoß.

Es fiel ihm schwer, ihre Unverschämtheiten über sich ergehen zu lassen und nichts dazu zu sagen, aber er blieb hart. Als sie endlich begriffen hatten, dass sie nichts weiter aus ihm herausbekommen konnten, ließen sie ihn abführen.

Nun wurde er in einer Grünen Minna gefahren, einem umgebauten Bus mit winzig kleinen Fensterschlitzen. Noch zwei andere Gefangene saßen im Wagen, aber sie sagten kein Wort, sondern starrten nur auf den Boden. Der eine war ein grobschlächtiger Mann mit einer Löwenmähne und einer eingedrückten Nase, der andere sah aus wie ein Buchhalter, der beim Denken eines ungesetzlichen Gedankens erwischt worden war. Er kratzte sich unablässig am beinahe kahlen

Kopf, über den die wenigen verbliebenen Haarsträhnen wie Rettungsseile geschlungen waren.

Die Fahrt ging über die alte Römerbrücke nach Süden am linken Moselufer entlang, bis die Straße schließlich den Fluss verließ. Durch Trier West und Euren ging es auf der Luxemburger Straße bis zu einem Gewerbegebiet, an dessen Rand sich der mächtige Betonquader der Justizvollzugsanstalt erhob, wie das Gefängnis im Beamtendeutsch hieß. Die Grüne Minna hielt zuerst vor einer Schranke und dann vor einem gestreiften Tor, das mit aufreizender Langsamkeit zur Seite glitt. Währenddessen betrachtete Arved den hohen Zaun, den Stacheldraht darüber und die Kameras auf dem Dach. In der Ferne erhob sich ein bewaldeter Hang. In unerreichbarer Ferne. Wann würde er wieder seine geliebten Spaziergänge aufnehmen können? Jemals wieder? Als der Bus durch das Tor fuhr und es sich hinter ihnen wieder schloss, war Arved, als sei das Tor zu seinem früheren Leben für immer zugefallen.

Die Zelle war genauso, wie er es aus Fernsehfilmen kannte: eine Pritsche, ein Tisch, ein Stuhl, eine Toilette und ein hohes, vergittertes Fenster. Nachdem der Aufseher ihn eingeschlossen und die Tür mit lauten, schrecklich endgültig klingenden Geräuschen verriegelt hatte, setzte sich Arved auf das Bett, stützte den Kopf in die Hände und sah sich in stiller Verzweiflung um. Zwar hatte man ihm unten erklärt, dass die Untersuchungsgefangenen ihre Kleidung behalten können, aber die seine brauchte man wegen der Blutspuren, also trug er bereits Gefängniskleidung. »Damit du dich dran gewöhnen kannst«, hatte der mit der hohen Stimme gesagt, der vorn in der Minna mitgefahren war und ihn bis zum Pförtner des Gefängnisses begleitet hatte.

Arved hatte nicht nach einem Anwalt verlangt, da er sicher war, Lioba würde sich darum kümmern; er wollte ihr nicht ins Handwerk pfuschen. Sie hatte versprochen, ihn hier herauszuholen, und sie würde ihr Versprechen halten. Der Gedanke an sie war so tröstend.

Arved stand auf und durchmaß seine Zelle. Wenn er sich auf die Zehenspitzen stellte, konnte er aus dem Fenster sehen. Er sah jedoch nur einen tristen Innenhof, in dem sich die Gefangenen ergehen durften. Er befand sich recht weit oben, im vierten oder fünften Stock, und daher vermochte er wenigstens viel Himmel zu sehen. Der Himmel war grau heute, grau wie die Anzüge der Kommissare. Grau wie die Anzüge der Mörder. Er legte sich auf die Pritsche.

Wie mochte es seinen Katzen gehen? Lioba würde sich auch darum kümmern. Sie waren so scheu geworden in der letzten Zeit, hatten ihn gemieden, beinahe als wäre er nicht er selbst. Genauso fühlte er sich. Das Schattenbuch war ein Buch des Verhängnisses für ihn geworden und hatte ihn in diese Zelle geführt. Von den beängstigend-wunderschönen Geschichten über die Suche nach ihrem Urheber war er in ein unentzifferbares Gewirr von Ereignissen geraten, das ihn und Lioba zunehmend bedrohte. Hoffentlich geschah ihr nichts. Er könnte es sich niemals verzeihen, wenn sie Schaden nahm.

Arved ließ die Blicke durch die Zelle schweifen. Der Boden bestand aus abwaschbarem Kunststoff, und die Wände waren mit einer ebenfalls abwaschbaren grauen Farbe gestrichen, die etwa in Schulterhöhe von reinem Weiß abgelöst wurde. Und in das Grau waren etliche Zeichen und Sprüche eingeritzt. Viele waren nicht mehr erkennbar, bei einigen handelte es sich um obszöne Hasstiraden, aber einer neben seinem Kopf lautete: *Nur Gespenster haben ein Spiegelbild*.

Er kam nicht dazu, sich Gedanken über diesen sonderbaren Satz zu machen. Die Tür wurde mit lautem Klacken und

Knirschen aufgeschlossen, und neben dem Wärter trat ein Baum von einem Kerl ein, der einen schwarzen Anzug und einen Priesterkragen trug.

»Das ist er, Hochwürden«, sagte der Wärter, der ein Dutzendgesicht und einen Dutzendkörper hatte, seltsam altmodisch. Er trat einen Schritt zurück und schloss die Tür wieder.

Der Priester ging auf Arved zu, der noch auf der Pritsche lag und sich nun langsam in eine sitzende Stellung brachte. Er streckte dem Häftling die Hand entgegen.

»Hartmut Enden ist mein Name. Ich bin der Gefängnispfarrer. Ich habe gehört, dass wir gewissermaßen Kollegen sind.«

Die Recherchen der Polizei waren wohl schon bis hierher gedrungen. Der gläserne Mensch, über den alle Informationen sofort abrufbar waren – eine schreckliche Vorstellung, über die sich Arved bisher nur wenig Gedanken gemacht hatte. Verdutzt ergriff er die ihm dargebotene Hand und schüttelte sie. Der Priester zerquetschte ihm beinahe die Finger, dann setzte er sich neben Arved. Er roch nach billigem Rasierwasser, von dem er unglaubliche Mengen benutzt zu haben schien, fast als wolle er einen anderen, noch hartnäckigeren Geruch überdecken. Vielleicht war es der Gefängnisgeruch.

Der Pfarrer beobachtete ihn mit kleinen, grünen Augen wie ein Insekt. »Alles in Ordnung?«, fragte er.

Arved sah ihn erstaunt an. Wie konnte alles in Ordnung sein, wo er doch in dieser Zelle saß?

Der Priester deutete seinen verblüfften Blick richtig. »Ich habe von Ihrer unglaublichen Geschichte gehört«, sagte er. »Da dachte ich, es gibt einiges, worüber wir beide reden könnten, nicht wahr?«

»Wie haben Sie so schnell ...«

»Jedes Haus hat Ohren, denn jedes Haus lebt«, sagte der Priester lächelnd. Dann wurde sein Gesicht zu einer Maske des Ernstes und der Besorgnis. »Ich habe schon einmal eine ähnliche Geschichte gehört. Hier in diesem Haus.«

»Eine ähnliche Geschichte?«, fragte Arved und spürte, wie ein Ruck durch ihn ging.

Der massige Priester schüttelte sorgenvoll den Kopf. Arved sah, dass ihm Schweißperlen auf der breiten, roten Stirn standen. »Eine schreckliche Sache. Ein unbescholtener Bürger. Bringt so einfach eines Tages seine Frau um, ohne jeden Grund. Sie hat ihn nicht betrogen, war lieb und brav, hat gut gekocht, und da zerhackt er sie eines Abends. Die Nachbarn haben die Polizei gerufen, und er ließ sich von den Beamten kaum in seiner Arbeit stören. Ein Beamter im Bauordnungsamt. Unauffällig. Jeden Tag eine Krawatte, jeden Tag Kantinenessen. Bei der Festnahme hat er zwei Polizisten mit seinem Schlachtermesser ernsthaft verletzt. Seine Frau war ... ich habe die Fotos gesehen und danach drei Tage nicht mehr geschlafen.«

»Was hat das mit mir zu tun?«, fragte Arved. Der Geruch des billigen Deos wurde immer unerträglicher; er schien umso intensiver zu werden, je stärker der Priester schwitzte.

Pfarrer Enden sah den Gefangenen mit traurig gewordenem Blick an. »Als man ihn fragte, warum er das getan habe, sagte er, das Buch habe es ihm befohlen.«

Arved richtete sich ruckartig auf. »Das Buch? Welches Buch?«

»Das Schattenbuch.«

Arved fühlte sich, als werde ihm die Pritsche unter dem Gesäß weggezogen. Er schaute durch das vergitterte Fenster, hinter dem schwere graue Wolken klebten.

Der Pfarrer fuhr fort: »Ich weiß nicht, was es mit diesem Buch auf sich hat, aber es scheint einen unheilvollen Einfluss auf den Täter gehabt zu haben. Er ist für den Gefängnispsychologen ein vollkommenes Rätsel. Als ich hörte, dass Sie etwas Ähnliches erlebt und begangen haben ...«

»Ich habe nicht gemordet!«, unterbrach Arved den Priester. »Meine Geschichte ist völlig anders!« Er sprang auf, rannte in der Zelle umher, blieb vor der Tür stehen.

»Das glaube ich Ihnen gern, aber ich dachte, es könnte vielleicht hilfreich sein, wenn Sie einmal mit dem Gefangenen reden. Ich habe die Erlaubnis, Sie zu ihm zu bringen.«

Arved überlegte. Konnte der andere etwas über Carnacki wissen? Gab es noch eine Möglichkeit, das Ganze aufzuhalten? Er musste es wenigstens versuchen. Arved holte tief Luft, hielt sie an, stieß sie mit einem Seufzer wieder aus und nickte.

Der andere Gefangene war im Keller untergebracht. Pfarrer Enden führte Arved mehrere Gänge entlang, über Treppen, an Zellentrakten vorbei, bis sie zu einem abgelegenen Teil des Gefängnisses kamen, der einen aufgegebenen Eindruck machte. Der Wärter ging dicht hinter Arved und hatte ihm zuvor wieder die Handschellen angelegt. Die Wände waren unverputzt, als habe man sich nicht mehr die Mühe gemacht, diesem Teil des Komplexes den Anstrich des Fertigen, Menschenwürdigen zu geben. Neonröhren flackerten und brummten an der hohen Decke, und der Boden bestand aus rohem Beton. Das Unheimlichste an diesen Katakomben war die Stille. Auf dem Weg hierher hatte Arved den vielfältigen Lärm eines Gefängnisses gehört: das Rufen, Rasseln, Klappern, das Poltern der Schritte in den Gängen. Doch je tiefer und weiter sie gekommen waren, desto ruhiger war es geworden. Jetzt waren es nur noch die Schritte der drei, die zu hören waren.

Der Wärter überholte Arved und öffnete mit seinem gewaltigen Schlüsselbund eine Eisentür, in die eine kleine, verschlossene Klappe eingelassen war. Arved sah, dass es hinter der Tür stockfinster war.

»Besuch für dich«, rief der Wärter, trat wieder auf den Gang und winkte Arved und den Priester heran. »Es ist etwas dunkel hier, auf Wunsch unseres Gastes, aber ihr werdet euch daran gewöhnen. Ich bleibe dabei, so kann nichts passieren.«

Arved ging voran, der Priester folgte ihm. Die Dunkelheit verschluckte sie.

»Setzen Sie sich hierhin«, hörte er die Stimme des Wärters. Ein Stuhl wurde über den rauen Boden geschoben; Arved fühlte, wie die Lehne gegen seine Flanke drückte. Er stieß den Stuhl mit dem Bein zur Seite und setzte sich darauf. Ein Knarren rechts und eines links von ihm zeigte an, dass sich auch seine beiden Begleiter niedergelassen hatten.

Arved hatte schon von Dunkelhaft gehört; es war eine Foltermethode, die er niemals in einem deutschen Gefängnis erwartet hätte. Als er sich noch über seine Umgebung wunderte, hörte er plötzlich ein leises, aber ungeheuer deutliches Flüstern.

»Sind Sie derjenige, der ein Schattenbuch hat?«

»Ja«, sagte Arved in die Dunkelheit hinein.

»Ich habe auch eines. Ich hatte eines, aber es wird immer mir gehören.« Es war nicht aus der Stimme herauszuhören, ob der Sprecher alt oder jung war. »Man hat es in die Asservatenkammer gelegt. Von dort ist es verschwunden Es kann kein Unheil mehr anrichten, denn es war mein Buch. Wo ist Ihr Buch?«

Arved antwortete nicht darauf. Er versuchte, etwas in diesem finsteren Loch zu erkennen, doch da es kein Fenster gab, war das kaum möglich. Lediglich unter der Tür lag ein winziger Lichtbalken.

»Ist es in Sicherheit?«, fragte die Stimme.

»Nein«, antwortete Arved der Wahrheit gemäß.

»Dann sehen Sie sich vor. Mir glaubt man hier nicht, denn die Psychologen haben mich für schuldfähig erklärt. Darum bin ich hier. Ich will nie wieder das Tageslicht sehen, und ich will nichts von der Welt hören und niemandem begegnen. Auch darum bin ich hier. Es ist mein eigener Wille. Nur Pfarrer Enden kommt manchmal zu mir, weil ich es will. Und als er mir von Ihnen erzählte, wollte ich Sie kennen lernen. Erzählen Sie mir Ihre Geschichte.«

Was hatte er noch zu verlieren? Also berichtete Arved von Anfang an: Wie er zu dem Schattenbuch gekommen war, wie sie nach dem Autor geforscht hatten, wie sie auf Manfred Schult gestoßen waren, wie dieser ebenfalls das Buch gelesen hatte und danach auf grässliche Weise umgekommen war.

Der Gefangene hörte schweigend zu. Erst als Arved zum Ende gekommen war, sagte er: »Mein Buch hat mir ebenfalls den Spiegel vorgehalten – aber es war der Spiegel zukünftiger Ereignisse. Als ich es begriff, war es zu spät. Meine Frau und ich hatten eine vorbildliche Ehe geführt, und ich war ein vorbildlicher Beamter. Aber ich habe meinen Beruf gehasst, und ich habe meine Frau gehasst. Sie war perfekt – erstickend perfekt. Überall Häkeldeckchen, überall Sesselschoner, immer alles an seinem Platz, nie irgendwo ein Stäubchen. Immer die beste Gastgeberin, immer die hingebungsvollste Ehefrau, immer die Liebste, Beste, Schönste. Das Buch war ein bestialisches Buch. Es war ein Roman über einen kleinen Angestellten, der eines Tages durchdreht. Die äußeren Gegebenheiten waren völlig anders als bei mir und meiner Frau, aber die Aussage war klar: Mach dich frei. Das habe ich getan. Das Buch hat mich dazu getrieben. Wissen Sie, was das Schlimmste ist?«

Arved schüttelte den Kopf. Als ihm bewusst wurde, dass der Gefangene diese Art von Antwort nicht bemerken konnte, sagte dieser bereits: »Sie wissen es nicht? Dass ich es einfach nicht bereuen kann. Ich habe es versucht. Pfarrer Enden weiß es. Ich büße, indem ich niemanden sehe und hier im Dunkeln lebe. Es war ein großer Kampf mit der Anstaltsleitung, bis sie es mir genehmigten. Wegen möglicher Foltervorwürfe, Sie verstehen? Ich versuche, zu mir zu finden und mich zu läutern, aber es gelingt mir nicht. Alles Gute in mir ist tot. Und die einzige Person auf der Welt, die mich geliebt hat, ist tot. Sie wissen, was das bedeutet. Ich befinde mich hier unten sozusagen auf Abruf. Und mein Ende wird noch die perverseste Phantasie weit hinter sich lassen. Ich kenne mein Ende, denn es ist in dem Roman beschrieben. Ich werde es Ihnen nicht sagen. Ich habe es noch nie jemandem gesagt. Vielleicht aber gibt es für mich doch noch eine Rettung, nämlich dann, wenn ich Sie retten kann. Vielleicht genügt das. Vielleicht hat die Vorsehung Sie zu mir geschickt. Als ich hörte, dass Sie hier sind, habe ich wieder Hoffnung geschöpft. Deshalb sind Sie jetzt bei mir. Es geht um Sie, und es geht um mich. Sie müssen sich aus dem Strudel der Ereignisse befreien.«

»Wie kann ich das?«, fragte Arved.

Die alterslose Stimme flüsterte: »Wissen Sie, was ich machen würde, wenn ich die Gelegenheit dazu hätte? Ich würde den Autor des Buches aufsuchen und ihn zur Rede stellen. Ich würde gegen ihn kämpfen. Ich würde ihn dazu zwingen, seinen Fluch zurückzunehmen.«

Ist es denn ein Autor aus Fleisch und Blut?, wollte Arved fragen, aber er kam sich einfach zu lächerlich dabei vor.

Die Stimme redete weiter: »Wenn Sie den Autor finden, den Urheber all dessen, dann können Sie gegen ihn kämpfen und ihn überwinden. Ansonsten wissen Sie nicht, wogegen Sie kämpfen. Sie sind sich selbst ausgeliefert. Wenn man weiß, wogegen man kämpft, kann man gewinnen. Die alten Wüstenväter haben all ihre Ängste und Anfechtungen als Dämonen bezeichnet und ihnen auf diese Weise ein Gesicht verliehen. So hatten sie einen Gegner, mit dem sie es aufnehmen konnten.«

»Ich habe keine Ahnung, wo das Buch herkam.«

»Das war bei mir am Anfang genauso. Bis ich erfahren habe, wer der Vorbesitzer war und wem ich es zu verdanken habe, dass ich zur mordenden Bestie wurde und jetzt hier unten mein eigenes Ende erwarte. Als ich von Ihrem Fall erfuhr und einen bestimmten Namen hörte, dachte ich, es gibt nur diesen einen Weg. Ich musste mit Ihnen reden.«

»Woher wissen Sie so viel über mich?«, fragte Arved verdutzt.

Die leise Stimme lachte. »Ich weiß inzwischen mehr, als Sie sich träumen lassen. Aber das gehört nicht hierher. Ich möchte Ihnen sagen, von wem mein Buch stammt. Ich bin mir sicher, dass Sie entweder bald entlassen werden oder dass Ihre Freundin das Werk weiterführen wird.« Die Stimme machte eine bedeutungsschwere Pause.

Arved spürte, wie ihm kalt wurde. »Sie wissen, wer Carnacki ist?«

»Ah, Carnacki nennt er sich bei Ihnen? Nein, das weiß ich nicht. Ich kenne nur das Zwischenglied. Es ist ein Sammler seltener okkulter Bücher. Sein Name lautet Abraham Sauer.«

Sauer! Das war der Mann, von dem Lioba ihm erzählt hatte. Ihr war er äußerst sympathisch erschienen, das hatte er aus der Art ihrer Darstellung geschlossen. Eigentlich zu sympathisch. Arved verstand gar nichts mehr. Was hatte dieser Mann mit den Mächten der Finsternis zu tun, die das Schattenbuch umwebten?

20. Kapitel

Als die Haustür mit einem beruhigenden Geräusch hinter ihr zuschlug, ging es Lioba wieder besser. Hier war sie in ihrer gewohnten Umgebung, einem Albtraum entronnen, in dem allerdings Arved noch immer steckte. Sie musste etwas für ihn tun. Zuerst ging es darum, einen Anwalt zu organisieren. Dann musste sie sich um seine Katzen kümmern, was bedeutete, nach Manderscheid zu fahren. Sie schaute auf die Uhr. Es war schon nach sechs. Die Anwaltsbüros hatten vermutlich bereits geschlossen. Zweifelnd stand sie vor ihrem Telefon im Arbeitszimmer. Auf dem Stuhl vor dem Schreibtisch lagen Bücherstapel, die sie nicht wegräumen wollte. Alles war so, wie es Arved gesehen hatte. Alles sollte so bleiben.

Einen Anwalt gab es, den sie auch jetzt noch anrufen konnte. Abraham Sauer. Falls er noch als Anwalt tätig war. Einen Versuch war es wert. Liobas Herz klopfte, als sie sich über die Büchertürme beugte und mit bebenden Fingern seine Nummer wählte.

Eine Zeitlang geschah nichts. Dann knackte es in der Leitung, und eine dunkle Stimme, die eindeutig nicht die von Abraham Sauer war, fragte: »Ja?«

Lioba nannte ihr Anliegen. Am anderen Ende sagte die seltsam verzerrt klingende Stimme, die nur dem Diener Jonathan gehören konnte: »Einen Augenblick, bitte.«

Es dauerte recht lange, bis Lioba endlich mit Erleichterung und einer gehörigen Portion Nervosität Sauer hörte. Sie entschuldigte sich für die Störung, doch er schien über ihren Anruf mehr als erfreut. Kurz erläuterte sie die Sachlage; wenigstens brauchte sie keinen Eiertanz um die unglaublichen Ereignisse zu machen, da Sauer genau wusste, worum es ging. Ein fremder Anwalt hätte Lioba für verrückt erklärt und das Mandat keinesfalls angenommen.

Sauer sagte: »Ich bin nicht mehr als Anwalt tätig, aber ich besitze noch meine Zulassung. Es wäre mir eine Freude, Ihnen und Ihrem Bekannten zu helfen.«

Ihrem Bekannten ... Es klang so seltsam. Nein, Arved war so viel mehr als das. Er war ihr Geliebter. Sauers Stimme verursachte ihr allerdings ein wohliges Gefühl in der Magengegend, und sie freute sich darauf, ihn nun bald wiederzusehen. Nein, sie empfand nichts für ihn. Sie hatte in Arved das gefunden, was sie gesucht hatte. Sauer schlug vor, Lioba solle sofort zu ihm kommen, doch sie lehnte ab, weil sie zuerst die Katzen holen musste. Also verabredeten sie sich für den folgenden Morgen. Lioba legte auf und war erleichtert. Sauer würde Arved aus dem Gefängnis holen, da war sie sich sicher.

Sie zog sich um, warf Bluse und Rock, die ihr den ganzen Tag über ein so falsches Gefühl gegeben hatten, in den Wäschekorb und holte sich aus dem kleinen Schrank im Schlafzimmer eines ihrer gewohnten geblümten Kleider. Dabei zwinkerte sie der Statue der heiligen Elisabeth zu und murmelte: »Du und deinesgleichen werden uns schon helfen, nicht wahr?« Dann verließ sie das Haus und fuhr nach Manderscheid.

Der Himmel hatte sich bewölkt. Regen drohte, fiel aber noch nicht. Es war stickig geworden. Auf der Fahrt dachte Lioba über diesen verrückten Tag nach: über den vermeintlichen Mörder Arved, der ihr so gewaltige Angst eingeflößt hatte, über seine Unschuldsbeteuerungen, die sie inzwischen restlos glaubte, über seine ungeheuerliche Geschichte von der Welt hinter dem Spiegel, über ihre Erlebnisse auf dem Friedhof und die Verhaftung durch zwei Gestalten, die wie aus einem phantastischen Film herausgetreten wirkten. Ein

Wunder, dass ich wieder auf freiem Fuß bin, sagte Lioba zu sich selbst und trat das Gaspedal durch.

Hinter Wittlich führte die Autobahn recht steil bergan, und der Renault verlor an Geschwindigkeit. Der Himmel war inzwischen bleigrau, und in der Ferne rückte eine schwarze Wand heran, in der erste Blitze zuckten. Wo mochte Arved jetzt sein? Sie sehnte sich nach ihm. Und sie war froh, gleich morgen Abraham Sauer wiederzusehen. Normalerweise benötigte sie keinen Schutz, aber in dieser Situation kam sie nicht ohne ihn aus.

Sie überholte einen auf der rechten Spur kriechenden LKW, dessen Auspuff schwarze Rußwolken ausspuckte. Als sie sich neben ihn setzte, flog plötzlich eine Plane des Anhängers auf, flatterte und gab einen kurzen, abgerissenen Blick auf das Innere frei. Vor Schreck verriss Lioba fast das Steuer, näherte sich dem LKW, der wie verrückt hupte und Gas gab, sodass eine weitere gewaltige Wolke aus seinem Auspuff quoll, die Lioba die Sicht nahm. Sie bremste, schlingerte hinter dem Lastwagen auf den Standstreifen und kam zum Stehen. Ihr Herz raste, ihr Puls auch, der Atem ging stoßweise. Sie legte den Kopf auf das Lenkrad.

Spiegel. Sie hatte Spiegel auf der Ladefläche gesehen. Spiegel an Haken aufgehängt. Wie baumelnde Schweinehälften. Und einer der Spiegel war herumgeschwenkt und hatte ihren Wagen eingefangen. Drei Gestalten saßen darin. Eine davon war sie, am Steuer, mit blutunterlaufenen Augen und weiß wie der Tod. Die beiden anderen hinter ihr hatte sie nur für den Bruchteil einer Sekunde gesehen. Dann war die schwarze Wolke gekommen. Der LKW verschwand hinter einer lang gezogenen Kurve.

Sie schaute auf die Rückbank. Dort saß niemand. Natürlich hatte sie sich geirrt, natürlich hatte sie nur Phantome gesehen. Wirkliche Phantome? Arveds Erzählung wurde immer realer. Sie wünschte, es wäre ihr möglich gewesen, das Schattenbuch zu vernichten. Sie hatte den Brandgestank in Sauers Haus gerochen, doch danach hatte das Buch unbeschädigt in ihrem Auto gelegen. Hatte der Drucker in Wittlich nicht auch von Brandgeruch gesprochen? War es wirklich eine gute Idee, Sauer mit dem Fall zu betrauen?

Reiß dich zusammen! Fahr weiter!

Sie gehorchte.

Lioba nahm die Abfahrt Manderscheid, fuhr hinunter ins Tal der Lieser, nach Niedermanderscheid, vorbei an der Niederburg, deren Steinmassen wie zum Sprung auf die Straße bereit schienen, dann wieder hoch in den eigentlichen Ort, immer weiter bergan, bis sie an den Kreisel des Ceresplatzes kam. Manderscheid war sehr ruhig heute Abend, fast ausgestorben, nur vor einem Supermarkt standen zwei junge Männer und gestikulierten wild. Lioba umrundete den Kreisel fast ganz, bog in die Mosenbergstraße ein, dann wieder nach rechts in die kleine Gasse, an deren Ende Arved Winters Haus inmitten von Obstbäumen lag. Lioba stellte den Wagen vor der Garage ab und stieg mit weichen Knien aus. Es wurde Zeit, dass dieser ganze Spuk endete. Hätte sie bloß Arved nie dieses Buch geschenkt! Aber wie hätte sie wissen sollen, was sich daraus entwickelte?

Mit Arveds Schlüssel sperrte sie die Haustür auf und warf sie sofort wieder hinter sich zu, damit die Katzen nicht entkommen konnten. Im Keller fand sie einen Katzenkorb, der groß genug für beide Tiere war. Sie stellte ihn in die Diele und machte sich auf die Suche nach Salomé und Lilith.

Sie waren nirgends zu sehen.

Lioba lockte sie mit allen möglichen Geräuschen – umsonst. Dann ging sie in die Küche und suchte nach dem Katzenfutter. Bald hatte sie die Dose auf einem hohen Bord gefunden, nahm sie herunter und raschelte damit. Nichts. Sie ging mit der Dose in der Hand durch das ganze Haus, schaute auch im Garten nach, dessen Umzäunung die Tiere nicht überwinden konnten, aber die Katzen blieben verschwunden.

Sie sind nicht an mich gewöhnt, sie haben Angst, dachte Lioba. Sie hatte selbst einmal eine Katze gehabt, doch nun war auch sie mit ihrem Latein fast am Ende. Auf keinen Fall durfte sie die beiden kleinen Pelzwesen hier lassen, denn sie würden verhungern. Arved hing inzwischen sehr an ihnen, auch wenn sie eine unfreiwillige Erbschaft waren, die er zunächst nicht sehr geschätzt hatte.

Lioba griff zu einer letzten List. Sie stellte den offenen Katzenkorb ins Wohnzimmer, legte genügend Futter hinein und ging durch die Balkontür nach draußen. Sie lauerte hinter der Scheibe und hoffte, die Tiere würden sich nun unbeobachtet fühlen. Tatsächlich kam bald eines der schwarzen Knäuel – Lioba hatte keine Ahnung, ob es Salomé oder Lilith war, denn sie konnte die beiden nicht auseinanderhalten – und umkreiste den Katzenkorb mit angelegten Ohren. Das Tier sah sich immer wieder mit großen, angsterfüllten Augen um – und verschwand schließlich in dem Korb. Kurz darauf waren durch die einen Spaltbreit geöffnete Balkontür knabbernde Geräusche zu hören.

Lioba atmete auf. Nun fehlte nur noch die andere Katze. Diese aber schien noch scheuer oder ängstlicher zu sein. Es dauerte einige Minuten, bis endlich ein schwarzer Schatten im Wohnzimmer über den Teppich huschte. Als auch der Schwanz im Korb verschwunden war und das Knurpsen die doppelte Lautstärke annahm, riss Lioba die Tür auf, hastete zu dem Korb und schlug das kleine Gitter zu. Die Katzen fauchten, miauten und versuchten zu entkommen, aber es half ihnen nicht. Lioba setzte den Korb auf den Rücksitz ihres Wagens, holte das Futter, das Katzenklo und Streu dafür, schloss sorgfältig das Haus ab und machte sich auf den Rückweg nach Trier.

Die beiden jungen Männer standen noch immer vor dem Supermarkt an der Kurfürstenstraße. Als sie Liobas Wagen sahen, zuckten sie zusammen und schauten ihm ungläubig nach, wie Lioba mit einem Blick in den Rückspiegel feststellte.

Die Katzen schrien und weinten und streckten die Pfoten zwischen den Stäben hindurch. Es war nervtötend. An der Autobahnraststätte *Eifel* hielt sie an und schüttete noch mehr Futter in den Käfig. Die Katzen zischten sie dabei an, als sei sie der böse Feind persönlich.

Den Rest der Fahrt musste Lioba die Geräuschkulisse zweier panischer Katzen ertragen. In ihrem Haus ließ sie die beiden frei. Sie hatte zwar Angst um ihre wertvollen Bücher, aber Arved hatte ihr schon bei früherer Gelegenheit versichert, Lilith und Salomé würden an nichts als an ihrem Kratzbaum kratzen.

Und genau den hatte Lioba vergessen.

Fluchend stellte sie das Katzenklo in die Küche und die Näpfe mit dem Trockenfutter in einiger Entfernung davon neben die Tür, zusammen mit einem Schälchen Wasser. Dann sorgte sie dafür, dass alle Türen im Haus außer der zum Schlafzimmer offen standen, nachdem sie sich vergewissert hatte, dass die Katzen nicht unter dem Bett steckten. Bei ihrem Rundgang entdeckte sie keine Spur der beiden. Mit einem Seufzen ging sie ins Bad und bereitete sich für die Nacht vor.

Zuerst fand Lioba keinen Schlaf. Durch die geschlossene Tür glaubte sie es unten hasten und rascheln zu hören, und sie hatte doch ein wenig Angst um ihre Bücher. Wenigstens waren die Katzen in Sicherheit. Aber sie gaben keine Ruhe. Gegen zwei Uhr stand Lioba auf und sah nach.

Sie schlich sich an. Salomé und Lilith befanden sich im Wohnzimmer. Gut, dass die wertvollsten Bücher hinter Glas standen. Die beiden Katzen saßen in der Mitte des Raumes und beschnupperten sich gegenseitig, als wollten sie sich des Beistandes ihrer Genossin versichern. Als sie Lioba bemerkten, glotzten sie sie mit großen Augen an und stoben davon. Sie sah zwei schwarze Blitze, und die Tiere waren verschwunden. Nein, eigentlich hatten sie nicht Lioba angeschaut, sondern den Blick auf etwas neben ihr gerichtet. Sie drehte sich um.

Sie spürte einen kalten Hauch wie von etwas, das dicht und eisig an ihr vorüberging. Liobas Nackenhaare richteten sich auf. Sie floh in ihr Schlafzimmer und verriegelte die Tür. Von unten hörte sie wieder Lärm. Es war Kampfeslärm. Fauchen, Miauen, seltsames Schreien, bei dem sie nicht sicher war, ob es wirklich von den Katzen stammte.

Am nächsten Morgen sah das Wohnzimmer wie ein Schlachtfeld aus. Blut klebte auf dem Parkett, Fellfetzen lagen verstreut umher, Bücher waren durcheinandergewirbelt worden. Lioba schaffte seufzend Ordnung und war froh, als sie feststellte, dass die Bücher keinen Schaden genommen hatten. Dafür hatte einer der Sessel als Kratzbaum herhalten müssen. Wenigstens war es nur der gegen die Regale gerichtete Rücken, auf dem sich die Krallenspuren abzeichneten. Die beiden Katzen hingegen blieben unsichtbar.

Sie las ihre E-Mails, um sich zu beruhigen. Es waren einige Bestellungen gekommen, sie machte die Pakete versandfertig. Dies war ein Stück Normalität. Aber der Gedanke an Arved ließ sie nicht ruhen. Wie mochte er die Nacht verbracht haben? Sie trug zuerst die Pakete zur Post – schließlich musste sie auch an ihr Geschäft denken, das sie in der letzten Zeit sträflich vernachlässigt hatte – und fuhr dann zu Abraham Sauer.

Jonathan öffnete ihr die Tür und grinste sie mit zusammengekniffenen Lippen hämisch an. Lioba mochte ihn immer weniger. Er führte sie zu Sauer und verließ nicht den Raum, als der alte Sammler Lioba Platz zu nehmen bat. Sie setzte sich in den Ohrensessel gegenüber ihrem Gastgeber und sah ihn erwartungsvoll an.

»Ich werde Sie ins Gefängnis begleiten«, bot er ihr an. Sie atmete auf. »Wir können sofort losfahren. Jonathan, holen Sie bitte den Wagen.«

Als Lioba sich umdrehte, war der Diener schon verschwunden. Sauer stand auf und bot Lioba galant den Arm. Sie hakte sich bei ihm unter. Es war ein gutes, beruhigendes Gefühl, seine Nähe zu spüren. Er führte sie durch das große, außen so klar gegliedert erscheinende und im Innern so verwinkelte Haus und hinaus zur Auffahrt, wo schon ein großer, alter Mercedes auf sie wartete. Jonathan öffnete seinem Herrn und dessen Begleiterin den Schlag.

»Es ist schade, dass Sie wegen eines so unangenehmen Anlasses bei mir sind«, sagte Sauer, als sich der Wagen langsam und leise in Bewegung setzte. Der alte Anwalt drückte auf einen Knopf, und eine geschwärzte Trennscheibe fuhr hinter den Vordersitzen hoch. Sauer ergriff Liobas Hand und strich sanft darüber. »Sie sind eine bemerkenswerte Frau – auch wenn mir die Kleidung, die Sie beim letzten Besuch angelegt haben, besser gefallen hat.«

Lioba musste schmunzeln. Mit ihrem geblümten Kleid und den bequemen Wanderstiefeln fühlte sie sich mehr wie sie selbst. Sie zog die Hand nicht weg, sondern genoss die zarte Berührung.

Die Fahrt war zu kurz für ihren Geschmack. Sauer hatte ein wenig Konversation gemacht und dabei vermieden, Arveds Fall anzusprechen. Es hatte Lioba beruhigt. Das Innere des

Wagens war wie ein Raum außerhalb der Welt. Es tat ihr fast Leid, als sie vor dem Gefängnis aussteigen mussten.

Abraham Sauer wies sich als Arveds Anwalt aus, und man bat ihn sowie Lioba, in einem fensterlosen Zimmer auf den Gefangenen zu warten.

Als Arved von einem blassen Wärter hineingeführt wurde, entsetzte sich Lioba. Er sah krank aus: bleich, mit tiefen Rändern unter den Augen, als habe er die ganze Nacht nicht geschlafen, ungekämmt und in erbärmlicher Sträflingskleidung. Apathisch setzte er sich vor Lioba und Abraham. Er schenkte ihr ein zaghaftes Lächeln. Sie bezwang ihren Drang, aufzuspringen und ihn in den Arm zu nehmen, denn der Wärter stand neben der Tür.

Und da war noch Abraham.

Arved schaute den Anwalt ohne sonderliches Interesse an.

Lioba sagte: »Das ist dein Verteidiger, Arved. Darf ich vorstellen: Abraham Sauer.«

Arveds Reaktion hatte sie nicht vorhersehen können. Er riss die Augen auf, rief: »*Das* ist er?«, sprang hoch und lief zur Tür. Der Wärter stellte sich ihm in den Weg. Abraham und Lioba sahen sich verblüfft an. »Ich will hier raus!«, rief Arved. Der Wärter packte ihn. Er warf Abraham und Lioba einen entschuldigenden Blick zu und führte Arved ab. Auf der Schwelle rief er: »Dieser Mann wird mich niemals verteidigen!« Dann schloss sich die Tür hinter dem Wärter und seinem Gefangenen.

»Was sollte denn das bedeuten?«, fragte Lioba ihren Begleiter. »Kennt er Sie?«

»Ich wüsste nicht, woher«, gab Abraham mit einem Schulterzucken zurück. »Wir sind uns noch nie begegnet. Aber wenn er mich nicht haben will, kann ich nichts machen. Es tut mir schrecklich Leid. Ich kann das Mandat nicht gegen seinen Willen übernehmen.«

Liobas letzte Hoffnung war zerstört. Sauer führte sie am Arm aus dem Gefängnis. Als sich das Tor hinter ihnen schloss, hatte sie das Gefühl, dass sie Arved nie wiedersehen würde. Auf der ganzen Fahrt redete der alte Anwalt kein Wort mit Lioba. Er ergriff nur wieder ihre Hand und streichelte sie.

Sauer setzte Lioba vor ihrem Haus ab. Sie schaute der dunkelgrauen, gewaltigen Limousine nach, wie sie langsam und beinahe lautlos in Richtung Moselufer davonrollte, am Ende der Straße drehte und wieder an ihr vorbeifuhr, bis sie hinter der nächsten Ecke verschwand. Niedergeschlagen stieg Lioba die bröckelnden Stufen zu ihrer Haustür hoch.

Die beiden Katzen, die im Flur gewartet hatten, flohen, als sie die Antiquarin sahen. Es war ihr gleichgültig. Schwer ließ sie sich auf das Sofa im Wohnzimmer fallen. »Verdammt, glotzt mich nicht so an!«, schrie sie den Büchern entgegen, die wie stumme Wächter eines untergegangenen Wissens auf ihren Regalen hockten. Lioba verbarg den Kopf in den Händen und weinte.

Es klingelte an der Tür. Sie fuhr hoch. Rieb sich die Augen. Wer mochte das sein? Sie eilte in den Flur. Vielleicht war Abraham zurückgekehrt, vielleicht war ihm ein juristischer Winkelzug eingefallen, wie man Arved doch noch helfen konnte. Mit neuem Mut riss Lioba die Tür auf.

Vor ihr stand nicht Abraham Sauer.

Vor ihr stand ein Mann, dessen Besuch sie am wenigsten erwartet hätte. Es war Jochen W. Martin, der Journalist, ihr alter Freund und verlässlicher Bündnispartner in angenehmen und unangenehmen Lebenslagen. Er schwenkte eine schmutzige, durchsichtige Plastiktüte vor ihrem Gesicht.

In dieser Tüte befand sich ein riesiges, von einer großen Menge getrocknetem Blut besprenkeltes Schlachtermesser.

21. Kapitel

Lioba wartete schon seit einer Stunde. Das große Tor in der Gottbillstraße hatte sich noch nicht geöffnet. Doch heute endlich war der große Tag. Die Untersuchung hatte drei Tage in Anspruch genommen. Insgesamt vier Tage saß Arved nun schon in Untersuchungshaft, hatte keinen Anwalt, weil er auf sein Glück vertraut hatte, und er hatte Recht getan. Lioba fragte sich immer noch, warum er Abraham so heftig abgelehnt hatte. Sie war in der Zwischenzeit noch einmal bei Sauer gewesen, auch wenn es keinen dringenden Grund für diesen Besuch gegeben hatte.

Keinen anderen Grund als ihre Gefühle und deren Verwirrung.

Und jetzt stand sie hier und wartete auf ihren Arved.

Das Messer, das Jochen ihr gebracht hatte, war die Tatwaffe gewesen. Jochen Martin hatte es in einem anonymen Umschlag in die Redaktion des *Kölner Rundblick* geschickt bekommen, mit einem Begleitschreiben, dem zufolge die Waffe eindeutige Fingerabdrücke aufweise, die nicht von Arved Winter stammten. Lioba hatte hocherfreut Waffe, Brief und Umschlag zur Polizei gebracht, wo alles recht langwierig untersucht worden war. Nach bohrenden Nachfragen ihrerseits sowie während einer erneuten Befragung Liobas durch einen der beiden grauen Kommissare hatte sie erfahren, dass das Schlachtermesser tatsächlich nicht Arveds Fingerabdrücke trug und auch nicht abgewischt worden war. Überdies handele es sich zweifelsfrei um die Tatwaffe.

Der Kommissar konnte seine Überzeugung nicht verhehlen, dass er die ganze Sache für ein abgekartetes Spiel hielt, und zögerte den Haftprüfungstermin noch einen ganzen Tag hinaus, doch dann musste der Haftrichter Arved freilassen. Vor zwei Stunden hatte er Lioba vom Gefängnis aus angerufen und darum gebeten, dass sie ihn abhole. Nichts tat sie lieber als das.

Sie starrte das gestreifte Tor an, als könnte sie es mit hypnotischen Kräften zum Öffnen zwingen. In der Nacht hatte es geregnet und ganz Trier lag unter einem feuchten Schleier. Es war stickig und dunstig, die Sonne bohrte sich bereits wieder durch die milchigen Wolken. In den Pfützen vor dem Tor spiegelten sich Teile des kalten, grauen Gebäudeklotzes wie eine auf dem Kopf stehende Welt.

Die beiden Katzen hatte Lioba während der letzten Tage nicht gesehen. Sie fraßen nachts, manchmal liefen sie umher, manchmal hörte es sich wie Kampf an, und manchmal mischten sich andere, *fremde* Stimmen in den Kampf. Das Schattenbuch hatte Lioba in den hintersten Winkel einer Vitrine verbannt, aber in ihren Gedanken drängte es sich immer wieder nach vorn. Sie spürte überdeutlich, dass die ganze Sache noch nicht ausgestanden war. Doch im Augenblick war nur Arveds Freilassung wichtig.

Endlich wurde das Tor geöffnet. Arved kam in seiner blutverschmierten Kleidung daraus hervor, sah sich kurz um, als müsse er sich in der Wirklichkeit erst orientieren, dann sah er Lioba und rannte auf sie zu. Er umarmte sie. Der schwache Geruch des getrockneten Blutes drang ihr in die Nase, aber es gelang ihr nicht, sich von Arved zu lösen. Er drückte sie, als wolle er sie nie wieder loslassen. Nach einer halben Ewigkeit trat er einen Schritt zurück und betrachtete sie.

»Du hast mir versprochen, dass du mich da rausholst, und du hast Wort gehalten. Gut siehst du aus. Und schön bist du.« Bevor sie etwas sagen konnte, küsste er sie.

Nun war sie es, die sich von ihm befreite. »Ich finde es schön, dass du dich so freust, aber als Erstes solltest du dir etwas anderes anziehen.«

Arved schaute an sich herunter, als habe er alles außer Lioba vergessen. »Ich habe nichts. Ich muss zurück nach Manderscheid.«

»Unsinn. Wir gehen einkaufen. Ich zahle, und deshalb bestimme ich, was gekauft wird. Wir gehen zur *Blauen Hand*. Komm.«

Sie brachte ihn zu ihrem Wagen, und sie fuhren in die Innenstadt. Lioba brannte darauf zu erfahren, warum Arved so vor Abraham Sauer zurückgeschreckt war, doch sie wollte die Festtagsstimmung nicht verderben; außerdem tat es ihr gut, einmal nicht über diese schreckliche Sache zu reden. Sie wollte den Tag genießen. Und Arved schwieg.

Sie parkten in der Tiefgarage unter einem Kaufhaus. Arved wollte Lioba in einen Billigladen schleifen, doch sie gab nicht nach. »Ich bezahle und ich entscheide«, sagte sie und erstickte alle Gegenwehr mit einem heftigen Zungenkuss. Ein junges Pärchen, kaum der Schule entwachsen, pfiff anerkennend, andere Passanten blicken die beiden missbilligend an. Sobald man erste graue Strähnen im Haar hatte, durfte man keine Gefühle mehr haben – als seien diese zusammen mit der Farbe der Jugend ausgewaschen worden.

In der *Blauen Hand* in der Fußgängerzone der Brotstraße suchte Lioba für ihren Geliebten einige farbenfrohe Baumwollhemden sowie ein paar helle Stoffhosen aus, bei deren Anblick er zuerst den Mund verzog, doch als er sie anprobierte, musste er eingestehen, dass sie ihm sehr gut standen. Zwei Paar Schuhe sowie fesche Unterwäsche vervollständigten die Ausstattung. Mit prall gefüllten Plastiktüten bepackt verließen die beiden das Bekleidungsgeschäft, stiegen hinab in die Unterwelt des Parkhauses und machten sich auf den Weg zu Lioba.

»Ich freue mich auf die Katzen«, sagte Arved, als Lioba die Haustür aufschloss.

»Freu dich nicht zu früh«, murmelte sie. In der Tat waren weder Lilith noch Salomé zu sehen, als sie eintraten. Arved versuchte sie zu locken, doch sie kamen nicht. »So geht das schon die ganze Zeit«, sagte Lioba, während sie die Tüten nach oben in ihr Schlafzimmer trug. »Sie werden schon noch kommen. Du solltest dich erst einmal umziehen. Vielleicht riechen sie das Blut.«

Arved folgte ihr ins Schlafzimmer.

Lioba legte ihm eine beigefarbene Baumwollhose und ein Hemd mit kleinen blauen, weißen und ockerfarbenen Streifen heraus. »Das möchte ich als Erstes an dir sehen.«

»Dann warte bitte draußen.«

Lioba grinste breit, verneigte sich spöttisch und verließ das Schlafzimmer. Sie wartete vor der geschlossenen Tür, bis er sie hereinrief.

Er sah hinreißend aus. Das war nicht mehr der alte, stocksteife Arved. »Wenn du das Hemd jetzt noch aus der Hose trägst, ist es perfekt.« Arved schnitt eine Grimasse. Lioba war mit zwei Schritten bei ihm und zog ihm das Hemd aus dem Bund. Dann küsste sie ihn, um seine Proteste zu ersticken. »Jetzt das andere Hemd.« Sie knöpfte das, was er noch am Leib hatte, auf. Sie spürte, dass er sich schämte, streifte es ihm über die Schultern und fuhr mit der Hand über den Ausschnitt des Unterhemdes. Dann zog sie es ihm ebenfalls aus. Was sie am meisten erstaunte, war der Umstand, dass er es geschehen ließ. Seine Brust war erstaunlich behaart, und er war gar nicht so dick, wie sie befürchtet hatte. Und wenn schon, sagte sie sich, du selbst bist auch nicht mehr ganz taufrisch.

Er ließ ihre Liebkosungen mit einem wohligen Seufzen über sich ergehen, dann wurde er ebenfalls überraschend fordernd und forsch.

Sie hatte vermutet, Arved wäre scheu und linkisch, aber er schien ein Naturtalent zu sein. Er liebte sie mit aller Zärtlichkeit, die notwendig war, um sie geradewegs in den Himmel zu katapultieren.

Nachher lagen sie schweißnass und keuchend nebeneinander. Lioba schwamm in einem Meer aus Glückseligkeit. Sie umarmte Arved, wollte ihn nie wieder hergeben. Vergessen war Abraham Sauer, vergessen das Schattenbuch. Vor ihr lag eine neue Welt. Arved streichelte Lioba schweigend und hing seinen eigenen Gedanken nach. Er wirkte entspannt und glücklich und auch ein wenig erstaunt über sich selbst. Er drehte sich zu ihr um und lächelte sie an, küsste sie zärtlich, küsste sie am ganzen Körper.

»Es reicht«, kicherte sie, als es kitzelte. »Du musst nicht jedes Speckröllchen und jede Falte küssen. Schau besser nicht so genau hin.«

»Du bist schön, und wenn du noch tausend Falten mehr hättest. Ich habe noch nie eine so erotische Frau wie dich getroffen.«

»Bei der Auswahl, die du bisher als Priester unter deinen Gemeindeschwestern genießen durftest, ist das wohl kein großes Kompliment«, meinte sie.

»Gemeine Hexe!«, empörte er sich neckend und packte das Kissen unter seinem Kopf. Er zog es hervor und warf es nach ihr. Sofort war eine Kissenschlacht im Gange. Sie rauften kichernd und prustend im Bett wie Kinder auf einer Klassenreise. Dann platzte Liobas Kissen. Eine Federwolke stieg auf und veranlasste die beiden zu noch lauterem Lachen.

Die Federn ballten sich zusammen, sanken langsam auf das Bett zurück und bildeten dabei eine Gestalt.

Lioba und Arved erstarrten, als sie bemerkten, wie sich zwischen ihnen etwas formte. Es war eindeutig ein menschlicher Umriss; Arme, Beine und Rumpf waren deutlich zu erkennen. Der Kopf war in den Nacken gelegt, und der Mund stand weit auf, wie zum Schrei. Dann sackten die Federn in sich zusammen.

Arved und Lioba starrten sich an. Sie sprangen gleichzeitig aus dem Bett, zogen sich rasch an, schweigend, und gingen hinunter. Die Katzen waren nirgendwo zu sehen.

Als sie in den Sesseln im Wohnzimmer saßen, einander gegenüber wie bei ihrer ersten Begegnung, fragte Lioba: »Warum wolltest du dich nicht von Abraham Sauer verteidigen lassen?«

»Er hat etwas mit dem Schattenbuch zu tun.«

Lioba hob die Brauen und schaute Arved fragend an. Dieser berichtete von seinem seltsamen Erlebnis mit dem im Dunkeln hausenden Gefangenen. »Wir sollten diesem Sauer einen Besuch abstatten«, schloss Arved und schlug die Beine übereinander. Er wirkte, als beabsichtigte er keinesfalls, das zu tun, was er soeben gesagt hatte. Lioba hingegen erhob sich.

»Worauf wartest du noch? Bringen wir es ein für allemal hinter uns. Wir folgen dieser Spur noch, dann ist Schluss.«

»Schluss?« Arved schüttelte den Kopf. »Es wird niemals Schluss sein.«

Eine halbe Stunde später standen sie vor Jonathan. Er wirkte, als habe er den Besuch erwartet. Wortlos führte er Arved und Lioba zu seinem Herrn, der in einem kleinen, verwinkelten Zimmer seiner gigantischen Bibliothek saß. Abraham Sauer begrüßte Lioba überschwänglich und sah Arved dabei misstrauisch an.

Lioba machte sich von Sauer los, stellte sich neben Arved und legte ihm den Arm um die Schulter. »Mein Freund will Ihnen eine Frage stellen«, sagte sie.

Sauer deutete auf zwei kleine Chippendale-Sessel mit Damastbezügen; er selbst blieb stehen. Nachdem Arved sich gesetzt hatte, berichtete er dem Anwalt von seinem Gespräch mit dem Dunkelhäftling. Dabei sah Lioba Sauer erwartungsvoll an.

Als Arved geendet hatte, fragte sie: »Was hat das alles zu bedeuten? Wieso sind Sie ein Zwischenglied? Was haben Sie mit diesen Büchern zu tun?«

Sauer seufzte. »Es hat wohl keinen Sinn zu leugnen«, sagte er, ging in dem kleinen Zimmer umher und strich mit den Fingern an den Bücherrücken entlang. Dann drehte er sich um und sah Lioba an, den Blickkontakt mit Arved vermied er. »Was ich Ihnen erzählt habe, stimmt. Ich habe mein Buch auf genau jene seltsame Weise erhalten, wie ich es Ihnen geschildert habe. Aber das war nicht der letzte Kontakt mit diesem unheimlichen Menschen.« Er räusperte sich und verschränkte die Arme vor dem Bauch, als stehe er vor einem Richter und müsse sich verteidigen. »Ich habe auch schon vorher das eine oder andere Buch für ihn verteilt. Es war die Bedingung, um dafür bald mein eigenes Exemplar zu erhalten. Ich habe geglaubt, das Buch könne mir nichts anhaben. Ich war besessen von dem Gedanken, das Letzte Geheimnis zu schauen, obwohl ich wusste, wie es den vielen anderen ergangen war, die in Kontakt mit diesem Buch – mit *ihrem* Buch – gekommen waren. Ich glaubte, ich sei besser vorbereitet. Und als ich mein Buch erhielt, war ich, wie Sie wissen, zu feige, um es zu lesen. Sie haben es für mich verbrannt. Aber es hat trotzdem an mir weitergefressen. Ich hatte schon zu viel von ihm gelesen.« Er fuhr sich mit der rechten Hand über die Augen. »Ich hatte gehofft, mit Ihrer Hilfe aus diesem Albtraum zu entkommen; deshalb habe ich Ihnen Ihr Exemplar zukommen lassen. Was glauben Sie, von wem die Kiste mit den Büchern stammte, die eines Tages vor Ihrer Tür stand?«

Lioba klappte die Kinnlade herunter. Es dauerte eine Weile, bis sie sich wieder in der Gewalt hatte. »Sie?«, brachte sie nur hervor. »Warum haben Sie mir das angetan – uns allen?«

»Ich wusste ja nicht, dass Ihr Buch noch andere Menschen mit in den Untergang ziehen wird«, versuchte sich Sauer zu verteidigen.

»Warum?«, fragte Lioba erneut.

»Weil ... weil ich Sie verehre, schon seit langer Zeit, auch wenn Sie es nicht wissen konnten. Ich habe Sie aus der Ferne geliebt und mich nach Ihnen verzehrt. Darum habe ich Sie immer wieder aufgesucht und so viele Bücher bei Ihnen gekauft. Die meisten hatte ich schon, aber es war mir egal. Nur Ihre Nähe war mir wichtig. Bis heute habe ich nie den Mut aufgebracht, es Ihnen zu gestehen. Sie haben mich verhext, Lioba Heiligmann.« Er lachte auf. »Ich dachte, wir könnten das Problem der Schattenbücher gemeinsam lösen. Aber ich sehe, dass Ihr Herz an einem anderen hängt. Es tut mir unsagbar Leid, Ihnen und den Ihren so viele Schwierigkeiten gemacht zu haben.«

»Schwierigkeiten?!«, erboste sich Lioba. Sie konnte einfach nicht glauben, was sie da hören musste. »Mein Ex-Mann ist tot, und etwas ist hinter uns her – etwas, dem wir uns nicht stellen können, weil es für uns unfassbar ist. Es wird auch uns noch vernichten, wenn wir es nicht aufhalten.«

»Sie kennen den Weg«, sagte Sauer leise.

Lioba sprang auf und stellte sich mit verschränkten Armen vor Sauer. »Ich glaube Ihnen kein Wort mehr. Wo können wir diesen verdammten Carnacki finden?«

»Sie glauben doch wohl nicht, dass er der wahre Verfasser des Buches ist?«

»Ich glaube gar nichts mehr. Sie wissen, wo er ist.« Drohend ging sie einen Schritt auf ihn zu.

Sauer wich vor ihr bis zu den Regalen zurück. Sie hätte ihn am liebsten geschüttelt und geschlagen.

»Ich weiß es nicht«, sagte Sauer leise. »Aber ich kann Ihnen sagen, wo ich ihn beim letzten Mal getroffen habe, als ich Ihr Buch erhielt. Warten Sie bitte.« Er verließ das Zimmer durch eine Tür, die verborgen hinter den Regalen steckte. Die Borde schwangen auf wie die Kiefer eines senkrechten Mundes, schluckten den alten Anwalt und schlossen sich wieder.

»Er war es!«, zischte Lioba, die es immer noch nicht glauben konnte.

Arved stand auf und nahm sie in den Arm.

»Ihm haben wir den ganzen Schlamassel zu verdanken!«

»Liebe ist mächtig – in jeder Richtung«, meinte Arved.

Lioba musste lächeln. Er strich ihr über die Haare. Sie warteten eine Weile, Lioba lief vor den Büchern auf und ab, während Arved steif dastand. Lioba fragte sich, was Sauer dort drüben wohl machte.

Hinter den Regalen peitschte ein Schuss. Lioba und Arved fuhren zusammen.

Die Regaltür öffnete sich wieder. Nicht Sauer, sondern sein Diener Jonathan kam mit einem Stück Papier in der Hand daraus hervor. Er reichte es Arved und sagte:

»Er hat mir aufgetragen, es Ihnen zu geben. Er sah keinen anderen Ausweg mehr. Abraham Sauer hat soeben Selbstmord begangen.«

22. Kapitel

Es war ein kleiner Zettel, auf den mit krakeliger Handschrift eine kurze Adresse hingeworfen worden war:
Oberburg, Manderscheid.

Das war alles. Arved starrte auf das Papier, dann sah er Lioba fragend an. Bevor diese etwas sagen konnte, befahl Jonathan mit harter Stimme: »Gehen Sie. Sonst bekommen Sie wieder Schwierigkeiten mit der Polizei.« Er stand wie eine Statue da, Standbein und Spielbein, viel zu lässig für diese schrecklichen Ereignisse, und seine Blicke waren wie steinerne Knüppel, die Arved und Lioba aus dem Raum trieben.

Sie liefen allein durch die verwirrenden Zimmer, von einem Büchersaal in den nächsten, und manchmal hatte Arved den Eindruck, es verfolge sie jemand. Einmal schaute er hinter sich: Ein Schatten drückte sich hinter einen Bücherschrank. Arved glaubte, Abraham Sauer erkannt zu haben.

Lioba lief voran, sie schien den Weg zu kennen. Sie schien sich sowieso gut hier auszukennen. Eifersucht stieg in Arved hoch. Führte Sauer sie in die Irre? Wollte er Lioba haben – oder Arved?

Sie hasteten von einem Raum in den nächsten – und hörten bald Stimmen. Gleichzeitig blieben sie stehen. Arved fühlte sich, als ob ihm der Magen auf die Knie rutschte. Er kannte diese Stimmen. Ein Blick in Liobas Augen verriet ihm, dass sie ebenfalls wusste, wer es war: die beiden grauen Polizisten. Sie mussten sich in der Nähe der Leiche befinden.

In diesem Raum gab es einen mannshohen, von Büchern umschmiegten Spiegel in einem dünnen, schmucklosen Goldrahmen. Arved sah ihn aus den Augenwinkeln. Und er sah die Bewegung in ihm. Arved packte Liobas Arm und deutete mit dem Kopf auf den Spiegel. Sie sah zuerst ihren Geliebten unwillig an und dann in das Spiegelglas. Sie schüttelte den Kopf.

»Siehst du ihn nicht?«, flüsterte Arved.

»Wen?«

»Sauer.«

Lioba schaute noch einmal in die blendend helle Fläche. Es war unmöglich, dass sie ihn nicht erkannte. Er stand da, in seinem dunklen Anzug, und lächelte die beiden an. »Nein«, sagte Arved, »ich gehe nicht in den Spiegel.«

Er spürte, wie sich Lioba unter seinem Griff versteifte. Sie rückte von ihm ab. Er ließ sie los. Sauer verschwand. Er löste sich auf, in viele kleine Punkte, die wie schwarze Tropfen an einer Fensterscheibe herunterrannen. Wenn es doch nur ein Ende hätte!

Sie lauschten, bis sie keine Stimmen mehr hörten. Dann schlichen sie fort, durch Bücherzimmer und Korridore, über Treppen und Galerien, bis sie endlich in der großen Halle angekommen waren. Vorsichtig zog Lioba das Portal auf; kein Polizeiwagen stand in der Auffahrt. Ob man ihren kleinen Renault nicht bemerkt hatte? Unmöglich. Aber vielleicht wusste die Polizei nicht, dass er Lioba gehört, dachte Arved. Sein Bentley stand noch auf dem Asservatenparkplatz, doch man hatte ihm bereits den Schlüssel ausgehändigt. Gut, dass er die alte Limousine bisher nicht abgeholt hatte; das konnte er irgendwann nachholen.

Wenn das alles hier vorbei war.

Lioba und Arved stiegen in den Twingo. »Was stand auf dem Zettel?«, fragte Lioba, während sie nach dem Sicherheitsgurt griff.

Arved hatte ganz vergessen, dass nur er den Zettel gelesen hatte. »Manderscheid«, sagte er. »Oberburg.«

Lioba zog ungläubig die Stirn kraus. »Dort werden wir wohl kaum einen rätselhaften, durchgeknallten Schriftsteller finden – oder hinter wem sonst wir her sein mögen.«

Arved zuckte die Achseln. »Sauer wird sich schon etwas dabei gedacht haben, als letzte Botschaft diese beiden Worte aufzuschreiben.«

»Warum hat er *dir* den Zettel geben lassen?«, wunderte sich Lioba, während sie den Wagen startete.

»Vielleicht weil ich in der Nähe wohne und den Weg kenne«, mutmaßte Arved und legte den Sicherheitsgurt an. »Warum hätte er ihn *dir* zukommen lassen sollen? Weil ihr mehr als nur befreundet wart?« Er schaute sie scharf an.

Lioba runzelte die Stirn. Blickpfeile schossen aus ihren Augen. »Ich war nicht einmal mit ihm befreundet. Was er sich in seinen einsamen Stunden eingeredet hat, ist nicht meine Sache.« Mit einem heftigen Satz sprang der Wagen von der Ausfahrt auf die Straße. »Rede nie wieder so einen Unsinn!«

Arved wusste nicht, ob er lächeln oder wütend sein sollte. Er entschied sich, einfach aus dem Seitenfenster zu schauen.

Als sie sich auf der Autobahn befanden, fragte Lioba: »Hast du ihn wirklich gesehen? Sauer, meine ich. In dem Spiegel.«

Arved nickte gedankenverloren. »Du nicht?«

»Nein. Weißt du, eine Zeitlang hatte ich geglaubt, die erste Geschichte sei auf mich gemünzt, vor allem da sich Sauer nun umgebracht hat. Aber nicht ich sehe seinen Geist, sondern du. Es muss also etwas mit dir zu tun haben. Was ist mit dir los?«

»Wie meinst du das?«, fragte Arved zurück und schaute aus dem Fenster. Weinberge flogen vorbei, wurden von Feldern abgelöst, die Landschaft wurde rauer, felsiger, bewaldeter. Die Eifel nahm die beiden auf.

»Wenn an dieser ganzen Sache wirklich etwas dran ist und die dritte Geschichte für Manfred war, dann dachte ich eigentlich, die erste sei für mich. Aber das stimmt wohl nicht. Was ist dein Gespenst, Arved?«

Arved sah sie von der Seite an. Falten hatten sich um ihren Mund gelegt; sie hatte die dezent geschminkten Lippen zusammengepresst und schaute starr auf die Straße.

»Ich weiß es nicht«, antwortete Arved und dachte dabei verzweifelt nach. Wo gab es ein Gespenst in seinem Leben? Wieso Sauer? Was hatte das Phantom mit dem Schleier aus Haaren zu bedeuten? Es erinnerte ihn an etwas ... an jemanden ... »Ich weiß es nicht«, wiederholte er. »Kannst du bitte bei Wittlich abfahren? Diese Autobahn macht mich nervös.«

»Warum?«, wollte Lioba wissen, ohne den Blick von der Straße abzuwenden.

Die Antwort gab ein kurz vor dem Renault auf die Überholspur ausscherender LKW. Lioba bremste, der Wagen schlingerte, sie fing ihn gekonnt ab, keuchte aber entsetzt auf. Sie hupte, doch der LKW ging nicht zurück auf die rechte, vollkommen freie Spur. Es war nicht zu sehen, dass er überholte. Als Lioba nach rechts zog, tat es auch der LKW. Arved bemerkte, dass er keine Kennzeichen hatte. Schwarzer Qualm drang aus seinem Auspuff. Es war ein Wagen mit Hänger und unbedruckten, von Wind und Regen ausgewaschenen Planen. Zum Glück kam kurz darauf die Abfahrt Wittlich. Lioba gab auf der Ausfahrt Gas, setzte sich neben den LKW und hupte wild. Der Fahrer war nicht zu sehen. Die Scheiben waren so fleckig, dass man kaum hindurchschauen konnte.

Am Ende der Ausfahrt bog Lioba in Richtung Wittlich-Zentrum ab. »Hast du das vorhergesehen?«, fragte sie zweifelnd.

»Keine Ahnung«, meinte Arved und kaute auf seiner Unterlippe herum. »Ich hatte bloß ein ungutes Gefühl.«

Plötzlich gab Lioba unvermittelt Gas. »Das habe ich jetzt auch«, sagte sie und spähte angestrengt in den Rückspiegel.

Arved drehte sich um. Der unheimliche Lastwagen war direkt hinter ihnen!

Lioba fuhr mit viel mehr als der erlaubten Höchstgeschwindigkeit. Links von ihnen flogen das Kreishaus und das Cusanus-Gymnasium vorbei, rechts verwirrende Fassaden, ein Billard-Café, ein Autohaus, ein Restaurant. Eine Ampel schaltete auf Rot. Lioba fuhr durch. Arved drehte sich wieder um. Der LKW hatte ebenfalls nicht gehalten. Vorhin auf der Autobahn war er so langsam gewesen, doch jetzt sah es so aus, als jage er sie. Er kam immer näher.

Die Straße führte in einer langen Linkskurve abwärts und unter einer Brücke hindurch. Mit einem kurzen Blick bemerkte Arved, dass Lioba mehr als achtzig Kilometer fuhr. Und der LKW holte immer noch auf, jetzt hatte er bereits fast die Stoßstange des Twingo erreicht.

Es war ein alter Lastwagen. Er sah aus wie einer dieser russischen Armee-Laster, die man manchmal in antiquierten Kriegsfilmen sah, allerdings war er rot. Die Front mit dem verbeulten Grill ragte auf wie ein Hochhaus, und darüber lagerten Schatten. Lediglich ein riesiges, lächerlich dünnes weißes Lenkrad war zu sehen, das an zwei Stellen von Schwärze unterbrochen wurde – vermutlich die Hände des Fahrers.

Die nächste Ampel schaltete gerade auf Grün und zum Glück stand kein weiterer Wagen vor ihnen. Lioba raste mit inzwischen beinahe hundert Stundenkilometern über die Kreuzung, dicht gefolgt von dem Lastwagen. Dann bremste sie heftig und bog am Platz an der Lieser scharf nach links zu dem großen Parkplatz ab. Der Twingo schlingerte und das Heck brach aus. Das rechte Hinterrad traf den Bordstein. Ein so starker Schlag ging durch den Wagen, dass Arved schon befürchtete, er würde entzweibrechen, doch nach einigen Schlangenlinien hatte Lioba ihn wieder eingefangen.

Der LKW hinter ihnen hatte hingegen größere Probleme. Er musste ebenfalls heftig bremsen, neigte sich bedenklich in die Kurve, und der Hänger wäre beinahe umgekippt, während Lioba immer mehr Platz zwischen sich und dem LKW gewann. Doch der wahnsinnige Fahrer holte schnell wieder auf.

Am Ende des Parkplatzes fuhr Lioba nach rechts, aus Wittlich heraus und in Richtung Manderscheid. Schnell hatte sie auf der langen Geraden die Höchstgeschwindigkeit erreicht.

Der Lastwagen war weit abgeschlagen, aber er folgte ihnen immer noch. Die Gerade endete in einer immer schärfer werdenden Rechtskurve, während die Straße steil bergan stieg. Lioba bremste, die Reifen quietschten, aber sie wollte den Vorsprung nicht verlieren. Der Lastwagen holte wieder auf. Viel zu schnell. Er musste einen unwahrscheinlich starken Motor unter der Haube haben.

Fetter, schwarzer Ruß quoll aus dem Auspuff des schrecklichen Gefährts, als es erneut Gas gab und den Abstand verringerte. Der LKW legte sich in die Kurve, als gebe es für ihn keine Gesetze der Schwerkraft.

Durch Minderlittgen ging es mit unverminderter Geschwindigkeit. Eine Mutter sprang mit ihrem Kind auf dem Arm gerade noch rechtzeitig von der Straße, und der LKW hinter ihnen erwischte einen Hund, der schrecklich aufjaulte. Arved schluckte und schloss die Augen. Das konnte nur ein Albtraum sein. Das war nicht real. Das war unmöglich real. Doch das Ruckeln und Schaukeln des kleinen Wagens zwang ihn, rasch wieder die Augen zu öffnen. Er warf Lioba entsetzte Blicke zu. Keiner von beiden sagte ein Wort.

Vor Großlittgen führte die Straße wieder steil bergab. Lioba bremste erst kurz vor der Kurve und geriet auf die Gegenfahrbahn; zum Glück kam dort niemand. Der LKW wurde wie eine unaufhaltbare Lawine im Rückfenster immer größer. So konnte er unmöglich die Kurve nehmen; er musste hinausgetragen werden. Arved betete darum. Es war das erste Mal, dass er um den Schaden eines anderen betete. Doch der riesige, qualmende Wagen hielt die Spur.

Auf Liobas Stirn standen Schweißperlen. Sie kniff die Lippen zusammen, und ihre Hände hielten das Lenkrad so fest gepackt, dass die Knöchel weiß hervorstanden. Sie lenkte den Twingo um eine Verkehrsinsel am Ortseingang herum, schaltete herunter, was das Getriebe mit lautem Knirschen und Heulen quittierte, und jagte über die menschenleere Straße. Der LKW fiel plötzlich zurück.

Arved atmete auf, und auch Lioba entspannte sich ein wenig. Sie stieß die Luft aus, als habe sie sie während der ganzen Fahrt angehalten. Doch hinter dem Ort pirschte sich der Lastwagen wieder an den kleinen Renault heran.

Diesmal kam er so nahe, dass er dem Wagen einen Stoß versetzte. Es krachte hässlich, der Twingo flog nach vorn, und in diesem Augenblick konnte Arved einen ersten Blick in das Führerhaus werfen. Der Fahrer war immer noch nichts als Schatten, doch auf dem Beifahrersitz saß jemand, den er erkannte.

Abraham Sauer.

Arved konnte Lioba nicht bitten, einen Blick zurück zu werfen; im Rückspiegel war die Fahrerkabine wahrscheinlich nicht ganz zu sehen. So wusste er nicht, ob nur er Sauer sah. Nur er ... Das Gespenst ... das Gespenst, das sie dem Tod entgegen trieb ... das *ihn* dem Tod entgegen trieb ...

Lioba fluchte und gab noch mehr Gas. Sie flogen über die Eifelhöhen dahin, doch es würde nicht lange dauern, bis sich die Straße ins Tal der Kleinen Kyll hinabwand. Und dann ...

Und dann kamen die abschüssigen Serpentinen.

Die erste Kurve nahm Lioba mit Meisterschaft, auch die zweite und die dritte, aber dann war der LKW so dicht hinter ihnen, dass er wieder auf den Twingo auffuhr. Verdammt, das war doch unmöglich!, dachte Arved, als es krachte und knirschte. Dieser riesige LKW mit seinem Hänger konnte nicht so schnell durch die Kurven rasen. Aber er war unleugbar da, er war unleugbar substanziell, und er schob den kleinen Renault unleugbar von der Straße.

Lioba kurbelte verzweifelt am Lenkrad, doch sie konnte es nicht mehr verhindern. Der Wagen krachte gegen die Leitplanke, und als diese sich bei einer Wiesenzufahrt in der Talsenke öffnete, schoss der Twingo über eine kleine Brücke, fuhr gegen das Geländer, drehte und überschlug sich.

Und blieb rauchend auf dem Dach liegend.

Der LKW donnerte röhrend weiter die Straße entlang; Arved hörte noch, wie er mächtig Gas gab, um die kommenden Steigungen zu überwinden. Dann wurde alles schwarz um ihn herum.

* * *

Etwas zerrte an ihm. Etwas rief nach ihm. Beides begriff er nicht. Er schlug ein Auge auf, dann das zweite. Die Welt stand Kopf. Es war Lioba, die nach ihm rief und an ihm zerrte. Er ließ sich ohne Widerstand auf die Wiese schleifen. Lioba kniete sich neben ihn, fühlte seinen Puls. Sie hatte sich die Stirn aufgeschlagen, Blut klebte an ihren Schläfen. Er betastete ihr Gesicht und lächelte sie an. Sie lächelte zurück.

Dann warf sie sich über ihn und drückte ihn so fest, dass er schon befürchtete, ihm werde jeder Knochen im Leibe brechen.

Er war erstaunt, dass er einige Zeit später aufstehen und sich normal bewegen konnte. »Was war das?«, fragte er.

»Woher soll ich das wissen?«, flüsterte Lioba und strich sich eine silberne Haarsträhne aus dem Gesicht. »Was auch immer es war, jetzt ist es weg. Wo sind wir hier?«

»Es ist nicht weit bis nach Manderscheid, wenn wir durch den Wald gehen«, sagte Arved.

»Schaffst du das?«

Er machte ein paar Schritte. Zwar schien er sich einige Prellungen zugezogen, aber nichts gebrochen zu haben. »Ja.«

Sie überquerten die schmale Straße, die nun so verlassen wirkte, als würde auf ihr nie ein Auto fahren, und betraten einen Waldweg, auf dem noch dicht das Laub des letzten Winters lag. »Wenn wir hier entlang gehen, kommen wir zu einem kleinen Wasserfall und einer Brücke, die Germanenbrücke heißt«, erklärte er. »Wenn wir uns von dort aus rechts halten, ist es nicht sehr weit bis Manderscheid.«

Lioba nickte. Der Weg war schlammig, er führte an der Kleinen Kyll entlang, auf der gegenüberliegenden Seite erstreckte sich eine Wiese, auf der Kühe weideten. Arved saugte dieses Bild in sich auf wie eine Droge. Alles war normal, wie es immer gewesen war. Hier konnte nichts Ungewöhnliches geschehen. Niemals.

Lioba riss ihn aus seinem Bemühen, das Gleichgewicht wiederzufinden. Sie fragte: »Hast du jemanden im Führerhaus gesehen?«

»Den Fahrer konnte ich nicht erkennen. Aber neben ihm saß Sauer.«

»Der tote Sauer.«

»Ja. Wenn er überhaupt tot ist.«

Lioba seufzte schwer. »Was liegt in deiner Vergangenheit begraben, Arved Winter? Welche Phantome schleppst du mit dir herum?«

»Wie meinst du das?«, fragte er zurück. Jetzt hatten sie den kleinen Wasserfall erreicht, über den eine wacklige, bemooste Holzbrücke ans andere Ufer des Flusses führte. Vorbei an einer verfaulten Bank und einem Tisch, der eher wie ein vorzeitlicher Altar aussah, gingen sie bergan. Arved sagte kein Wort mehr; er dachte angestrengt nach. Es hatte keinen Sinn wegzulaufen. Bisher hatte er geglaubt, dass keine der drei Geschichten des Schattenbuches auf ihn zutraf, denn die erste war Liobas Geschichte, und mit der zweiten hatte er nichts zu tun. Er hatte geglaubt, seine einzige Verfehlung sei sein Glaubenszweifel gewesen. Aber er hatte sich offenbar geirrt.

Die Person, hinter der das Gespenst her war, um sie in den Abgrund zu zerren, war nicht Lioba. Das war er selbst.

Er blieb stehen. Fern sangen Meisen und Rotkehlchen, und hoch über dem Wald stieß ein Bussard seine miauenden Rufe aus. Lioba sah ihn erwartungsvoll an. Die Bilder brachen über ihn herein – die Bilder aus der Vergangenheit. Es war, als sei ein Damm gebrochen. Arved blieb überwältigt stehen und schluckte. Jetzt ergab es plötzlich einen Sinn. Er hatte es so lange verdrängt, bis es scheinbar verschwunden war. Seine größte Verfehlung. Sein größtes Versagen. Seine größte Schuld. Er seufzte und ging eine Weile schweigend weiter. Dann sagte er: »Es gibt da etwas aus meinem früheren Leben, das du wissen solltest«, sagte er. »Vielleicht wirst du mich nicht mehr lieben, wenn ich es dir gebeichtet habe, aber dieses Risiko muss ich eingehen.«

23. Kapitel

Es war eine Geschichte, die sich vor etwa sieben Jahren ereignet hatte. Damals war Arved noch ein junger, unerfahrener Priester gewesen. Er hatte die Angelegenheit aus seinen Erinnerungen ausgesperrt, bis jetzt, wo sie machtvoll und unerträglich in den Vordergrund drängte. Arved dachte daran, wie er von seiner Haushälterin in der Bibliothek heimgesucht worden war. Er hatte es immer schrecklich gefunden, in seiner knapp bemessenen Freizeit gestört zu werden. Er hatte Angst vor solchen Störungen gehabt, weil sie ihn unweigerlich in schwierige Situationen brachten, die ihn schnell überforderten. »Herr Winter, da will Sie jemand sprechen. Ich glaube, es ist dringend.«

Arved ging in Gedanken verloren neben Lioba über den schattigen Waldweg. Zwischen den Kronen der alten Eichen und Buchen zeigte sich wieder die Sonne, wie eine Verheißung. Was würden sie auf der Oberburg finden? »Unsere Lebenswege hätten sich beinahe schon einmal gekreuzt – vor sieben Jahren«, sagte er schließlich.

Er warf einen seitlichen Blick auf Lioba. Das geronnene Blut an ihren Schläfen machte sie zum Gespenst. Die Kleine Kyll lag zu tief im Tal, als dass sie sich in ihr hätten waschen können. Sicherlich gab Arved kein besseres Bild ab. Ihm schmerzten die Rippen, und er fühlte sich, als wäre er in einen Fleischwolf geraten. Lioba schaute starr vor sich; sie gab nicht zu erkennen, ob sie ihm überhaupt zuhörte. Doch er war sich sicher, dass ihre ganze Aufmerksamkeit nun ihm galt.

»Ich glaube, ich habe deinen Victor gekannt.«

Lioba blieb stehen und sah ihn an. »Woher?«, fragte sie so leise, dass ihr Wort beinahe im Gesang der Vögel unterging.

Arved schaute ihr in die Augen. Es war so verdammt schwer. »Damals, als ich noch Priester in Sankt Paulin war, kam eines Tages ein junger Mann zu mir und wollte meine Hilfe haben. Er hat gesagt, er sei das Opfer einer okkulten Verschwörung gegen sein Leben. Sein Name war Victor. Den Nachnamen habe ich vergessen, oder er hat ihn mir nie genannt. Er war mir unheimlich.« Ohne auf Lioba zu achten, ging Arved weiter. Sein Geständnis war inzwischen zu einem Selbstgespräch geworden. Altes, braunes Laub raschelte unter seinen Füßen, wisperte Worte aus der Vergangenheit. »Sie müssen mir helfen, hat er gesagt, Sie müssen einen Exorzismus über mich abhalten, denn ich befürchte, ich bin besessen. Sie müssen die bösen Geister bannen. Das können nur Sie in Ihrer Eigenschaft als Priester. Warum er zu mir käme, habe ich ihn gefragt, er war ja gar nicht Mitglied meiner Gemeinde. Er gab zu, er sei seit Jahren nicht mehr in der Kirche gewesen, aber er hatte irgendwoher gehört, ich sei ein sehr umgänglicher Mensch. Aber er hatte sich den Falschen ausgesucht. Ich sagte ihm, dass es in Deutschland nicht erlaubt sei, einen Exorzismus durchzuführen, und außerdem wäre dazu nur der Bischof berechtigt. Doch von solchen Einwänden wollte er nichts hören. Er war wirklich besessen – besessen von der Vorstellung, dass ihn jemand auf okkulte Weise zu töten versuchte. Er hat gefleht und gebettelt.« Arved seufzte und verschränkte die Hände hinter dem Rücken. Er verstummte.

Lioba bedachte ihn mit einem Blick, in dem Abscheu und Mitleid lagen. Er wusste nicht, ob diese Gefühle ihm oder Victor galten. Er wollte es nicht wissen.

Arved betrachtete die knorrigen Eichen, die sich an den Hang geduckt hatten. Der Weg führte nun in einer langen Kehre weiter bergan, das Sprechen fiel ihm schwerer. Er begann zu schwitzen. Wenigstens schwanden die Schmerzen allmählich. Mein Gott, sie hätten beide tot sein können.

»Er ist viermal bei mir gewesen«, fuhr Arved fort, nachdem er wieder ein wenig Kraft getankt hatte. »Jedes Mal war er verrückter, fordernder. Er schwankte zwischen Drohungen und kläglichem Betteln. Ich empfahl ihm, regelmäßig in die Messe zu gehen und die Finger von allen okkulten Praktiken zu lassen, und habe ihm vorgeschlagen, er könne seine ganzen magischen Bücher im Pfarrbüro abgeben. Ich würde sie dann vernichten. Aber nichts geschah. Er kam nicht in die Kirche, er gab keine Bücher ab. Aber er besuchte mich wieder und wieder. Beim vierten Mal habe ich mich von meiner Haushälterin verleugnen lassen. Da hat er mir an der Tür des Pfarrhauses aufgelauert, als ich am Abend noch einen Spaziergang machen wollte. Er muss den ganzen Tag da gestanden haben. Damals habe ich nicht begriffen, wieso man wegen derart läppischer Dinge so aufgeregt sein kann. Ich hätte niemals vermutet, dass er sich umbringt.« Arved schwieg wieder. Er erinnerte sich an den irren, verzweifelten Ausdruck in den dunklen Augen Victors, an seine fahrigen Bewegungen, an die sich überschlagende Stimme, an die langen, grauschwarzen Haare. An jenem Abend hatte er sich an Arveds Arm gehängt, und er hatte diesen Victor mit Gewalt abschütteln müssen. »Das wird Ihnen noch Leid tun! Sie müssen doch helfen!«, hatte er hinter dem Priester hergebrüllt. Jetzt tat es ihm Leid.

Ein schmaler Pfad zweigte nach rechts von dem Weg ab und führte noch steiler bergauf. Arved bog in ihn ein, schaute nicht nach Lioba, hatte sie ganz vergessen. Er sah nur noch Victors angstverzerrtes Gesicht, als er Arved ziehen ließ. Noch am selben Abend hatte er sich in der Mosel ertränkt. Am nächsten Tag stand es im *Trierischen Volksfreund*. Und

Arved trug eine Mitschuld an diesem Tod. Eine Mitschuld, die er sich bis heute nicht eingestanden hatte. Damals hatte er gesagt, er habe sowieso nichts für diesen Verrückten tun können, obwohl er ihm entsetzlich Leid getan hatte. Er wusste, dass er versagt hatte, und deshalb schob er die Verantwortung weit von sich, bis er sie an einer unzugänglichen Stelle seiner Erinnerungen begraben hatte. Tot und begraben.

»Ich kann es einfach nicht glauben«, murmelte Lioba hinter ihm. Der Weg war so schmal, dass sie nicht nebeneinander hergehen konnten. »Ich habe ihm ebenfalls nicht helfen können, aber ich habe es wenigstens versucht. Und du hast ihn einfach weggeschickt.«

Inzwischen befanden sie sich in einem dichten Tannenwald, der dunkel wie eine Vorahnung des Abends war. Arved blieb stehen und sah Lioba an. Sie befand sich ein wenig unterhalb von ihm. »Für mein Versagen gibt es keine Entschuldigung«, bekannte er. »Ich hatte keine Berufung und daher nicht den richtigen Beruf, aber das hat mich nicht davon entbunden, anderen Menschen zu helfen. In vielen Fällen ist es mir auch gelungen – später. Erinnere dich nur an das, was ich dir über Lydia Vonnegut erzählt habe, deren Sterben ich begleitet habe.«

Lioba nickte und sah in eine Ferne, die in der Vergangenheit lag. Das war eine andere Geschichte gewesen, eine Geschichte, in der Arved beizustehen versucht hatte. Wenn er es sich recht überlegte, hatten seine Versuche, anderen Menschen wirklich zu helfen, erst mit seinem Versagen bei Victor begonnen. Er drehte sich um und ging weiter, bis sie den dunklen Tannenwald hinter sich gelassen hatten und auf eine Wiese kamen. Links vor ihnen lag der Dombachhof; Manderscheid war nicht mehr weit. Nun konnten sie wieder nebeneinander gehen.

Lioba legte den Arm um seine Hüfte. Er ließ es mit freudiger Überraschung geschehen und schaute sie an. Er schaute in lächelnde Augen, vor denen ein sanfter Tränenschleier lag. »Du bist nicht mehr der, der du damals warst, Arved Winter«, sagte sie und zwinkerte ihm zu. »Wenn ich dich damals kennen gelernt hätte, wärest du mir vermutlich sehr unsympathisch gewesen, und mehr als Mitleid hätte ich für dich nicht aufbringen können. Ich weiß noch nicht, ob ich wütend über dich sein soll oder nicht. Was du getan hast, war eine große Unverantwortlichkeit. Aber ich selbst war auch unverantwortlich.«

Arved blieb wieder stehen und sah sie fragend an.

»Ich habe Manfred mit Victor betrogen und später, als wir schon geschieden waren, Victor mit Manfred. Es war nur ein einziges Mal.« Sie seufzte. »Manfred hatte mich zu sich – das heißt in unsere gemeinsame Wohnung in der Karl-Marx-Straße – eingeladen. Wir haben auf der Dachterrasse gesessen, etwas getrunken und viel geredet. Dann sind wir reichlich beschwipst nach drinnen gegangen, es war fast wie in alten Zeiten. Da ist es einfach passiert. Manfred hatte danach nichts Eiligeres zu tun, als es – anonym natürlich – Victor zu hinterbringen. Er war niedergeschmettert. Es ist mir gelungen, ihn wieder aufzubauen, doch dann haben bald die okkulten Drohungen angefangen. Es war die Zeit, als Victor mit einer Endzeit-Sekte herumexperimentierte, von der ich ihn unbedingt fernhalten wollte. Ich hatte geglaubt, die Briefe kämen aus diesem Umfeld. Es ging bei der Sekte auch um schwarze Magie. Victor hatte mich einmal mit dorthin genommen, und es war abscheulich. Ich will dir keine Einzelheiten berichten, denn ich weiß nicht, ob du mich dann noch liebst.« Sie wagte ein Lächeln.

Er schlang die Arme um sie und küsste sie. »Meine Rippen!«, stöhnte sie und drückte ihn ein wenig fort, aber seine Liebkosungen ließ sie gern geschehen.

»Ich will keine Einzelheiten hören, aber auch das würde meine Gefühle zu dir nicht verändern«, sagte Arved.

Hand in Hand gingen sie am Dombachhof vorbei und zur Landstraße, die, von Wittlich kommend, nach Manderscheid hineinführte.

Um zu den Burgen zu gelangen, mussten sie den ganzen Ort durchqueren. Sie gingen hinunter zum Ceresplatz, bogen nach rechts in die Kurfürstenstraße ein, die Hauptstraße des Ortes, folgten ihr bergab an den kleinen, schmucken Häusern entlang, an dem einzigen Bauernhof inmitten des Ortes, an der Post, dem Heimatmuseum, dem Gemüseladen. Es waren nur wenige Leute auf der Straße. Einige kannten Arved und grüßten ihn freundlich; inzwischen war er längst nicht mehr fremd hier.

Aber heute war alles anders. Arved kannte jeden einzelnen auf der Straße.

Jeder war Abraham Sauer.

Abraham Sauer kam ihm in einem feinen grauen Anzug entgegen und grüßte.

Abraham Sauer kam ihm mit einem Kinderwagen entgegen und grüßte.

Abraham Sauer kaum ihm in einer Jeans und mit einer Säge in der Hand entgegen und grüßte.

Arved wusste, dass die erste Geschichte die seine war. Er war der von Gespenstern Heimgesuchte. Er dachte an die Erscheinung, die er früher schon gehabt hatte. Er zweifelte nicht mehr an ihrer Identität. Nun hatte sie bloß ein anderes Gewand übergezogen. Ein anderes Gespenstergewand.

Arved grüßte jeden Abraham Sauer mit der gleichen Freundlichkeit. Bestimmt waren es nur Bekannte von ihm, denen das Gespenst sein Bild übergestülpt hatte. Hier glaubte er Herrn Weiß zu erkennen, bei dem er seine Immobilienversicherung abgeschlossen hatte, dort Frau Ramers, die ihn in der *Alten Remise* bedient hatte, und hier kam Herr Steffels; mit ihm und seiner Frau hatte er sich angefreundet und die beiden oft in der Parallelstraße am Hohlen Weg besucht. Doch über ihnen allen lag die Maske Abraham Sauers.

Er hatte Liobas Hand nicht für eine Sekunde losgelassen; er brauchte ihren Halt und den Druck ihrer Finger, um sich zu vergewissern, dass noch etwas Reales in all diesen Unwirklichkeiten existierte. Sicherlich gaben sie ein seltsames Bild ab: Lioba war noch immer blutverschmiert, und Arved ... er wusste nicht einmal, wie er aussah. Aber niemand stellte ihnen Fragen; alle taten so, als sei alles in Ordnung. Arved war dankbar dafür.

An der Bäckerei vorbei liefen sie auf den Friedhof zu, der den Ort am südlichen Ende begrenzte, bogen kurz vor ihm in die Burgstraße ein, kamen an den Wanderparkplatz mit der großen hölzernen Übersichtstafel – und erstarrten.

Auf dem Parkplatz stand der alte russische Armeelaster.

Leichter Rauch stieg noch immer von ihm auf, als schwitze er und kühle sich erst langsam ab. Arved verkrallte seine Finger in Liobas Hand. »Was jetzt?«, raunte er.

Lioba kniff die Augen zusammen und beobachtete den LKW einige Minuten lang, ohne sich zu rühren. Dann machte sie sich von Arved los und ging auf die dampfende Maschine zu.

»Nein!«, rief Arved und wusste nicht, ob er ihr folgen sollte. Als er sie mit leichten Schritten fortgehen sah, überwand er seine Angst. Er lief hinter ihr her, umfasste sie, drückte sie während des Gehens eng an sich. Als sie vor dem großen Wagen standen, reckten sie die Hälse. Es hatte den Anschein, als sei die Fahrerkabine leer.

Lioba wagte es, auf das Trittbrett des altmodischen, riesenhaften LKW zu steigen und durch die Scheibe zu spähen. Als sie wieder auf dem Boden stand, sagte sie mit einem Ton der Enttäuschung in der Stimme: »Nichts Außergewöhnliches. Das Fahrerhaus ist leer. Vollkommen leer. Kein persönlicher Gegenstand liegt darin.«

»Ob sie uns erwarten?«, fragte Arved.

»Das werden wir sehen.«

Sie gingen über den schmalen Pfad, der am Ortsrand vorbei zur Ober- und zur Niederburg führte. Bald kamen die beiden Ruinen in Sicht. Die Niederburg, von der noch weitaus mehr erhalten war, lag tief im Tal der Lieser; die trutzigen Mauern schmiegten sich über den Bergrücken, als seien es Tatzelwürmer auf der Suche nach Beute. Die Oberburg hingegen war ein Bild überwundener Macht. Nur der Bergfried, die Wehrmauern und ein Teil eines kleineren Turmes standen noch. Sie thronte hoch über der Niederburg. Die Lieser floss zwischen ihnen hindurch, unsichtbar von dieser Stelle aus, wo die beiden Steinmassen wie sich belauernde, sprungbereite Tiere wirkten.

Arved schritt vorsichtig über den steinigen Pfad bis zur Abzweigung, wo es rechts zur Niederburg ging. Geradeaus, wieder ein wenig bergan, führte der Weg durch ein Tannenwäldchen zum Tor der Oberburg. Dort wartete sein Schicksal auf ihn.

Nach den ersten Schritten blieb er stehen. Der Weg war wieder einmal so schmal, dass Lioba und er nicht nebeneinander hergehen konnten. »Sollen wir wirklich ...«, begann er.

»Was ist die Alternative?«, fragte Lioba. »Wenn wir jetzt umkehren, wird das alles nie ein Ende haben.« Ihre Stimme war leise, und ihre ganze Körperhaltung sprach ihren Worten Hohn. »Es kann uns überall holen. Das haben wir doch eben auf der Straße bemerkt.«

Arved ging weiter. Mit jedem Schritt wurden seine Beine schwerer. Mit jedem Schritt wurde es dunkler. Er schaute verdutzt in den Himmel. Die Sonne war verschwunden, bleiernes Grau hing über der Welt. Sie schritten durch den mit Efeu bewachsenen Torbogen, weiter hinauf zu der Wiese vor dem Bergfried. Niemand war hier. Arved ging bis zur Wehrmauer und schaute hinunter. Auf dem Bergfried der Niederburg befanden sich einige Besucher. Lioba stellte sich neben ihn und bemerkte sie auch. »Bist du sicher, dass es die Oberburg war, zu der Abraham uns geschickt hat?«

Arved kramte in der Hosentasche nach dem Zettel. Er zog ihn hervor, faltete ihn auseinander und glättete ihn.

Er war leer.

Beide Seiten waren weiß, jungfräulich; nur die Falten und Knicke durchliefen das Papier.

»Das ... das ...«, stotterte Arved. »Das kann doch nicht sein!«

Das weiße Papier schien ihn zu verhöhnen. Er wusste genau, dass auf dem Blatt die Worte *Oberburg, Manderscheid* gestanden hatten. Wieso sonst hätte er sie hierher geführt. Er drehte sich zu Lioba um.

Sie war verschwunden.

Er lief an der gesamten Mauer auf und ab. »Lioba!«, rief er. »Lioba!«

Keine Antwort. Dann schaute er hoch zum Bergfried, weil er aus den Augenwinkeln dort oben eine Bewegung zu sehen geglaubt hatte. Ja, es war Lioba. Sie winkte ihn heftig heran. Er hastete zum Eingang des Bergfrieds, flog die Stufen hinauf, die teils aus Stein, teils aus Holz bestanden und verflucht steil und eng waren. Schon auf dem ersten Absatz war er außer Atem. Er blieb stehen und rief hoch: »Lioba?«. Es kam keine Antwort. Er schien allein hier zu sein, allein auf der ganzen Burg, allein auf der Welt. Er riss sich zusammen und kletterte weiter nach oben.

Endlich war er auf der Aussichtsplattform des Bergfrieds angekommen. Niemand sonst befand sich hier oben. Keuchend stand Arved da, drehte sich um die eigene Achse – nichts. Doch Geräusche drangen aus dem Inneren des Turms zu ihm. Das musste Lioba sein. Er ging zu dem kleinen Verschlag, der über dem Ende der Treppe errichtet war, und rief hinunter: »Lioba?«

Jemand erkletterte die letzte Treppe. Arved wich zurück. Es war nicht Lioba. Es war Abraham Sauer. Arved drückte sich in eine Ecke des Turms und spürte schmerzhaft die unebene Wand im Rücken. Abraham Sauer kam mit langsamen, entsetzlich zielstrebigen Schritten auf ihn zu. Dann verwandelte er sich. Es war nicht mehr der alte Anwalt, es war die Gestalt mit dem Haarschleier. Mit einer dürren Hand schob sie sich die Haare aus dem Gesicht.

Es war Victor. Arved war nicht überrascht.

»Ich habe dir gesagt, dass es dir noch einmal Leid tun wird«, sagte die Gestalt mit einer blubbernden Stimme, als spreche sie durch Schleim und Auswurf. »Heute ist der Tag.« Nun war sie nur noch wenige Schritte von ihm entfernt.

Aus ihr wuchs etwas hervor. Eine zweite Gestalt. Es war nicht Sauer, es war jemand anderes, den Arved ebenfalls zu kennen glaubte. Noch war die Gestalt so dünn wie ein Seidenschleier und zuckte und zitterte, sodass sie nicht deutlich zu sehen war. Gemeinsam legten die beiden die letzten Meter zu ihm zurück. Er drückte sich noch dichter an die Mauer, warf einen kurzen Blick zurück. Die Mauer war so breit, dass man bequem auf ihr stehen konnte. Mit einem Sprung war Arved auf der Mauerkrone. Er schaute auf die Gestalten herunter. Die eine war jetzt deutlicher geworden.

Es war eine Ausgeburt der Hölle. Kohlen glommen in ihren Augenhöhlen, Würmer krochen über das pergamentartige Gesicht. Die Lippen waren verätzt und enthüllten Zahnstummel. Doch das Schlimmste war, dass Arved nun, da die Gestalt Substanz angenommen hatte, genau wusste, wer sie war.

Er blickte in sein eigenes Zerrbild.

Die Gestalt lachte lautlos.

Arved wich noch einen Schritt zurück.

Während Victor auf der Plattform stehen blieb, erkletterte das andere Wesen die Mauerkrone.

Jetzt stand Arved hart am Abgrund.

Das Wesen griff nach ihm. Er erkannte an ihm seine eigenen Finger, wurstig, rund, doch mit schwarzen, abscheulich langen Nägeln. Schon ritzte einer der Nägel ihm das Fleisch oberhalb des rechten Knöchels.

Noch ein Schritt – ins Bodenlose.

Er warf die Arme hoch. Etwas ergriff sie. Es schmerzte höllisch. Er rutschte ab. Schlug von außen gegen die Mauer. Fiel nicht. Etwas zerrte an ihm. Er schaute verwirrt zuerst hinunter in den schwindelnden Abgrund, dann hoch. Hände hielten seine eigenen Hände. Keine Hände eines Unwesens. Menschliche Hände. Liobas Hände. Und darüber stieg etwas in die Luft, zwei schwarze Wolken, die sich hoch oben vereinten.

Arved fand Halt an einem der unebenen Bruchsteine, und nach einer Weile angstvollem Andrücken und Ziehen stand er endlich wieder auf der Mauerkrone. Mit zitternden Knien sprang er auf die Plattform. Lioba fing ihn auf. Sie umarmte ihn, streichelte ihm über den schütteren Haarschopf und küsste ihn hungrig, als wolle sie ihn in sich aufsaugen und nie wieder aus sich herauslassen.

Die schwarze Wolke zerplatzte, und schwarze Tropfen regneten auf die beiden herab, die in ihrer Umarmung erstarrt waren.

24. Kapitel

Auf dem Weg zurück in den Ort waren Arved und Lioba in Gedanken versunken. Arveds Knie fühlten sich an, als wären sie aus Butter, die langsam an der Sonne schmolz. Doch da war keine Sonne mehr. Inzwischen hatte Regen eingesetzt und wusch die seltsamen schwarzen Tropfen restlos ab, sodass Arved nach wenigen Minuten nicht mehr zu sagen vermochte, ob sie real oder eingebildet gewesen waren. Der Regen tropfte aus seinen Haaren, von denen einige ihm in wirren Strähnen ins Gesicht hingen.

Auch Liobas Blut wurde abgewaschen. Als sie durch den Regen schritten, war es Arved, als gingen sie durch ein reinigendes Bad. Der LKW stand nicht mehr auf dem Parkplatz.

Erst als sie ganz Manderscheid durchquert hatten und in seiner Straße angekommen waren, fragte Lioba: »Warum bist du auf die Brüstung geklettert?«

Arved bedachte sie mit einem Blick des Unverständnisses. »Hast du sie nicht gesehen?«

»Wen?«

Das war Antwort genug. Er tastete nach seinen Schlüsseln, legte die restlichen Meter schweigend zurück und öffnete die Haustür. »Komm herein, trockne dich ab«, sagte er. Sie blieb in der Diele stehen, sah ihn an. »War es Victor?«, fragte sie leise.

Arved nickte. »Und noch jemand.«

»Wer?«

»Das ist jetzt unwichtig.« Ein Schauer kroch über Arveds Rücken, als er an sein verzerrtes, höllenhaftes Spiegelbild dachte. »Es ist vorbei. Hast du auch bemerkt, dass der Lastwagen verschwunden ist?«

»Ja.«

»Wenn du mich nicht festgehalten hättest, wäre ich jetzt tot.«

Lioba nahm ihn in den Arm und drückte ihn. »Was hältst du davon, wenn wir gemeinsam unter die Dusche gehen?«, fragte sie. Im Blick ihrer dunklen, beinahe schwarzen Augen lag etwas Schelmisches.

Arved grinste.

Sie duschten gemeinsam und liebten sich im Stehen unter dem prasselnden Wasser. Danach lagen sie eng aneinander gekuschelt in Arveds Einzelbett. »Jetzt ist noch eine Geschichte offen«, sagte er ängstlich und hielt Lioba fest im Arm.

Sie schmiegte sich an ihn. »Ist das überhaupt passiert?«, fragte sie. »Du hast geglaubt, etwas zu sehen. Vielleicht waren es nur deine überreizten Sinne. Das wäre kein Wunder, wenn man bedenkt, was uns heute schon alles zugestoßen ist.«

Arved drückte sie ein wenig von sich und winkelte das rechte Bein an. Kurz oberhalb des Knöchels befand sich eine gerötete Ritzung. »Siehst du das? Das war *er*.«

»Kann das nicht bei dem Beinahe-Sturz geschehen sein?«, wandte Lioba ein. »Oder beim Hochziehen?«

Arved stieß einen tiefen Seufzer aus. »Ich wünschte, es wäre so. Aber ich habe Angst um dich.«

Lioba gab ihm einen Nasenstüber. »Was immer gewesen ist, ist vorbei. Selbst wenn es da wirklich etwas gab, habe ich ja meine wilde Vergangenheit bereut.« Sie schlug die Augen nieder, als wolle sie in sich schauen. »Du kannst mir glauben, dass das nicht leicht für mich war. In gewisser Hinsicht hat das Schattenbuch bei uns beiden sogar Gutes bewirkt. Wir haben unsere Fehler gesehen und angenommen und dafür gebüßt, und wir werden sie nie wieder machen.«

»Versprich mir, dass es vorbei ist«, sagte Arved und umarmte Lioba wieder. Es war ein widersinniger Wunsch, aber er wollte die Bestätigung haben, dass der Albtraum nun ein Ende hatte.

»Ich verspreche es«, sagte sie und verschloss seinen Mund mit Küssen.

Draußen waren die dumpfen Geräusche grasender Kühe zu hören, und das Singen der Amseln, die die Nacht herbeilockten.

Nach einigen Minuten sprang Arved im Bett so heftig auf, dass die Federn quietschten und das Gestell wackelte. »Die Katzen!«, rief er. »Ich habe Lilith und Salomé ganz vergessen!«

Lioba versuchte ihn wieder in die Kissen zu ziehen. »Die beiden sind moppelig genug; sie halten es auch mal eine Nacht ohne Fressen aus.«

»Nein, das geht nicht, das haben sie noch nie gemusst. Sie werden leiden. Wir müssen nach Trier fahren.«

»Wie denn? Mein Wagen liegt im Liesertal auf dem Dach, und deiner steht immer noch auf dem Parkplatz des Polizeipräsidiums. Und ich bin unendlich müde.«

»Wenn du nicht zurückfahren willst, tue ich es eben allein. Gib mir die Hausschlüssel, bitte.«

»Aber es ist zu spät für den Bus.«

»Ich rufe mir ein Taxi.«

»Weißt du, was das kostet?«

»Das sind mir die armen Tiere wert.«

Lioba hob bewundernd die Brauen. Schon war Arved aufgestanden und zog sich an. Sie lehnte sich zurück in die Kissen und schaute ihn aus halb geschlossenen Augen an. Plötzlich kam er sich vor Lioba unsagbar nackt und verletzlich vor. Er war froh, als er wieder in Hemd und Hose vor ihr stand. Sie hingegen machte keine Anstalten, ihre Blöße zu bedecken. »Darf ich hier bleiben?«, fragte sie leise. »Ich bin so kaputt.«

Arved nickte und genoss noch einmal den Anblick ihres reifen, festen Körpers. Unter Mühen riss er sich los, telefonierte nach einem Taxi, und eine halbe Stunde später saß er mit Liobas Schlüssel in einem cremefarbenen Mercedes mit Trierer Nummer. Sie hatten beschlossen, in dieser Nacht die Häuser zu tauschen. Morgen früh würde Arved seinen Wagen abholen und zusammen mit den Katzen zurück nach Manderscheid kommen.

Während der ganzen Fahrt dachte er an das Abenteuer auf der Oberburg. Für ihn war es entsetzlich real gewesen. Doch jetzt hatte er das Gefühl, dass es vorbei war. Wenn eine der Geschichten eine Entsprechung in seinem eigenen Leben hatte, dann war es die erste: Die Geschichte der Sammlerin und des unglücklich in sie Verliebten. Das Wesentliche dieser Geschichte war das Abgewiesenwerden – genau das, was Victor damals bei ihm hatte erleiden müssen. So lange schon hatte dieser dunkle Fleck auf Arveds Seele gelastet. Er hatte ihn sich weiß geredet, hatte ihn irgendwann tatsächlich vergessen, scheinbar vergessen, doch im Verborgenen war er immer da gewesen, wie eine ansteckende Krankheit.

Und die zweite Geschichte?

Plötzlich tat es Arved Leid, dass er Lioba allein gelassen hatte. Doch was sollte ihr in seinem Haus schon passieren? Sie wusste sich zu wehren. Die Nacht flog an ihm vorbei, der Taxifahrer schwieg während der ganzen Fahrt, und Arved schwamm in guten und schlimmen Gedanken.

Als er die Tür zu Liobas Haus aufschloss, hörte er bereits das Miauen. Er flog in die Diele, und seine beiden Katzen stürmten auf ihn zu und strichen ihm um die Beine. Er streichelte sie, setzte sich auf den harten, kalten Steinboden, spielte mit ihnen, dann ging er in die Küche und gab ihnen ihre Bobbels, die Lioba als fürsorgliche Katzenpflegemutter von Arved mitgebracht hatte. Alles war gut. Die Tiere sprangen freudig erregt umher, nachdem sie gefressen hatten, und wichen ihrem Herrn nicht mehr von der Seite.

Arved aber machte sich Sorgen. Wie mochte es Lioba gehen? Er rief sie an. Sie war sofort am Telefon.

Nein, sagte sie, es sei alles in Ordnung, sollte denn etwa nicht alles in Ordnung sein? »Du hast mich geweckt. Ich habe wie ein Baby geschlafen, und das gedenke ich jetzt auch wieder zu tun.«

Nach diesem beruhigenden Gespräch ging Arved zu Bett. Die Katzen schliefen bei ihm, eine am Fußende, eine neben seinem Kopf.

Am Morgen holte er seinen Bentley ab, lockte die Katzen mit etwas Futter in den Transportkorb und stellte ihn auf den Rücksitz des Wagens. Dann rief er Lioba an und wollte hören, wie sie die Nacht verbracht hatte.

Sie ging nicht ans Telefon.

Vielleicht war sie ja in der Dusche. Arved dachte an ihr gemeinsames gestriges Erlebnis unter der Brause, und ein Prickeln lief über seinen Körper. Er ließ das Telefon klingeln, klingeln, klingeln. Schließlich legte er auf. Möglicherweise machte sie einen Spaziergang. Doch er wurde immer nervöser. Wenn sie unter der Dusche gewesen wäre, musste das Dauerklingeln sie hervorgelockt haben. Und wenn sie gerade Brötchen holte?

Arved wollte nicht mehr warten. Er lief zu seinem Wagen, den er in der Windmühlenstraße geparkt hatte, weil vor Liobas Haus kein Platz gewesen war, und fuhr los. Wieder nach Manderscheid, seine Hausstrecke, doch er hatte keine Muße, einen Blick auf die sommerliche Landschaft zu werfen. Wolkenschatten glitten über die Felder, über die Weinberge, über die Bahn und das Auto. Obwohl Arved immer noch das Gefühl hatte, als sei etwas Gewaltiges, Dichtes, Erdrückendes von ihm abgefallen, fühlte er sich elend. Die Angst um Lioba schnürte ihm die Kehle zu. Er fuhr mit Höchstgeschwindigkeit.

Die Autobahn war ein Band, eine Schlange, die sich vor ihm ausstreckte, und irgendwo hinter dem Horizont lauerte der geöffnete Rachen.

Schweich, Salmtal, Wittlich, Hasborn. Der Rachen kam nicht in Sicht. Arved war froh, als er die Autobahn verlassen konnte.

Der Weg hinunter ins Liesertal und wieder hinauf nach Manderscheid war quälend lang, und die vielen Kurven zwangen ihn, langsam zu fahren. Zu allem Überfluss tuckerte noch ein grüner Traktor ab Niedermanderscheid vor ihm her. Auf der kurzen Geraden vor dem Ort überholte Arved und raste mit quietschenden Reifen durch den Ort, was ihm das Kopfschütteln einiger Passanten einbrachte. Er schleuderte um den Kreisel des Ceresplatzes, nahm die erste Straße rechts – In den Wiesen, seine Straße, gab noch einmal heftig Gas und kam mit einem Ruck vor der Garage seines Hauses zum Stehen. Er hatte seinen Zweitschlüssel mitgenommen und öffnete die Tür, ohne vorher zu klingeln.

»Lioba!«, rief er aufgeregt. Ein Teil von ihm war sicher, dass sie gleich aus dem Wohnzimmer, dem Bad oder der Küche kommen würde, doch alles blieb still und ruhig. Er lief durch das ganze Haus. Sie war nicht da. Das Bett war ungemacht. Er legte die Hand zwischen die Laken. Sie waren noch warm; also hatte Lioba hier geschlafen. Was war heute Morgen geschehen?

Erst als er – inzwischen etwas ruhiger geworden – einen zweiten Gang durch das Haus machte, bemerkte er, dass der kleine Beistelltisch neben dem Sofa umgekippt und der Teppich an einer Ecke umgeschlagen war. Arved holte die Katzen. Als er sie durch die Tür trug, begannen sie zu miauen und zu fauchen. Er stellte den Korb ab und öffnete ihn.

Sie verkrochen sich in die hinterste Ecke des Korbes, und weder gute Worte noch Futter konnten sie hervorlocken.

Was immer es war, es war noch nicht vorbei

* * *

Lioba hatte ausgezeichnet geschlafen. Die Sommersonne weckte sie, und durch das Fenster sah sie Wiesen und Obstbäume sowie grasende Kühe. Zuerst wusste sie nicht, wo sie war, doch dann erinnerte sie sich an den vergangenen Abend, an die Liebe und Zärtlichkeit und an Arveds überhastete Abreise nach Trier.

Sie duschte; das warme Wasser rann wie liebkosende Fingerspitzen über ihren Körper, dem sie sich nun wieder ganz zugehörig fühlte. Wohlig trocknete sie sich ab, schlang sich das Handtuch um und ging zurück ins Schlafzimmer, um sich anzukleiden. Da spürte sie einen leichten Luftzug. Vermutlich hatte sie irgendwo ein Fenster nicht geschlossen. Sie zog sich weiter an.

Als sie sich die schweren, aber blitzsauberen Wanderstiefel umband, hörte sie ein Huschen, ein Wispern und Kratzen, als eile etwas verstohlen über den Boden. War etwa Arved mit den Katzen schon zurück? Er hätte sich doch bemerkbar gemacht. Sie trat hinaus auf den Flur. Niemand war hier, natürlich. Dennoch blieb ein seltsames Gefühl der Bedrohung, als sie zurück ins Wohnzimmer ging. Sie setzte sich, stand sofort wieder auf. Sie verspürte eine unangenehme innere Spannung. Nichts hatte sich seit gestern Abend verändert. Immerhin war es das erste Mal, dass sie allein in diesem Haus war. Sie musste über sich selbst lachen. Sie wollte lachen, aber sie brachte nur einen abgerissenen, erstickten Laut hervor. Es würde ihr besser gehen, wenn sie mit Arved sprach. Also ging sie in die Diele und nahm den Telefonhörer ab.

Die Leitung war tot. Es war, als hauche sie der Atem des Nichts an.

Wieder dieses Rascheln und Wispern und Kratzen und Wischen und Schlurfen, diesmal aus dem Wohnzimmer.

Ihr erster Impuls war, das Haus zu verlassen und einen langen Spaziergang zu machen; Arved würde sicherlich erst in ein paar Stunden wiederkommen. Doch der Schlüssel, den er ihr gegeben hatte, lag im Wohnzimmer auf dem Tisch, und sie wollte nicht ohne Schlüssel aus dem Haus gehen. Lange stand sie unschlüssig in der Diele. Die Geräusche waren deutlich zu hören. Dann brachen sie plötzlich ab. Es war, als flute die Stille zurück in das Haus.

Lioba schüttelte den Kopf. Vielleicht waren es Mäuse. Arved hatte zwar nie davon erzählt, dass er von Ungeziefer heimgesucht wurde, aber möglicherweise hatte er es noch gar nicht bemerkt. Ja, das war die einzige Erklärung. Grinsend ging sie auf das Wohnzimmer zu, dessen Tür weit offen stand.

Aber den Katzen wären die Mäuse nicht entgangen. Dieser Gedanke kam Lioba zu spät.

Bevor sie wusste, wie ihr geschah, waren die Schatten über ihr. Sie wurde in etwas Weiches, nach Abfall und Verwesung Stinkendes eingehüllt. Es schnürte ihr die Luft ab. Sie ruderte mit den Armen, trat aus, traf aber niemanden. Etwas hielt sie fest, aber es waren keine Arme. Es war etwas Zähes, Klebriges, Gummiartiges. Sie konnte nichts sehen. Die Schwärze in dem Sack – oder was immer man ihr übergestülpt hatte – verschlang jedes Bild, außer denen in ihrem Kopf.

Sie spürte, wie sie in die Luft gehoben wurde. Sie strampelte, es war sinnlos. Sie hätte genauso gut gegen eine Wolke kämpfen können. Dann überwältigte sie der Gestank. Sie musste würgen, konnte sich aber nicht übergeben. Die Schwärze vor ihren Augen sickerte bis in ihren Schädel hinein. Sie verlor das Bewusstsein.

Das Nächste, was sie wahrnahm, war ein leiser Luftzug um die Fußknöchel. Sie stellte fest, dass sie saß. Man hatte ihr die Hände hinter dem Rücken zusammengebunden. Noch immer sah sie nichts; der stinkende Sack hing über ihrem Kopf wie eine schreckliche Drohung. Dann endlich hob sich die Dunkelheit – und wurde durch eine neue Dunkelheit ersetzt. Doch diese war nicht so allumfassend, nicht alles erstickend. Einzelne Sterne durchglommen sie. Der Himmel, in dem die Sterne leuchteten, war seltsam nah. Es war, als sei Lioba ins Unermessliche gewachsen und stoße beinahe an das Himmelsgewölbe. Auch die Sterne waren zum Greifen nah. In einiger Entfernung vor ihr war die Welt zu Ende. Eine Wand erhob sich dort, und schwächere Sterne glänzten überall in ihr. Sie glitzerten in einem stetigen Licht, während die anderen Sterne flackerten und zuckten. Sagte man nicht, dass die Schwarzen Löcher in den Tiefen des Universums das Licht ablenkten? War es so etwas?

Ungeheurer Hall durchjagte das Weltall. Die Sternenwinde drohten das Licht zu schlucken. Lioba kniff die Augen zusammen. Der Himmel über ihr war schwarz und grau und schartig. Und die Sterne waren keine Sterne, sondern Kerzen. Dicke Wachsstämme erhoben sich aus dem Boden oder standen auf kleinen Konsolen an der Wand. An der Höhlenwand. Sie befand sich in einem unterirdischen Raum. Was es mit der Wand vor ihr auf sich hatte, konnte sie jedoch noch nicht deutlich erkennen.

Zwei Schemen traten rechts und links neben die Wand. Sie waren nicht mehr als Schatten, unkörperlich. Doch ihre Gegenwart bewirkte, dass Lioba die Wand nun deutlicher sah, vielleicht weil das Licht nun anders auf sie fiel.

Es war eine Bretterwand, etwa zwei Meter hoch und zwei Meter breit. Und das, was sie zuvor für Sterne angesehen hatte, waren Messerklingen. Unzählige Messerklingen. Die Wand stand auf zwei blitzenden Metallrädern, deren Laufschienen auf den Stuhl zuführten, auf dem Lioba saß.

Die zweite Geschichte. Vor des Messers Schneide.

Jetzt traten die beiden Schemen näher an Lioba heran. So nahe, dass sie sie erkennen konnte. Sie hielt vor Entsetzen den Atem an. Der Brandgeruch war überwältigend.

25. Kapitel

Arved war genauso außer sich vor Angst wie die Katzen. Lioba war geholt worden, das war ihm klar. Er erinnerte sich an die Geschichte *Vor des Messers Schneide* und an den grausamen Tod der Hauptperson, des Arztes zwischen zwei Frauen. Der Arzt war eine Verkörperung von Lioba und ihren früheren Taten, ein männliches Spiegelbild. Saß sie jetzt vor einer solchen Messerwand, die nach einer bestimmten Zeit auf sie zuschnellen würde, wenn es ihr nicht gelang, ihre Ankläger von ihrer Unschuld oder wenigstens ihrer Reue zu überzeugen? Es machte ihn rasend. Wohin war Lioba gebracht worden?

Arved lief durch sein Haus, wurde immer aufgeregter. Er musste etwas tun. Aber was? Wie sollte er den Ort finden? Oder war es schon zu spät? Der Arzt in der Geschichte hatte zwei Stunden Zeit. Wie lange war Lioba schon fort? Panik überspülte ihn, riss ihn in die Tiefen seiner Gefühle.

Das Buch! Das Schattenbuch. Er hatte es vergessen, hatte es in Trier gelassen. Bei den anderen beiden Erzählungen gaben die Illustrationen, die scheinbar wenig oder nichts mit dem Text zu tun hatten, Hinweise auf den Ort der Qualen. Bei Manfred Schult war es der Spiegel gewesen, hinter dem er ermordet worden war, bei Arved der Bergfried der Oberburg, von dem er sich beinahe gestürzt hatte. Was war auf dem Bild der zweiten Geschichte dargestellt? Arved versuchte sich zu erinnern, aber in seinem Kopf war alles blank und leer. Er rieb sich die Schläfen, als könne er damit das Bild in die Wirklichkeit hineinmassieren. Es war etwas Absurdes gewesen, mit dem er nichts hatte anfangen können. Selbst wenn er sich erinnern konnte ...

Eine Lichtung. Plötzlich kamen ihm Teile des Holzschnitts in Erinnerung. Eine Lichtung mit einem Stumpf in der Mitte, der so etwas wie eine Krone trug. Und ein gewaltiger Nagel, der von oben in ihn hineingetrieben war. Und da war noch etwas gewesen. Arved setzte sich auf sein Sofa, schloss die Augen, versuchte sich die Illustration vorzustellen. Rechts von dem Stumpf hatte etwas gelegen. Etwas Seltsames. Ja, es war an einer Kette befestigt. Es war absurd gewesen. Aber was war es?

Arved sprang auf, lief hin und her. Die Katzen waren verschwunden. Er öffnete die Tür zur Terrasse, wie aus dem Nichts huschten zwei schwarze Knäuel heran und stürmten hinaus ins Grüne, offenbar erleichtert, der vergifteten Atmosphäre des Hauses entkommen zu können. Arved stand in der Tür und schaute auf die Wiesen, die Obstbäume, aus deren Äpfeln im Herbst teilweise Schnaps gebrannt wurde.

Schnaps. Etwas klickte in seinem Kopf. Nein, es war kein Schnaps gewesen, keine Branntweinflasche, aber er war nahe dran.

Arved ging zurück ins Haus, in die Küche und holte sich aus dem Kühlschrank ein Bier. Vielleicht würde es ihn etwas ruhiger machen. Ihm war nur zu deutlich bewusst, dass möglicherweise jede Minute kostbar war und über Liobas Leben entscheiden konnte. Als er den Kronkorken von der Flasche entfernte, kam die Erinnerung.

Es war ein Bierfass gewesen. Zumindest hatte es wie ein solches ausgesehen. Jetzt stand ihm das seltsame, grob ausgeführte Bild wieder deutlich vor Augen. Er atmete auf. Aber was hatten diese merkwürdigen Dinge mit dem Ort zu tun, an dem Lioba vermutlich gefangen gehalten wurde? In welchem Umkreis mochte sich dieser Ort befinden? Der Spiegel war in Trier gewesen, der aus dem geöffneten Buch herauswachsende Bergfried hatte die Manderscheider Oberburg bezeichnet. Lag der dritte Ort in oder bei Trier, oder auch in der Eifel? Und was sollten dieses Fass und der bekrönte Stamm bedeuten? Irgendwie erinnerte das Ensemble Arved an moderne Kunst – an Kunst in der freien Natur. Aber wie sollte er herausfinden, wo dieses Kunstwerk stand, falls es überhaupt ein solches war? Arved spürte, wie ihm die Zeit durch die Hände rann.

Oder handelte es sich nur um einen Platz, wie er manchmal vor Grillhütten anzutreffen war? War eine Schutzhütte gemeint? Oft wurden diese Hütten für Gelage benutzt, was das Bierfass erklären würde. Aber warum war es angekettet? Und warum dieser bekrönte Stamm? Außerdem war auf dem Bild nichts von einer Hütte zu sehen gewesen. Nein, es musste eine andere Erklärung geben.

Arved trank die halbe Flasche in einem Zug leer. Er wischte sich den Schaum vom Mund. Würde man Lioba von hier entführt haben, wenn der Ort sehr weit entfernt wäre? Falls er bei Trier lag, hätte man dann nicht gewartet, bis sie wieder zu Hause war? Hatte er Lioba unbewusst den Entführern in die Hände gespielt, indem er sie allein hier zurückgelassen hatte? Er setzte die Flasche auf dem Küchenschrank ab und biss sich auf die Lippe. Es war seine Schuld. Und er musste es wiedergutmachen. Er musste sie retten. Er war ihre einzige Hoffnung. So wie sie seine einzige Hoffnung war.

Wenn sie nicht schon längst tot war.

Arved stieß heftig den Atem aus; es klang, als entweiche Luft aus einem abgestochenen Reifen. Ein Kunstwerk ... Er hatte es auf seinen Spaziergängen nie gesehen, andererseits kannte er noch längst nicht alle Wege um Manderscheid. Wenn es sich überhaupt in dieser Gegend befand. Wer konnte etwas darüber wissen? Wer wusste alles über künstlerische

Aktivitäten in der Eifel? Wenn es um Manderscheid ging, wäre vielleicht die Bürgermeisterin die Richtige. Aber wenn es sich doch um eine ganz andere Gegend handelte, käme Arved bei ihr vermutlich nicht weiter. Er brauchte jemanden, der einen größeren Überblick hatte. Wer kam da in Frage? Er kannte noch nicht viele Leute hier.

Aber es gab einen, der ihm schon einmal mit Informationen ausgeholfen hatte – einen, der immer irgendwie im Mittelpunkt des Geschehens stand, ohne selbst groß hervorzutreten. Einen, dem er zu verdanken hatte, dass er auf freiem Fuß war.

Jochen W. Martin, der Journalist.

Wo hatte Arved bloß seine Adresse? Er kramte im Wohnzimmerschrank herum, bis er sein Telefonverzeichnis gefunden hatte. In der Tat, er hatte die Privatnummer in Bad Münstereifel notiert.

Die weibliche Stimme am anderen Ende sagte bedauernd, Jochen sei vermutlich in der Redaktion des *Kölner Rundblick*, die Nummer könne sie Arved geben.

Dort aber war er nicht. »Er ist bei der Recherche für eine Story«, sagte wiederum eine weibliche Stimme am anderen Ende. »Vielleicht rufen Sie heute Nachmittag noch mal an.«

»Das ist zu spät!«, schrie Arved fast ins Telefon. »Ich brauche sofort eine Information von ihm. Es geht um Leben und Tod!« Es hörte sich so abgedroschen an, aber es war nichts weniger als die Wahrheit. »Bitte, bitte. Er hat doch bestimmt ein Handy, oder?«

Am anderen Ende wurde geschwiegen; man konnte das Nachdenken geradezu hören.

»Sie müssen ihn doch auch erreichen können, wenn etwas Wichtiges anliegt«, drängte Arved.

»Ich weiß ja nicht einmal, worum es geht«, wehrte die weibliche Stimme ab.

Sollte alles an einer übereifrigen Redakteurin scheitern? »Wenn er nicht gestört werden will, hat er bestimmt seine Mailbox eingeschaltet. Bitte geben Sie mir die Nummer.«

Nach einem Schweigen, das eine halbe Ewigkeit zu dauern schien, erhielt Arved die Nummer. Mit zitternden Fingern wählte er die lange Zahlenfolge, vertippte sich, wählte neu, wartete. Das Freizeichen kam. Dann die Ansage der Mailbox von Jochen Martin. Wütend und verzweifelt warf Arved den Hörer auf die Gabel. Dann wählte er erneut. Er konnte wenigstens eine Nachricht hinterlassen. Auf das Band sprach er eine Botschaft, von der er hoffte, dass sie sich dringlich genug anhörte. Nun blieb ihm nichts weiter als zu warten.

Wie ein eingesperrtes Tier durchmaß er das Haus. Er biss sich immer wieder auf die Lippe, bis sie blutete. Der Schmerz lenkte ihn ein wenig ab. Seine Kreise wurden beständig kleiner, sie konzentrierten sich bald auf die Diele mit dem Telefon. Es schwieg. Welche andere Möglichkeit gab es, an die so dringend benötigte Information zu kommen? Vielleicht im Fremdenverkehrsamt, unten am Kurpark? Dafür musste er das Haus verlassen – oder anrufen. In beiden Fällen konnte Jochen Martin ihn nicht erreichen, wenn er zurückrief. Falls er überhaupt zurückrief.

Das Telefon klingelte.

Arved schoss auf es zu wie ein Hai auf Beute.

»Martin hier. Was gibt's? Will die Polizei noch was von Ihnen, oder haben Sie wieder Ärger mit Teufelsanbetern?«

Seine ruhige Stimme war Balsam für Arveds Nerven. »Lioba ist verschwunden«, sagte er. »Es hat einen Kampf gegeben, während ich nicht da war, und ich glaube, ich kann den Ort beschreiben, wo sie gefangen gehalten wird. Aber ich weiß nicht, wo er ist.«

»Entschuldigen Sie, wenn ich mir die Bemerkung erlaube, dass das eine recht rätselhafte Beschreibung der Lage ist. Lioba ist was passiert? Wo hat sie sich denn jetzt schon wieder eingemischt? Sie haben meine vollste Unterstützung.« Erwartungsvolles Schweigen am anderen Ende.

Arved überlegte kurz, ob er die ganze Geschichte in Grundzügen darlegen sollte, doch zum einen dauerte das zu lange, und zum anderen war sie zu unglaublich. Also beschrieb er den Holzschnitt, ohne dessen Ursprung zu erwähnen. Er habe gute Gründe anzunehmen, dass Lioba an diesem Ort gefangengehalten und vermutlich gefoltert werde. Sie sei in Lebensgefahr.

»Verdammt, das klingt gar nicht gut«, meinte Martin. »Ich komme jetzt nicht an meine Informationen ran, bin auf der Reise, aber ich geh gleich mal ins Internet und ruf Sie dann zurück. Ich verspreche Ihnen, dass ich es schnell mache.« Schon hatte er aufgelegt, und für Arved begann eine weitere Runde auf dem glühenden Folterrost der Warterei.

Aber schon wenige Minuten später meldete sich Martin wieder. »Hab hier was für Sie, das Sie interessieren könnte. Es gab vor zwei Jahren in der Region um Manderscheid eine Kunstaktion, die *Nat-Ur-Kunst* hieß. Hab damals darüber berichtet, und die Bilder dazu habe ich noch auf meinem PC. Überall in den Wäldern und Tälern haben Künstler aus natürlichen Materialien die absurdesten – will sagen die unterschiedlichsten Werke geschaffen. Eines davon hieß *Die mächtige Krone der Schöpfung hat Durst* und war von einem ganz seltsamen und durchgedrehten Künstler, von dem man so gut wie nichts wusste. Die Veranstalter hatten ziemliche Probleme mit ihm. Ich wollte ein Interview mit ihm machen und so weiter und so fort, aber glauben Sie, der hätte das zugelassen? Na, dann rutsch mir doch den Buckel runter, hab ich gedacht. Aber ich habe sein Werk natürlich auch aufgenommen – ziemlicher Mist, muss ich sagen. Er hatte einen komischen Namen, warten Sie mal, ja, hier habe ich ihn. Valentin Maria Pyrmont.«

Vampyr! Das war es! Wie in einem Räderwerk griffen nun die einzelnen Teile ineinander. »Wo?«, rief Arved in die Muschel.

»Warten Sie, mal sehen, ich glaube, das war ziemlich nahe bei Manderscheid.« Stille, seltsame, schabende Geräusche am anderen Ende, irgendeine Suche ging dort vor sich. »Hier. Aber wie soll ich es Ihnen erklären? Kennen Sie sich schon gut genug in Ihrer neuen Heimat aus?«

»Ich will es hoffen!«

»Das Werk von Pyrmont befand – oder befindet – sich zwischen Manderscheid und Bleckhausen. Ich weiß noch, wie ich es damals gesucht habe. Es ist das am besten versteckte aller Werke, die bei der Aktion entstanden sind, und das ist auch gut so. Lachen Sie mich nicht aus, aber ich habe es damals so empfunden, als würde von dem Ort und dem Werk etwas Ungutes, Blasphemisches ausgehen, obwohl es mit diesem Bierfass – übrigens aus Plastik – so lächerlich ist.«

»Wie komme ich dahin?«

»Rechts neben der Straße nach Bleckhausen verläuft ein Wirtschaftweg, der zuerst geteert ist und später in einen Grasweg übergeht. Den nehmen Sie, bis er etwas nach rechts schwenkt. Sie kommen dann an eine abschüssige Wiese, auf der meistens Schafe und auch ein Esel grasen. Sie gehen an dieser Weide vorbei, biegen in den kleinen Weg ein, der rechts davon abgeht – beide Wege begrenzen die Weide – und laufen immer weiter, bis irgendwann auf der linken Seite eine winzige Lichtung mit ebendiesem so genannten Kunstwerk kommt. Glauben Sie wirklich, dass es etwas mit Liobas Verschwinden zu tun hat?«

Arved gab keine Antwort mehr. Er hatte schon aufgelegt, kramte nach dem Autoschlüssel, klemmte sich hinter das große Lenkrad, setzte viel zu schnell aus seiner Ausfahrt, rammte einen Zaunpfahl, legte den Vorwärtsgang ein und raste los. Er fuhr bis An Luziakirch, dann nach rechts, bis er zu der Hauptstraße kam, die hier Dauner Straße hieß. Mit einem mächtigen Satz sprang der große Bentley auf die Hauptstraße, kreischte mit quietschenden Reifen bergauf, ließ Manderscheid hinter sich. Gleich bremste Arved wieder ab, bog in den Wirtschaftsweg ein und fuhr ihn mit halsbrecherischer Geschwindigkeit entlang. Der Wagen schlingerte, schaukelte, polterte und dröhnte gequält, doch das war Arved gleichgültig. Bald hörte der Teerweg auf. Arved bremste ein wenig ab, doch er dachte nicht daran, den Wagen stehen zu lassen und zu Fuß weiterzugehen. Dazu war keine Zeit. Der Bentley hüpfte über den unebenen Untergrund, setzte mehrfach knirschend auf der Grasnabe in der Mitte des Weges auf, und bald klapperte er wie ein alter Käfer.

Die Weide kam in Sicht, sie zog sich ein schmales Tal hinunter. Arved bog rechts in den abschüssigen Weg ein, doch bald hatte er sich festgefahren. Der Weg war zu schmal, die Reifen fanden auf dem Gras keinen Halt mehr, die Räder drehten durch. Fluchend schaltete Arved den Motor aus, sprang aus dem Wagen, warf wütend die Tür zu und lief den Weg entlang. Zuerst führte er noch ein wenig an der Wiese vorbei, dann tauchte er in den Wald ein. Ein Bächlein floss neben ihm, ein Seitentälchen kam in Sicht, der Weg änderte die Richtung, nirgendwo war das seltsame Kunstwerk zu sehen. Arved lief, bis Seitenstiche ihn zwangen, langsamer zu werden. Er keuchte und schnaufte. Blieb stehen. Krümmte sich. Er holte tief Luft, ging weiter, lief weiter. Der Weg machte kehrt, hatte das Tälchen umrundet, führte bergab in Richtung Liesertal.

Und dann, auf der linken Seite, war in den Hang eine kleine Lichtung geschlagen. Und mitten auf dieser künstlichen Lichtung stand ein entrindeter Stamm mit einer seltsamen Krone darauf und einem mächtigen Nagel, wie ein winziger Kopf auf dem massigen Holztorso. Daneben war das Bierfass an einer rostfreien Kette angebunden.

Mit wenigen Schritten war Arved bei dem Kunstwerk angelangt. Er schnappte nach Luft, versuchte sich zu beruhigen. Dann sah er sich um. Der Wald zog sich den Hang hinauf, tote Blätter bedeckten die Lichtung, nirgendwo eine Spur von Lioba. Überhaupt keine Spuren. Nachdem sich Arved ein wenig erholt hatte, lief er weiter bergauf, aber hier war nichts als undurchdringlicher Wald. Also stolperte er zurück zu dem Kunstwerk.

Wo war Lioba? Hier gab es keinen Ort, an dem man sie versteckt halten konnte. War er der falschen Spur gefolgt? Unmöglich. Vampyr hatte dieses Werk geschaffen. Wer war er wirklich? Alles schien zusammenzupassen – aber wie? Arved konnte nicht behaupten, dass er es begriff. Er betrachtete das Fass. Es war angegammelt, doch noch eindeutig als Bierfass zu erkennen. Die Kette war an einem Ende mit einer Stange verbunden, die in den Boden gerammt war, am anderen Ende war sie an dem Verschluss festgemacht. Arved betastete ihn; er ließ sich drehen. Er nahm den Verschluss ab und schaute in das Fass. Es war mit Granulat gefüllt.

Und etwas Weißes lag darin.

Arved griff hinein und zog es hervor. Es war ein Zettel. Auf ihm stand: *Stürz dich in den Abgrund hinter dir*. Arved sprang zurück auf den Weg, ging an den gegenüberliegenden Rand, schaute nach unten. Tatsächlich war das Tal hier recht abschüssig. Er kletterte hinunter. Ranken versperrten ihm den Weg und zerrten an ihm. Er riss sie ab, bemerkte nicht, wie sie ihm blutige Schrammen beibrachten, er kletterte, schlitterte, schlingerte immer tiefer, bis er schließlich auf einem Felsvorsprung zum Stehen kam, von dem aus es noch einige Meter tiefer bis zum Talgrund ging.

Unten floss ein Bach, auf den der Gesang von Staren und Rotkehlchen herabperlte, und im Laub raschelten Amseln und Waldmäuse um die Wette. »Lioba!«, rief er. Es war ihm egal, ob die Falschen ihn hörten. Vielleicht konnte er das Schlimmste noch verhindern. Vielleicht erstarrte der Mörder in diesem Augenblick, noch bevor er die Tat begangen hatte. Aber niemand antwortete ihm. Der Wald erstickte seine Stimme. Dann drehte er sich um.

Beinahe hätte er es nicht gesehen. Verdeckt von Brombeerranken und Efeu klebte ein schwarzer Fleck im Fels. Arved drückte das Gerank zur Seite. Es war der Mund einer niedrigen Höhle. Nachdem sich Arved einen schmalen Durchgang gebahnt hatte, schlüpfte er in das kalte Innere des Felsens. Das Licht drang nur wenige Meter weit, doch weit genug, um Arved ein Bild der Höhle unmittelbar hinter dem Eingang zu verschaffen. Sie war abschüssig, und die Decke stieg an, sodass er schon nach zwei vorsichtigen Schritten aufrecht stehen konnte. Dann lief sie wie ein von Menschenhand geschaffener Tunnel geradewegs in den Berg hinein.

Bald befand Arved sich in völligem Dunkel. Er streckte die Hände aus, tastete sich an der seltsam glatten Felswand entlang, die nun eine leichte Biegung nach links machte, und schon nach wenigen Metern blieb er starr stehen.

Ein sanfter Lichtschimmer wie von Kerzen drang hinter einer weiteren, schärferen Biegung nach links hervor.

Und er hörte Stimmen.

27. Kapitel

»Es tut mir Leid, Lioba Heiligmann, dass wir dir eine so große Unannehmlichkeit bereiten müssen, aber es führt kein Weg daran vorbei«, sagte Valentin Maria Pyrmont.

Sie wusste nicht, ob er sie direkt ansah, denn er hatte seine schwarze Brille nicht abgenommen. Seine Stimme war nicht mehr hoch und brüchig, sondern dunkel und hohl, als dringe sie aus ungeahnten Tiefen herauf. Lioba lief ein Schauer über den Rücken. Sie erinnerte sich an die Worte des Druckers Josef Blumenberg: *Auch wenn ich der vergesslichste Mensch der Welt wäre, würde ich diese Stimme auf keinen Fall vergessen können.*

»Du weißt, warum du hier bist«, sagte der andere Mann. Als sie Jonathan zum letzten Mal gesehen hatte, war er ihr wie ein unangenehmer, aber korrekter junger Mensch erschienen. Nun war er zum Dämon geworden. »Ich klage dich an, den Tod meines Herrn verursacht zu haben. Ich klage dich an, doppeltes Spiel getrieben zu haben – jetzt und damals.« Die winzigen Falten um seine Augen waren zu tiefen Furchen geworden, und die Lippen bedeckten kaum mehr das raubtierhafte Gebiss. Im Schein der vielen Kerzen wirkte seine Haut gelb.

Pyrmont fuhr mit seiner grässlichen Stimme fort: »Du weißt, was mit dir geschieht, wenn du uns nicht davon überzeugen kannst, dass du unschuldig bist.« Er klopfte auf die Messerwand. »Eine wunderhübsche Konstruktion. Mehrfach erprobt. Du hast nur eine bestimmte Zeitspanne. Wie es geschrieben steht.« Er kicherte wie ein Wahnsinniger. Und nahm die Brille ab.

Dort, wo seine Augen sein sollten, waren zwei schwarze Höhlen. Keine Pupillen, keine Iris. Doch ganz tief in der

Schwärze glomm etwas. Es war kein Widerschein, es leuchtete aus sich selbst heraus. Es war ein kaltes Funkeln, als liege hinter Vampyrs Schädelknochen ein winziges und zugleich unendliches Universum.

Jonathan bleckte wieder seine Zähne. »Was ist es für ein Gefühl, für den Tod und das Verderben von Menschen verantwortlich zu sein?«, fragte er.

Lioba zog an ihren Fesseln. Sie waren wie angeschweißt. »Ich bin nicht dafür verantwortlich«, sagte sie.

»Beweise es«, forderte Vampyr.

»Wie soll ich das schaffen?«

»Das ist deine Sache«, sagte Jonathan. Die Stimmen hallten dumpf in der vom Kerzenschein erhellten Höhle. »Du bist die Angeklagte und musst deine Unschuld beweisen. Wir sind die Ankläger.«

»Hast du das Buch geschrieben?«, fragte Lioba und sah Vampyr an.

Der Künstler lachte. »Ich habe viele Namen, viele Gestalten und viele Fähigkeiten«, sagte er. Es klang wie ein Schaben und Kratzen aus den Tiefen der Unendlichkeit. »Ich habe schon eine Menge Bücher geschrieben. Man könnte fast sagen, ich bin ein Bestsellerautor.« Er lachte wieder. Es klang hohl. Er streckte den Kopf vor. Nun konnte Lioba das Funkeln noch deutlicher erkennen. »Oder hast du es selbst geschrieben? Zusammen mit Arved Winter und Manfred Schult? Kannst du das ausschließen? Ist es vielleicht so etwas wie eine Autobiographie?«

Lioba ballte die Fäuste, das war die einzige Bewegung, zu der sie noch fähig war. Das Seil war auch um ihren Körper, um die Beine und die Fußknöchel geschlungen und presste sie hart und fest gegen den hölzernen Stuhl. Die Messerklingen, die auf sie gerichtet waren, funkelten böse.

»Die Zeit läuft«, sagte Jonathan.

»Wer sind Sie?«, zischte Lioba.

»Du verschwendest deine Zeit mit solchen Fragen«, gab Jonathan zurück. Die Runzeln in seinem Gesicht schienen ein Eigenleben zu führen. »Außerdem würde dich die Antwort nicht zufrieden stellen. Du glaubst, ich bin böse – oder gar der Böse. Aber wer ist dann mein Freund hier?« Er kicherte. »Nein, so einfach ist es nicht. Vielleicht bin ich ja der Engel der Geschichte. Vielleicht obliegt es mir, gerecht zu richten. Die Gerechtigkeit ist weder gut noch böse, auch wenn sie oft die Gestalt des Bösen annimmt. Aber ich richte dich nicht, das unternimmst du selbst.«

Das alles war Wahnsinn. Ich wache gleich aus diesem Albtraum auf, dachte Lioba. Die beiden sind einfach durchgeknallt, das ist alles. Es sind Serienmörder, die ein perfides Spiel mit ihren Opfern spielen. Sie schloss die Augen.

»So ist es gut«, drang die schreckliche Stimme Vampyrs durch die Finsternis zu ihr. »Besinne dich. Und überzeuge uns.«

»Ich habe es doch schon bereut!«, rief sie. Sie war den Tränen nahe. Es waren Sadisten, nichts als gewöhnliche Sadisten. Und sie würden sie umbringen, egal was sie sagte, was sie gestand oder leugnete. Was sollte sie überhaupt gestehen? Sie wusste selbst, dass sie nicht richtig gehandelt hatte, damals mit Victor und Manfred, doch an Abraham Sauers Tod traf sie nicht die geringste Schuld. Was konnte sie dafür, das er sich umgebracht hatte?

»Ihr seid irre! Ihr seid verrückt!«, brach es aus ihr hervor. Sie hatte noch immer die Lider geschlossen.

Das Gelächter zerriss sie beinahe. Dann öffnete sie wieder die Augen.

Vampyr lehnte sich gegen die Messerwand. »Verrückt, sagst du? Können Verrückte so etwas erschaffen?« Er klopfte gegen die Holzbretter. »Erschaffen Verrückte Bücher, die erst Jahrzehnte später ihren rechtmäßigen Besitzer finden? Schaffen Verrückte Kunstwerke, die erst in Jahren die richtigen Spuren zeigen? Jahre sind für uns wie ein Augenblick. Jahrhunderte sind nichts anderes als das Fortscheuchen einer lästigen Fliege, Jahrtausende bloß ein müßiger Gedanke. Wir hatten die Pläne für dich schon, als du noch gar nicht geboren warst. Und wir haben bereits viele andere Pläne, nicht wahr, Jonathan?«

Jonathan nickte und zeigte sein Raubtiergebiss. Erst jetzt erkannte Lioba, dass seine Zähne angefeilt waren. Haifischzähne. »Der Mensch ist frei«, sagte er. »Aber das heißt nicht, dass er sich nicht verantworten muss.«

Lioba spürte, wie in ihr etwas zerbrach. Sie hörte es beinahe.

Und die beiden hörten es auch. Vampyr ließ die Mundwinkel fallen, aber Jonathan grinste triumphierend. War es ein wirkliches Geräusch gewesen? Aber was war hier noch wirklich? Das Geräusch hatte einen kleinen Hall erzeugt, wie von einem unendlich fernen Erdrutsch. Die Kerzenflammen flackerten kurz, dann brannten sie wieder still und gerade, wie Säulen, die das Gewölbe der Unendlichkeit zu tragen hatten. Wie viel Zeit mochte inzwischen vergangen sein? Wie viel Zeit blieb ihr noch? Wann würde die Wand auf sie zuschnellen?

»Du hast noch eine winzige Chance«, sagte Vampyr, »aber du selbst kannst sie leider nicht nutzen. Es ist ein Spiel gegen die Zeit.« Er trat einen Schritt vor und streichelte ein besonders weit vorstehendes Schlachtermesser. »Sie werden deine Seele freilegen. Und wir werden sie essen.«

O Gott, wenn doch bloß jemand sie hier herausholen würde! Arved?, schoss es ihr durch den Kopf. Aber wie sollte er sie finden? Nein, das war aussichtslos. Sie musste das aus eigener Kraft durchstehen. »Ich werde nie wieder einen Menschen gegen den anderen ausspielen«, sagte sie.

»Und das sollen wir dir einfach so glauben?«, fragte Jonathan.

»Ja. Ich will nur noch für Arved da sein. Er hat meinem Leben eine neue Richtung gegeben. Ich liebe ihn. Ich würde ihn niemals verletzen.« Es war die Wahrheit. So hatte sie noch nie geliebt, das erkannte sie nun. Sie hatte noch nie einen anderen Menschen zum Mittelpunkt ihres Lebens gemacht. Doch nun war Arved da, und ihr ganzes Sein war auf ihn gerichtet. Sie spürte, wie sich etwas in ihr löste.

»Sollen wir sie freilassen?«, fragte er Vampyr.

Der Künstler mit den Sternenaugen massierte sich nachdenklich die Unterlippe. Dann trat er ein paar Schritte vor und stellte sich neben Lioba. Sie roch seinen Gestank – denselben Gestank wie damals, als sie ihn in Kornelimünster aufgesucht hatten. Seine Hand bewegte sich auf ihre Fesseln zu. Doch er zog sie wieder zurück. »Es war ein langer Weg bis hierher, nicht wahr?«, meinte er. »Neugier ist eine gute Eigenschaft, doch manchmal findet man nicht das, was man gesucht hat. Manchmal findet man sich selbst. Und das tut immer weh. Das wirst du gleich spüren, Lioba Heiligmann.«

»Was soll ich denn noch tun?«, rief sie verzweifelt.

»Abwarten«, sagte Jonathan.

Wieder ein Geräusch. Nein, es kam nicht aus Lioba, diesmal nicht. Die beiden sahen sich an. Sie nickten einander zu.

Und verwandelten sich.

Die Kerzen flackerten. Als das Licht sich wieder beruhigt hatte, standen zwei andere Männer vor Lioba.

Victor und Manfred.

Es krampfte ihr das Herz zusammen. Manfred sagte: »Du hättest mich retten können, aber du hast nicht einmal an mich gedacht.« Er bückte sich und fingerte an einem verborgenen Mechanismus hinter der Messerwand herum. Etwas klackte, und nun tickte es regelmäßig – wie eine Zeitschaltung. Er richtete sich wieder auf und sah Lioba anklagend an.

Victor stand nur schweigend da. Aber sein Blick reichte, um Tränen in Liobas Augen zu schicken. Und plötzlich befand sich ein weiterer Schemen zwischen ihnen.

»Lioba!«

Es war Arveds Stimme. Zuerst schien es Lioba, als dringe sie aus einem Traum zu ihr, aus einem Wunschtraum. Aber dann war er bei ihr und zerrte an ihren Fesseln. »Arved!«

»Wo sind sie?«, fragte er und schaute sich wild um. Es war deutlich, dass er weder Manfred noch Victor erkannte. »Wer hat all die Kerzen angezündet?«

Es war eine so unwesentliche Frage, dass Lioba laut loslachen musste. In ihrem Lachen lag all ihre angestaute Angst. Je lauter und länger sie lachte, desto mehr verblassten die Bilder von Manfred und Victor. Einen Augenblick hatte es noch den Anschein, als kämen hinter ihnen wieder Vampyr und Jonathan zum Vorschein, doch sie gingen mit den Gespenstern der Vergangenheit fort. Trotzdem hatte Lioba den Eindruck, als seien sie noch da. Man sah sie nicht mehr, aber man fühlte sie noch. Sie warteten ab.

Und das Klicken der Zeitschaltung blieb.

»Schnell, Arved. Hinter der Messerwand. Die Zeituhr.«

Arved verschwand hinter den Brettern mit den bedrohlich schimmernden Messern. Lioba hörte, wie er ächzte und keuchte, wie es klapperte und hämmerte, aber das Ticken blieb – unerbittlich. Jedes Klacken konnte das letzte sein. Jedes Klacken konnte ihr den Tod bringen – einen Tod inmitten der vielen Messer, zerschnitten, zerstückelt, zerfetzt.

Arved kam wieder hinter der Mauer hervor; Verzweiflung lag in seinem Blick. Dann zerrte er an einem der Messer. Es steckte fest, als wäre es einbetoniert. Er versuchte es bei einem anderen. Nichts. Das nächste. Nichts. Lioba sah im Kerzenschein, wie seine Bewegungen immer verzweifelter, immer fahriger wurden. Das Klacken gab den Takt vor.

Dann endlich hatte er ein Messer gefunden, dessen Griff nicht so fest in das Holz gerammt war. Er zog es heraus, flog auf Lioba zu und versuchte die Fesseln durchzuschneiden. Das Seil war zu hart. Arved konnte es kaum ritzen. Der Mechanismus klackte weiter. Lioba schloss die Augen. Gleich würde es vorbei sein. Noch ein Klacken. Noch eines. Würden sie beide hier unten sterben? War alles umsonst gewesen?

Arved stöhnte vor Verzweiflung auf. Wie ein Wilder säbelte er an dem Seil in der Nähe ihrer Arme herum. Dann versuchte er es an einer anderen Stelle. Klack, klack, klack. Jetzt war er hinter dem Stuhlrücken. Plötzlich spürte Lioba, wie die Spannung, in der das Seil sie hielt, etwas nachließ. Sie drückte sich nach vorn, hinter ihr arbeitete Arved keuchend und fluchend, dann ein Knall. Lioba versteifte sich. Die Messerwand. Sie hielt die Luft an. Jetzt schoss sie heran. Klack, klack, klack. Nein, es war das Seil gewesen. Lioba öffnete die Augen wieder. Arved wickelte das Seil von ihr, jetzt kamen auch die Arme frei, sie half mit, und dann konnte sie aufstehen.

Klack, klack … ein Aussetzer, ein schabendes Geräusch. Arved drückte Lioba unsanft von sich weg, er selbst sprang zur anderen Seite. Die Wand schnellte mit ungeheurer Wucht vor, zerschmetterte den Stuhl, spießte ihn auf, es war ein ohrenbetäubender Knall. Arved und Lioba standen einander gegenüber, zwischen ihnen die von den Messern durchbohrte Stuhllehne; Beine und Sitzfläche waren zerschmettert. Erst allmählich wagte Lioba wieder zu atmen. Sie ging langsam und vorsichtig um die Zerstörung herum. Dabei erlosch eine Kerze nach der anderen, als würde jemand sie nacheinander ausblasen. Die Schatten wuchsen. Arved streckte wortlos die Hand nach Lioba aus. Sie hatte ihn endlich erreicht. Nun brannten nur noch wenige Kerzen; das Licht kämpfte gegen die Finsternis. Arved ergriff ihre Hand und zerrte sie auf den Tunnel zu, durch den ihre Entführer sie hergebracht hatten.

Aber sie kamen nicht weit.

»Ihr glaubt doch wohl nicht im Ernst, dass wir euch so leicht entkommen lassen?« Es war Jonathans Stimme, aber er blieb unsichtbar. »Es ist schön zu sehen, dass es jemanden gibt, der dich liebt, Lioba Heiligmann.«

»Aber noch schöner ist es, zu sehen, wie eine große Liebe untergeht«, sagte Vampyrs grauenvolle Stimme.

Arved zog sie einen Schritt weiter, dann gefroren ihre Bewegungen. Vor ihnen bildeten sich Wirbel, unkörperlich, aber undurchdringlich. Es waren Wirbel, die Lioba an Bilder von Galaxien erinnerten, die sie einmal in einem Wissenschaftsmagazin gesehen hatte. Sternenhaufen in irrem Taumel, schwarze Löcher im Kampf mit ihnen, und das alles in dem knapp mannshohen Durchgang, der nach draußen, in die Freiheit, in die Welt führte. Stimmen drangen aus den Wirbeln. Es waren nicht mehr die Stimmen von Vampyr und Jonathan; es war, als hätten sie ihre halbmenschliche Maske endlich abgelegt. Es war ein gewaltiger Stimmenchor, wie das Brausen des Windes in einem Herbstwald, wie das Schreien des Sturms in tiefen Schluchten. Sie griffen nach Arved und Lioba, die sich nicht mehr regen konnten. Lioba sah plötzlich Bilder von gequälten Leibern, von Verzweifelten, von Einsamen, von gewaltigen unterirdischen Räumen, von feucht glänzenden Kavernen, aus denen unnennbares, unbeschreibliches Gewürm hervorkroch. Sie schrie auf. Ihr Schrei vermischte sich mit dem Chor der anderen. Doch er bewirkte, dass sie sich wieder regen konnte. Sie streckte die Arme aus, fand Arved, drückte ihn an sich. Sturm kam auf, schien aus ungeheuren Tiefen der Höhle heranzuwehen. Über all den schrecklichen Lauten webten noch immer die beiden Stimmen. Sie lachten, sie lockten, sie forderten. Arved schrie entsetzt auf, auch ihn schienen die Bilder zu bestürmen.

»Sie haben keine Macht!«, brüllte Lioba durch das Chaos. »Schließ die Augen. Es ist alles nur in dir!« Sie machte ebenfalls die Augen zu. Aber die Bilder hörten nicht auf. Nervenzerfetzende Monstrositäten krochen aus den Wänden des Tunnels, schlangen ihre schleimigen Tentakel um sie, zerrten an ihr, als wollten sie Lioba zerreißen, doch sie drückte sich nur noch enger an Arved. Etwas zerrte sie voran.

Die Tentakel verloren den Halt, zogen sich in die Wände zurück. Sie lief schneller, wurde gleichzeitig schneller gezogen. Aber sie wagte noch nicht, die Augen zu öffnen. Sie schien in einen Teich aus Milch einzutauchen, zäh, klebrig, und am Boden erwartete sie ein körperloses Lächeln. Ein Lächeln, das in ihr das Bild eines Mundes mit angefeilten Zähnen erschuf, obwohl da gar kein Bild war. Dann fiel sie ins Bodenlose. Die Milch floss ab, die Helligkeit blieb. Etwas riss an ihr, riss ihr die Haut blutig, sie sah hin, es war etwas Grünes, Widerspenstiges. Sie sah eine Hand, die es wegdrückte. Eine wunderbar vertraute Hand. Die Hand half ihr hindurch. Grün gefiltertes Sonnenlicht fiel auf den kleinen Vorsprung, auf dem Arved und sie nun standen. Hinter ihr drohte der Eingang der Höhle, schwarz und still. Arved führte Lioba den Hang hoch auf den Weg.

Schweigend, aber die Arme umeinander geschlungen, auch wenn es unbequem war, gingen sie nach Manderscheid.

Sie kamen an Arveds Bentley vorbei, aber versuchten erst gar nicht, ihn aus dem Gras zu befreien. Sie liefen über den Wirtschaftsweg, sahen sich immer wieder um, meistens gleichzeitig, nichts verfolgte sie. Der Ort umfing sie mit seiner Normalität wie eine fremde Welt. Erst als sie Arveds Haus betreten hatten und in der Sicherheit der Diele standen, wagten sie es, sich zu umarmen und zu küssen.

Lilith und Salomé kamen neugierig herbei, beschnüffelten sie und schmiegten sich an sie.

Das Schattenbuch hatte seine Macht endgültig verloren.

Epilog

Das Meer tat ihnen gut. Die frische, salzige Luft vertrieb die letzten Schatten, die Liebe erschuf ihnen neue Welten, jeder Tag war wie eine Exkursion in ein unbekanntes, wundervolles Land. Die nächsten Tage wollten Arved und Lioba in Husum, der grauen Stadt am Meer verbringen, Storms Geburtsort. Nachdem sie in der Nähe im Meer gebadet hatten, fuhren sie zurück ins Hotel, wuschen das Salz von ihrer Haut, liebten sich, zogen sich an, fuhren mit Liobas neuem Renault Megane in die Stadt und schlenderten durch die ruhigen Gassen und Straßen. In einem der kleinen alten Giebelhäuschen, die Husum den Anschein eines aus der Zeit gefallenen Ortes verliehen, entdeckten sie zu ihrer Freude ein Antiquariat. Hand in Hand gingen sie hinein.

Die Buchhändlerin, eine junge, blonde Frau mit kleiner Brille und schalkhaftem Blick, begrüßte die Touristen mit »Moin, moin«, auch wenn es schon nach drei Uhr nachmittags war, und amüsierte sich über den Versuch des Paares, auf gleiche Weise zu antworten. Lioba fragte nach okkulten Büchern, und tatsächlich konnte die Antiquarin ihr einige schöne Stücke vorlegen, die Lioba für ihr eigenes Geschäft kaufte.

Währenddessen stöberte Arved ein wenig herum. Das Schwimmen und die Liebe hatten ihn angenehm schläfrig gemacht. Er sah die Titel auf den Buchrücken, und er sah sie nicht. Sie tanzten vor seinen Augen herum. Lioba unterhielt sich mit der Antiquarin ein wenig, gab sich als Kollegin zu erkennen, und bald saßen die beiden bei einem starken, schwarzen Kaffee beisammen.

Da betrat ein weiterer Kunde den Laden. Er war der Antiquarin offenbar bekannt, interessierte sich nur für das Regal mit den bibliophilen Stücken und zog mit einem kleinen Pfeifen ein in wertvolles braunes Leder gebundenes Buch heraus. Er schlug es auf und las mit leuchtenden Augen darin.

Arved hatte es sofort erkannt. Auch Lioba hatte den Kunden aus den Augenwinkeln beobachtet, und als sie sah, welches Buch er da in den Händen hielt, sprang sie auf, stellte sich neben ihn und nahm es ihm mit einem raschen Griff ab. Durch das kleine Sprossenfenster, das zur Straße hinausging, flutete das Nachmittagslicht und fiel auf das Buch, das es wie eine Gloriole umgab.

»Erlauben Sie mal!«, beschwerte sich der Kunde, ein älterer Herr mit Hornbrille und Hosenträgern über dem karierten Hemd.

Lioba ließ sich von ihm nicht beeindrucken, ging mit dem Buch zur Antiquarin hinüber, schaute auf dem kurzen Weg nach, was es kostete – der Preis war im hinteren Innendeckel verzeichnet –, legte zwanzig Euro zusätzlich auf den Tresen, nahm ihre anderen Bücher und verließ fluchtartig den Laden. Arved folgte ihr sofort.

Der Kunde schimpfte hinter ihnen her, die Antiquarin lachte.

Im Hotel zerrissen sie das Buch und spülten die Fetzen die Toilette hinunter. Arveds Schattenbuch hatten sie in Trier durch Liobas Aktenvernichter gejagt, der sich daran beinahe verschluckt hatte, doch am Ende waren von dem unheilvollen Werk nur Schnipsel übrig geblieben, selbst den wertvollen braunen Maroquineinband zerrissen sie in kleine Stücke und schickten sie hinter dem Rest her.

»Er sollte uns dankbar sein«, sagte Lioba mit einem schelmischen Grinsen, »auch wenn er uns für den Rest seines Lebens hinterher fluchen wird.«

Arved erwiderte ihr Grinsen. Danach fuhren sie noch einmal an den Strand und blieben dort so lange, bis die untergehende Sonne auf dem ruhigen Wasser einen glitzernden Pfad in den Himmel malte.

KBV SCHAURIGE EIFEL

Kramp/Lang
Abendgrauen
Eifeler Schauer- und
Horrorgeschichten
Taschenbuch, 350 Seiten
ISBN 3-934638-11-2

Michael Siefener
Somniferus
Phantastischer Roman
aus der Eifel
Taschenbuch, 250Seiten
ISBN 3-937001-37-9

Georg Miesen
Wolfsherbst
Phantastischer Roman
aus der Eifel
Taschenbuch, 214 Seiten
ISBN 3-937001-45-x

Ein sprödes Land, zerfurcht von tobenden Vulkanen und vom harten Wind. Hier steckt hinter jeder der vielen Burgen, die schroff in den Himmel ragen, ein garstiges Geheimnis. Hexen, Werwölfe, Irrlichter und andere Erscheinungen versammeln sich hier zu einem Reigen, den Erzähler aus Vergangenheit und Gegenwart gesponnen haben. Ob in den finsteren Gewölben der Klöster oder auf der nächtlichen Autofahrt übers karge Land, überall lauern hier Gestalten, die nichts anderes im Sinn haben, als Angst und Schrecken zu verbreiten.
48 Autoren, wie z. B. Jacques Berndorf, Frank Festa, Caesarius von Heisterbach, Angelika Koch, Elisabeth Minetti, Ralf Kramp, Tilman Röhrig, Theodor Seidenfaden und Clara Viebig. Zahlreiche atmosphärische Fotos von Theo Broere.

Ralf Weiler, erfolg- und mittelloser Schriftsteller aus Köln, erhält den Brief einer Anwaltskanzlei aus der Eifel, worin ihm das Erbe eines verstorbenen Onkels in Aussicht gestellt wird. Er reist in das Burgenstädtchen Manderscheid und wiegt sich eine Woche lang in dem Glauben, in den Genuss eines großen Vermögens und zu einem sorgenfreien Leben gekommen zu sein. Doch das unverhoffte Glück steht auf wackligen Füßen, denn der zwielichtige Anwalt scheint vor dem Ableben des Onkels ein obskures Mandat angenommen zu haben: Weiler wird im Auftrag des Verstorbenen auf die Suche nach einem wertvollen Buch geschickt, in dem die grauenhafte antike Gottheit Somniferus ihre Arme nach den heute Lebenden auszustrecken scheint. Für Ralf beginnt ein Albtraum, der ihn nie wieder loslassen wird.

Eine Serie grausamer Mordfälle erschüttert die Öffentlichkeit in der Nordeifel. Ein Team von Spezialisten der Mordkommission versucht, den Täter zu fassen, der mit bis dahin nicht gekannter Brutalität zu Werke geht. Außer der Tatsache, dass allen Bluttaten eine bizarre Art der Inszenierung zu Eigen ist, deutet nichts darauf hin, dass es sich hierbei um etwas anderes als einen gewöhnlichen Kriminalfall handeln könnte. Aber genau das ist es nicht. Es sind verborgene Kräfte am Werk, die alles andere als natürlichen Ursprungs sind. Sie führen die Ermittler immer wieder auf fatale Art und Weise in die völlig falsche Richtung. Und aus den schwärzesten Tiefen der menschlichen Geschichte nähert sich schleichend aber unaufhaltsam eine Gefahr, von der bislang noch niemand etwas ahnt ...

KBV-KRIMI

Jürgen Raap
Ein Koffer aus Bern
KBV-Krimi Nr. 107
Taschenbuch, 288 Seiten
ISBN 3-937001-02-6

Was befindet sich in dem Koffer, den der verkrachte Kölner Detektiv Karl-Josef Bär aus der Schweiz abholen soll? Sein Auftraggeber, der Geheimdienstler Schröder, behauptet, es sei Geld - viel Geld. Möglicherweise sind es aber auch irgendwelche brisanten Papiere. Wie immer wird Detektiv Bär nicht schlau aus dem Mann vom MAD. Als er den Koffer bei einem gewissen Dr. Kaspereit in Köln abliefern will, stößt er dort auf dessen Leiche. Von nun an wird die Luft für Bär ziemlich dünn, denn nicht nur die Witwe des Toten, sondern auch sein Bruder beginnen, nach dem ominösen Geldkoffer zu suchen. Und schließlich heften sich auch zwei Männer des russischen Militärgeheimdienstes an seine Fersen.

»Witzig, kritisch, ironisch. Raap nimmt alle Krimi-Klischees aufs Korn.«
(Bild)

Carola Clasen
Das Fenster zum Zoo
KBV-Krimi Nr. 96
Taschenbuch, 201 Seiten
ISBN 3-934638-83-X

Als der Kölner Zoo am Morgen seine Pforten öffnet, hat die vergangene Nacht grausige Spuren hinterlassen: Im Käfig des Grizzly liegt die zerfetzte Leiche eines jungen Mannes. Der verstümmelte Körper gehört Ben Krämer, einem Fotografen, der im Zoo auf Tippvisite war.
Ist er aus Unachtsamkeit in die Fänge des Bären geraten?
Die Tierpflegerin Nelly Luxem scheint etwas zu verbergen zu haben, und der frisch pensionierte Kommissar und Zooliebhaber Lorenz Muschalik versucht ganz behutsam hinter ihr dunkles Geheimnis zu dringen.

»Carola Clasen versteht es, mit den klassischen Versatzstücken des Kriminal- und Schauerromans zu spielen.«

(Kölner Stadt-Anzeiger)

Ralf Kramp
Malerische Morde
KBV-Krimi Nr. 100
Taschenbuch, 206 Seiten
ISBN 3-934638-57-7

Die Maare sind die »Augen der Eifel« – geheimnisvolle runde Kraterseen, um die sich Sagen und Legenden ranken. Zwei Leichen stören eines Tages das Idyll: Ein alter Maler und sein junges Modell werden am Ufer gefunden, und ausgerechnet Herbies Freund Köbes wird des Mordes verdächtigt.
Nach zwei Jahren kehrt Herbie Feldmann in die Eifel zurück, und auch sein unvermeidlicher Schatten Julius ist wieder da. Gemeinsam machen sie sich auf die Suche nach dem wahren Täter. Dabei decken sie Machenschaften einiger Maler, Fälscher und Sammler auf, die vielleicht besser im Verborgenen geblieben wären.

»Schwarzer Humor und Fabuliergabe.«

(Trierischer Volksfreund)

Egon Olsen
Heideblues

KBV-Krimi Nr. 149
Taschenbuch, 196 Seiten
ISBN 3-937001-66-2

Der eitle Musikmanager Dr. Günther Didier hat jede Menge Feinde in der Haifischbranche. Dass ihm ausgerechnet in der Abgeschiedenheit seines Landsitzes jemand den Schädel einschlagen würde, hätte aber niemand gedacht.
Tatort ist das malerisch gelegene Gut Eichenhof in der winterlichen Lüneburger Heide, auf dem der Ermordete ein Trüppchen illustrer Gäste aus dem Showgeschäft um sich versammelt hatte. Unter ihnen ist der chronisch abgebrannte Songschreiber Paul Nickel. Auch für ihn erweist sich die Landluft als äußerst ungesund: Nicht nur, dass ihn ständig ein Trecker zu überfahren versucht, er gerät er auch noch unter Mordverdacht. Nickel muss die Sache notgedrungen selbst aufklären und entwickelt dabei eine unkonventionelle Methode …

Carola Clasen
Schwarze Schafe

KBV-Krimi Nr. 147
Taschenbuch, 228 Seiten
ISBN 3-937001-64-6

In der Tierwelt blöken, fressen und vermehren sie sich innerhalb der Herde wie alle ihre Artgenossen, und ihre Fellfarbe ist nur eine Laune der Natur.
Bei den Menschen allerdings verhält es sich etwas anders: Äußerlich meist völlig unauffällige Einzelgänger treiben ihr grausiges Unwesen oft jahrelang unentdeckt und werden nur selten und durch Zufall von den Hütern des Gesetzes aufgespürt und ausgebremst. Mehr als zwei Drittel aller Morde, die diese schwarzen Schafe auf dem Gewissen haben, sind Beziehungstaten. Kein Wunder also, dass es da alle treffen kann, Brüder, Schwiegermütter, Ehemänner, Kollegen, Freunde, Liebhaber …
Zwanzig bitterböse Geschichten aus der Feder einer Dame, die literarisch versiert zu morden versteht.

F.G. Klimmek
Des Satans Schatten

KBV-Krimi Nr. 144
Taschenbuch, 288 Seiten
ISBN 3-937001-61-1

Lange hat es Frederik von dem Kerkhof nicht in seinem holländischen Exil gehalten.
Es gilt, in Crange eine Dankesschuld abzutragen, die ihn zwingt, einen Mord aufzuklären, der nach menschlichem Ermessen nicht von einem Sterblichen begangen worden sein kann.
Damit betritt unser Held erneut ein mittelalterliches Szenario aus Tod, Intrige und Verrat von ungeahnter Dimension; denn der Ermordete war damit befasst gewesen, dem spurlosen Verschwinden ganzer Familien nachzuspüren.

»*Klimmek fabuliert munter und in einer süffigen, plastischen Sprache, die in ihrer Mischung spätmittelalterlicher Prallheit und neuzeitlicher Coolness immer wieder einen Hang zur Parodie durchblicken lässt.*«
(GIG, Münster)

historisch

KBV-KRIMI

Ralf Kramp
...denn sterben muß David!
KBV-Krimi Nr. 82
Taschenbuch
229 Seiten

801 nach Christus. Karl der Große ist in Rom zum Kaiser gekrönt worden und befindet sich auf der Rückreise in seine Heimatpfalz Aachen. Zur gleichen Zeit werden in der Eifel einige ruchlose Morde verübt. Die Täter sind kahlgeschoren und grausam. Ihre Losung lautet: "...denn sterben muß David!"
Es geht um gefälschte Schriftstücke und um eiskalte Rache, und ihre blutige Spur führt nach Aachen, wo der Kaiser erwartet wird. Nur einer hat ihr Tun beobachtet: Enno, ein Eifeler Bauernjunge, den man fälschlicherweise des Mordes bezichtigt.
Kann er sie aufhalten?

»*Kein Werk, das nur eine trockene Historie behandelt. Im Gegenteil, eine auf über 220 Seiten empfehlenswerte, spannende Geschichte.*«
(Blickpunkt)

Jürgen Ehlers
Mitgegangen
KBV-Krimi Nr. 135
Taschenbuch
390 Seiten

Düsseldorf, Februar 1929. Am Zaun einer Großbaustelle wird die Leiche eines kleinen Mädchens gefunden. Gewürgt, missbraucht, erstochen, mit Petroleum übergossen und angezündet.
Kommissar Wilhelm Berger sieht sich rasch mit einer ganzen Reihe brutaler Überfälle auf Männer, Frauen und Kinder konfrontiert. Ist hier ein Wahnsinniger am Werk? Ein Verdächtiger wird schließlich gefasst und gesteht alles. Doch die grausamen Morde gehen weiter.

Jürgen Ehlers zeichnet in diesem Roman das bizarre Bild des triebhaften Serientäters Peter Kürten, der unter dem Namen »Der Vampir von Düsseldorf« in die Kriminalgeschichte einging.

F. G. Klimmek
Der Raben Speise
KBV-Krimi Nr. 89
Taschenbuch
356 Seiten

1534 - Die Wiedertäufer haben den Bischof aus Münster vertrieben und die Herrschaft übernommen. Wüste Exzesse sind an der Tagesordnung, und der Bischof sieht sich gezwungen, die eigene Stadt zu belagern. Umso härter trifft ihn die Nachricht, dass ein Geldbote unterwegs getötet worden und seine Fracht verschwunden ist.
Wieder einmal soll es Frederik von dem Kerkhof richten, Spion und professioneller Mörder im fürstbischöflichen Dienst. Der stößt bei seinen Nachforschungen gleich auf mehrere Verschwörungen.

»*Es ist ein Riesenspaß, wie genau er das Lokalkolorit und die historischen Fakten nachzeichnet.*«
(Westfälischer Anzeiger)

Jürgen Siegmann
Risse im Eis
KBV-Krimi Nr. 101
Taschenbuch, 240 Seiten
ISBN 3-934638-57-0

Es ist Dezember, kurz vor Weihnachten. Lütgeoog, eine winzige Insel an der Nordseeküste, liegt im Winterschlaf. Zu den wenigen Urlaubern, die sich von den frostigen Temperaturen nicht abschrecken lassen, gehört der Hamburger Hauptkommissar Schmitz, der mit seiner Freundin Tessa Erholung von der Hektik des Großstadtlebens sucht. Doch bei einem morgendlichen Dorfrundgang entdecken die beiden eine Leiche: den Apotheker Jenssen.
Alles deutet auf einen Herzanfall hin. Und wenn Schmitz nicht zufällig am Vortag einen lautstarken Streit des Apothekers mit einem fremden Mann mitbekommen hätte, wäre wohl nie Ungewöhnliches aufgefallen. Schmitz beginnt zu ermitteln, und schnell bekommt die idyllische Fassade der Touristikinsel erste Risse. Es stellt sich heraus, dass Jenssen äußerst unbeliebt war ...

Frauke Schuster
Atemlos
KBV-Krimi Nr. 85
Taschenbuch, 376 Seiten
ISBN 3-934638-85-6

Für vier Männer und eine Frau verwandelt sich die lange geplante Traumreise nach Ägypten in einen Albtraum, als sie in die Hände brutaler Kidnapper geraten. Was haben die Entführer mit den drei Deutschen und den zwei US-Bürgern vor? Geht es um Lösegeld oder eine politische Erpressung der Regierung? In ständiger Todesangst, den Erniedrigungen und Misshandlungen ihrer Entführer schutzlos ausgesetzt, bleibt den Eingeschlossenen nur ein einziger Fluchtweg: die unendliche Weite der mörderischen Sahara.
Vor der großartigen Kulisse der libyschen Wüste entfaltet sich ein packendes Drama um Angst, um Liebe und Verrat.

Werner Möllenkamp
Die schöne Medusa
KBV-Krimi Nr. 91
Taschenbuch, 303 Seiten
ISBN 3-934638-84-8

Die hessische Umweltministerin und ihr Mann kehren von einer Dienstreise aus dem Atomzentrum Krasnojarsk zurück ... in zwei Eichensärgen. Diagnose: Pilzvergiftung. Etwa zur gleichen Zeit steigt die »Ariane 5«, der ganze Stolz der europäischen Raumfahrt, aus Kourou hinauf in den Himmel und explodiert vor den Augen der Welt.
Niemand ahnt, dass zwischen den Ereignissen ein Zusammenhang besteht. Nur Kommissar Polowski aus Frankfurt ermittelt und sieht weiter: Bald schon wird ihm klar, dass die Raumfahrtkatastrophe nur der Vorbote eines Infernos war, das schon bald die ganze Welt erschüttern könnte.
Und immer wieder taucht die »schöne Medusa« auf. Worauf hat es dieses todbringende Wesen abgesehen?

KBV-KRIMI

Carola Clasen
Tot und begraben
KBV-Krimi Nr. 108
Taschenbuch, 240 Seiten
ISBN 3-937001-03-4

Von einem Tag auf den anderen kostet eine Beerdigung im kleinen, beschaulichen Eifelort Oberprüm nur noch die Hälfte. Kein Wunder, dass die Konkurrenz den Leichenwagen von nun an nicht mehr aus den Augen lässt. Die Bestatter Paul und Peter Schlangensief haben offensichtlich eine todsichere Geschäftsidee entwickelt, dank derer sie allen anderen eine Nasenlänge voraus sind. Zur gleichen Zeit gibt der einsame Witwer Wilden eine Heiratsannonce auf. Als er endlich einen Brief und ein Foto erhält, verliebt er sich Hals über Kopf in die schöne Sybille. Sein Glück scheint perfekt. Doch dann geht es plötzlich mit seiner Gesundheit rapide bergab.

»... die Handschrift macht Appetit auf mehr!« (Das Magazin)
»... die Crime Lady unter den Eifelkrimiautoren« (Trierischer Volksfreund)

Carsten Piper
Tod an der Trave
KBV-Krimi Nr. 109
Taschenbuch, 192 Seiten
ISBN 3-937001-04-2

Hans Conrads Frau Jule fällt bei einem Winterspaziergang geradezu über die Leiche der jungen Dom-Organistin der ehrwürdigen Hansestadt an der Trave. Conrad hat inzwischen seinen Job bei der Berliner Kriminalpolizei an den Nagel gehängt. Also ermittelt er auf eigene Rechnung und gerät unter anderem an eine eher unorthodoxe Religionsgemeinschaft mit bizarren und freizügigen Riten. Nach und nach blättert bei einigen der traditionell angesehenen Institutionen der Lack ab. Die Hafenbehörde erweist sich als korrupt, die Polizei als unfähig, die Kirche als feige. Der arbeitslose Hans Conrad muss daher nun selbst für Ordnung sorgen.

»Leichthändiges Spiel mit den Regeln des Krimigenres.« (Ludwigsburger Kreiszeitung)

Frauke Schuster
Toskanisches Schattenspiel
KBV-Krimi Nr. 111
Taschenbuch, 384 Seiten
ISBN 3-937001-06-9

Thanner hat sich seinen Lebenstraum erfüllt: Auf dem toskanischen Landgut »Il Paradiso« züchtet er rassige Pferde und genießt prickelnde Nächte mit einer temperamentvollen Erotiktänzerin. Doch als sein psychisch gestörter, mutistischer Neffe Ken bei ihm einzieht, droht das Idyll schlagartig in eine Hölle zu verwandeln. Im Morgengrauen findet er eine Leiche in seinem selbst geschaffenen Paradies. Da die italienische Polizei bestenfalls halbherzig ermittelt, versucht Thanner nun selbst, Licht in die dunklen Geschehnisse zu bringen, und erkennt dabei fast schon zu spät, welche mörderischen Abgründe hinter den gediegenen Fassaden des toskanischen Gartens Eden lauern. Und mitten zwischen den Lebenden spielen die Schatten der alten Etrusker ihr eigenes Spiel ...